新时代文学攀登
河北行动计划

刘荣书 著

信使

XIN   SHI

天津出版传媒集团
百花文艺出版社

图书在版编目（ＣＩＰ）数据

信使 / 刘荣书著. -- 天津：百花文艺出版社，
2024. 7. -- ISBN 978-7-5306-8830-4

Ⅰ. I247.5

中国国家版本馆 CIP 数据核字第 20244N1705 号

信使
XINSHI

刘荣书　著

出 版 人：薛印胜　　**选题策划**：徐福伟
责任编辑：齐红霞　　**特约编辑**：赵文博
装帧设计：蔡露滋
出版发行：百花文艺出版社
地址：天津市和平区西康路 35 号　**邮编**：300051
电话传真：+86-22-23332651（发行部）
　　　　　　+86-22-23332656（总编室）
　　　　　　+86-22-23332478（邮购部）
网址：http://www.baihuawenyi.com
印刷：山东临沂新华印刷物流集团有限责任公司
开本：900 毫米×1300 毫米　　1/32
字数：165 千字
印张：9.125
版次：2024 年 7 月第 1 版
印次：2024 年 7 月第 1 次印刷
定价：58.00 元

如有印装质量问题，请与山东临沂新华印刷物流集团有限
责任公司联系调换
地址：山东省临沂市高新技术产业开发区新华路 1 号
电话：(0539)2925886
邮编：276017

我细算了一下,一九九〇年秋天以后

我再没有收到过一封信

我也,再没有寄出过一封信

我觉得这些年生活空白的部分

是因为信使不知所踪

　　　　　　　　　　　——雪舟《信使》

目 录

第一章　对一宗命案的回忆　/ 1

第二章　逃跑的新娘　/ 62

第三章　去长旗镇　/ 147

第四章　鱼塘风波　/ 187

第五章　幸福花园　/ 213

第六章　男孩儿与信使　/ 239

终　章 / 278

第一章　对一宗命案的回忆

一

故事开始的时间是一九八六年。

那一年,曹河运五十岁,已到知天命的年纪。以前,他只是黑山县下辖某乡镇的一名治安协理员,每天在乡下,管些鸡毛蒜皮的小事。三十二岁时来运转,抽调到县公安局,参与一起命案的侦办工作。因为表现出色,被县公安局领导看中。一纸调令,将他调到黑山县刑警大队,成为一名正式警员。户口问题、家属的"农转非"问题,随后都给解决了。

他是一个知恩图报的人,立志要在工作中干出名堂,"要对得起身上的这身警服"。这不是誓言胜似誓言的话,只是遵从了他做人的本分。他从一名普通刑警做起，任劳任怨，直至升任刑警大队副大队长一职——就是在这样一个不上不下的位置上，再也看不到事业上升的机会。

众所周知，干刑警这一行，凭的是资质和精力。资质无须多谈，精力对曹河运来说，似已达到上限。过了四十八岁，留给他印象极为深刻的是他开始脱发、失眠，和老婆一两个月也没有一次性生活……但这些极易挫败中年男人自信心的生理现象，并不能让曹河运感到沮丧。令他深感沮丧的，是最近发生的一件事情。

那天早上，他去早市买菜。碰到一个小偷，笨手笨脚正从一位大爷的裤兜儿里顺钱夹子。擒贼是他的本分，自然不会含糊。他咳嗽一声，意图对那小偷发出警告。

黑山县区域范围内的惯偷，大多和他是老相识了。有时在街上碰到，单看表情，也能揣摩他们是否具备作案动机。有时，他会跟他们打声招呼："咋样？最近手痒没痒啊？"对方并不介意，觍着脸说："痒倒是不痒。有您在，痒了只能往墙上蹭蹭。"若有小偷正在作案，被他撞个正着，无须动手，只需一个眼神，一个具有震慑性的动作（比如一声咳嗽什么的），小偷便会如避猫鼠似的，束手就擒，主动交出赃物。

可这个小偷，有些出乎他的意料。听到那一声咳嗽，非但没有收敛，反而瞪了他一眼。无疑，这应该是个二愣子货，外地过来的流窜犯也说不定。

曹河运二话不说,上前薅住小偷的手腕,欲将其制服。不料,却被那小子反手挣脱。对方顺势将他推倒在地。他撞翻一篮子鸡蛋,又用胳膊肘戳烂了另一篮子鸡蛋。

那天,幸好穿的是便服,不然人可就丢大了。路人看曹河运,只见他浅灰色褂子上沾满蛋液和蛋壳,抬手抹脸,又弄了个满脸花。一位熟人打此路过,大呼小叫道:"老曹,这,这是咋了,谁欺负你了?"

曹河运绷着脸,一声不吭,瞄住小偷的背影,奋力追了上去。三番五次,每次将要赶上,只余两三步的距离,却只顾手扶膝盖,停在原地喘气。小偷最终看穿他的本事,不像刚开始那样怕了。跑几步,便会停下来,扬着下巴颏儿,冲他挤眉弄眼。只待他起身再追,这才拔脚跑开。本来一场"猫抓老鼠"的捕猎,成了一场"老鼠戏猫"的游戏。一条无人的巷子里,小偷冲着曹河运跷了跷小拇指,打一声呼哨,扬长而去。

待到曹河运缓过劲来,去找自行车,却被卖鸡蛋的大嫂扣住。他糟蹋了人家两篮子鸡蛋,不赔钱,人家断不会放他走的。他嫌丢人,没敢提自己的身份,只能拿家里的半个月菜金赔钱了事。

那个秋天的早晨,无疑是曹河运从警以来遭遇到的最为不堪的一次羞辱。由此,他也便看清了自己的命途——作为曾经的一介农民,一无学历、二无背景,能干到副大队长一职,"也算你家祖坟冒青烟了"(这是他妈常对他说的一句原话）。此后，若不能侦办几宗在警界叫得响的案子，只能成为一枚弃子，转到一个不疼不痒的岗位，慢慢熬到退休，混吃等死算了。

偏偏，他并非一个庸人，对升不升迁的倒不怎么看重。他看重的，是每遇一桩棘手案子，作为一把手的指挥权和调度权。之所以会有如此感触，只因他在单位受够了窝囊气。

就拿刚刚调走的大队长来说吧，虽说他读过正规的警察学校，却无半点儿实际办案经验，只是将一个如此重要的岗位，当成步入仕途的跳板。工作中，从来听不进别人的半句谏言。或许是读书读坏了脑子，往往会将一起简单的案子，想得过于复杂。而对一些看似简单、实则复杂的案子，意气用事，非常武断。等走过不少弯路，撞过几回南墙，这才会回到别人事先指明的方案中来。当有领导来听取汇报时，功劳自然不会旁落，别人的名字他自是提也不提……在这样一种糟糕的工作环境中，曹河运的境遇可想而知。他白白消耗着大好的年华，脾气又不好，不懂圆融。不像另一位与他平起平坐的副大队长，工作能力虽然欠缺，却是个地道的人精——和这样的领导、同事共处，曹河运的刑警生涯注定不会顺利。

但他却不肯放弃。十几年的时间下来，非但对工作没有半分敷衍，还利用业余时间，刻苦钻研了《刑事侦查学》《犯罪现场勘查》《法医学》《犯罪心理学》等专业书籍，《福尔摩斯探案集》《施公案》这类探案小说,也多有涉猎。他在沉寂中等待。他常常将自己想象成一头隐伏山林的豹子,冥冥中觉得,总会等来一次啸叫山林的机会。

奇怪的是,自从他正式干上刑警这一行,五十多万人口的黑山县,再没出过一宗像样的案子。

就是在这一年,一九八六年的六月,曹河运记得非常清楚。他负责对一封联名举报信展开调查,起初并未怎么上心,却没想到,这正是他命运转折的一个开始。

在更早一些时候,黑山县少年宫的管理方贴出过一张出租广告,将一间三百多平方米的舞蹈教室面向社会出租。至于出租后具体做了什么,已无赘述的必要。到了这一年的四月,几经转兑,曾经的舞蹈教室,改为对外营业的舞厅,问题随之而来。

舞厅这种东西,在当时黑山县人的心目中,应该算是一种新鲜事物。

据举报信中所说,这里每天歌舞声不歇,男盗女娼之辈闻风而来,全无风雅之态,是对书声琅琅、琴音袅袅的少年宫的肆意践踏。更令人感到气愤的是,承包者毫无道德底线,在厅内隔出数间包房,招来一些不三不四的女子,专为客人提供陪酒服务。真是造孽呀!衣着暴露的陪酒女,大白天的也敢在少年宫大院和客人亲嘴儿。有一次,几个醉醺醺的男人走错了地方，竟然闯进正在上课的美术班教室，当着孩子们的面，嚷嚷着要找小姐。小姐是什么玩意儿？那可是旧时代的产物。在新的时代，属于糟粕……举报信的最后，联名举报的孩子们，以被侮辱和被损害的形象，这样痛心疾首地写道："警察叔叔，救救我们吧。我们的琴房和厕所过道，就在舞厅楼下，那里到处都扔有用过的卫生纸、避孕套、卫生巾之类的脏东西，我们不敢从那里经过。一怕摔倒，二怕染上脏病，更怕被这些糟粕玷污了我们幼小而纯洁的心灵。"

曹河运走进少年宫小剧场。演出已开始，没人会注意到他。实际上，他出现在这里，也属于临时起意。

这场由全县小学生参加的"六一"儿童节文艺汇演，有他二女儿的身影。起初，二女儿是合唱队的一员，由于排练期间感冒嗓子肿了，被老师放弃，为此不开心了好一阵子。直到演出进入倒计时阶段，又接到通知，可以登台，不用发声，只在台上对对口型就好了。女儿虽没有邀请家长来观看演出的意愿，可在曹河运想来，若出其不意，对女儿的表演做一番客观又中肯的评价，说不定会给女儿带来意外的惊喜。

一个小合唱节目结束之后，曹河运也没能在舞台上找到女儿的身影。此时，整场文艺演出已接近尾声。候场的间歇，前排坐着的孩子们不时会发出一阵"嘤嗡"的低语。只待报幕员离场，一束椭圆形灯光自上而下，悬置在舞台中央，周围瞬时变得安静下来。曹河运不禁感到一阵恍惚。直到前排的孩子们再次发出一阵"嘤嗡"的低语(那显然是一种崇拜的表现),这才看到,一个神态端庄的小女孩儿,身形款款,从舞台深处走上来,站在舞台中央。

他已"老眼昏花",虽能看清女孩儿身上衣服的颜色,却无法看清她的脸;他能看清光柱里浮荡的尘埃,如银亮细小的箔,却仍旧看不清她的脸。只是觉得她的出场,令人眼前一亮。她身上穿着一件粉红色连衣裙,在灯光的照射下,如一团迷雾氤氲斑驳。如今想来,更像一个不太真实的幻梦。是的,是一个幻梦。要不然,他怎么会从台下那一张张稚气未脱的面庞中,找出一张男孩儿的脸呢? 他凝神看着他,看着那双因痴迷而显得过于沉醉的眼睛。要知道,在当时,他可是坐在剧场的后排,不可能面对观众……这种发现,更像一个悖论。在其后的无数次回忆中,曹河运还会拨开时间的迷雾,与正处盛年的自己相逢——为此他会忧伤不已。他怜惜地看着那个胡子拉碴、神情落寞的中年男人,看着他时而眉头微蹙,时而茫然四顾,一副心不在焉的模样。

"我们的祖国是花园,花园里花朵真鲜艳……我们的生活多愉快,娃哈哈娃哈哈,我们的生活多——愉——快。"

女孩儿嗓音稚嫩,表演略有浮夸之嫌。唱功虽不敢恭维,发出的"快"字音节,高音部分根本挑不上去,唱成了破音,却有足够的表演经验。用一个花哨动作,将唱功上的瑕疵轻松掩饰过去。她脚上穿一双在当时十分罕有的皮鞋（其他参演的孩子们，穿的可都是白球鞋），黑鞋、白袜，鞋尖杵地，左点一下，右点一下，以一个三百六十度的旋转动作，给整个表演画上一个圆满的句号。而后凝神伫立，胸腔起伏，十指微跷，托住脸腮，恰似一朵沐浴在阳光下的祖国的花朵。

剧场内响起的掌声，将曹河运从恍惚中惊醒。受了感染，他也跟着拍了几下巴掌。

此时，警员小马躬身凑近。见曹河运一改往日做派，不禁笑了，俯在他耳边，低声说："曹队，都整明白了。说得一点儿没错，仨男的，一人搂着一个女的，刚才进了包间。"

曹河运收起巴掌，仍神情专注地看着舞台。见那位穿粉红色连衣裙的小女孩儿打头，一群孩子从舞台上雀跃而下，演出显然进入文艺汇演的高潮部分——给领导献花的环节。那群孩子当中，他一眼便看到了自己的女儿，不禁有些激动。意犹未尽地嘀咕一声："还没晌午呢，这就结束了吗？"

小马听得有些不明所以，"没结束，他们刚进去……"又问，"要不，咱搂草打兔子——顺便带几个回去？"

曹河运摆手，站起来，小声说："不急，咱先上去看看。别再逮不着狐狸，惹一身臊。"

舞厅内，二人刚找好位置坐下，只见一位留长发的青年，给邻座开完一瓶啤酒——他开啤酒的样子，看上去着实特别:两手各抓啤酒一瓶,像拎着两枚手榴弹,左右晃动,用其中一瓶啤酒,顶住另一瓶啤酒的瓶颈,掌心磕击瓶底,只听"嘭"的一声,瓶盖如一枚子弹,弹射到天花板上。这要伤了人可咋办?曹河运"咸吃萝卜淡操心"地想,看着酒液从瓶口汩汩涌出,不自觉地咽了口唾沫。听到那男青年问:

"喂,啤酒,还是格瓦斯?"

"啤酒多少钱一瓶?"

"十块。"

小马或许真的渴了,或是看曹河运眼馋的样子,伸手去裤兜儿里掏钱。但他很快停手,看了一眼曹河运,显得不好意思。

"头儿,我忘带钱了,你带没带?"

曹河运更是感到难为情。在单位,他可是出了名的穷酸,总是兜儿比脸还干净。这种场合,又怎能丢了面子,便摆出一副见多识广的架势,摆手将小马制止:"不喝,咱不喝那玩意儿,咱喝不惯……"说说这样的话也就算了,偏偏,他又犯了爱管闲事的老毛病,瞪一眼男青年,咋呼问道:"喂,啤酒——外面才一块钱一瓶,你们这儿卖十块?这不是哄抬物价吗?"

长发青年瞟他一眼。大概,他觉得曹河运这样的年纪,来舞厅着实有些不靠谱,况且他的穿着、长相,怎么看怎么土气。

"嫌贵?你们家自来水儿便宜。"

这样噎人的话,曹河运有肚量,听了不会动气。小马却不经事,也有为领导争面子之意,拧眉斥道:"你咋说话呢?瞧瞧你那德行。"

长发青年一愣,抬手,一巴掌扇在小马脸上。小马被打得猝不及防,二人随即动起手来。

小马虽身为警察,却是个刚来的,还没学到多大本事。况且个儿矮,动起手来根本就不是人家对手。直到他亮明身份,这才稳住态势。随即报复性地,从包间内揪出一对衣衫不整的男女。

曹河运一直冷眼旁观。面对一地狼藉,却猛地意识到,一次随意性的调查,若真的查不出问题,砸了人家场子,可不太好收场。想到这儿,赶忙吆喝一声,带上两个"现行",想迅速脱身。

二人刚走下楼梯,却被堵在大厅门口。

观看演出的领导尚未退场,大批学生蜂拥而至。只见一帮穿戴时髦的男女,紧随在二人身后。他们从楼梯上退下一步,对方便紧逼一步,嘴里叫嚷:"警察咋啦,警察就没王法啦?喝不起啤酒,还打人哪,还想把人带走哇!"

孩子们受了惊吓,整个大厅变得更加混乱。

一位瘦长脸、面容还算年轻鬓发却染霜白的女人,本已走到厅外,听到动静,回头张望,迈步朝这边儿走来。边走,边舒缓地撩着鬓发。她腹有乾坤的样子,一眼便看出曹河运的身份,略过小马,径直走到他面前,和颜悦色地问:"你们是哪个派出所的？"

曹河运刚想回答，却被一群孩子挤得连连倒退。那位在舞台上见过的小女孩儿，恰好扑倒在他脚下，被他一把拽住。女孩儿拖着裙子，娇气地叫着："我的鞋，我爸刚给我买的鞋……"曹河运弯腰，替她捞起皮鞋，这才顾得上抬头，冲那女人说："我们……是县公安局，刑侦大队的。"

女人并无问责之意，只是认真地看他两眼，似惋惜，像提醒，摇头说："你们执法，也该挑个时候呀。你看这么多孩子，真要造成事故，影响多不好啊。"说罢，神情冷漠，转身朝大厅外走去。

曹河运怔怔地看着她的背影，一时说不出话来。

小马凑过来问："头儿，这女的，谁呀？"

曹河运摇头。

直到后来，他才知晓了她的身份——她和他即将侦办的一宗命案中的几个关键人物，有着错综复杂的关系。对整个故事来说，更像一个特殊的符号。

二

时间很快就到了这一年的七月，暑假开始的头一天，曹河运记得非常清楚，那宗命案便发生了。那天，单位里显得格外安静。各科室的骨干，都被召集到大会议室开会去了。之所以将他排除在外，除了因为手头儿有这起"少年宫违法经营案"，其实，也是他不受重用的一个体现。

对舞厅经营者的调查，没费多大劲儿，便已水落石出。赵局长找他谈过话，他也深知"多一事不如少一事"的道理，便一直拖着。直到舞厅息事宁人，和少年宫解除合同，调查也算了结了。其后数天，他一直懒得去找赵局长汇报工作。案宗其实早就写好，在抽屉里放着。之所以会选择这样一个时机递送上去，虽是无心，却也有意——他是想趁机探听一下那宗命案的虚实。

这宗突发的命案，从听到消息的那一刻，便令他牵肠挂肚。

单听案发地的名称，好像大有来头。因那一带有一个姑表亲，以前常有走动，曹河运对这个叫作风河谷的地方并不陌生——那里，不过是一片荒僻的河滩。河滩以北，十多公里的远处，隆起一座山包。谷地顺山包的走势形成一个"U"形转弯，便有了些"沟谷"之意。冬天多半会刮北风，一股脑儿从谷口灌进来，这才有了"风河谷"的命名。风河谷有一条季节河，周遭是大片的庄稼地。附近村子里的农户，春天去那里播种，入伏后给庄稼施一次肥，锄一遍草，直到秋收，一年去那里的次数，也不会超过五次。此地在黑山县黑山镇的西南方向，离城三十公里。一般情况下，城里人很少光顾那里。当时，即便在公安局内部，报案人的身份也语焉不详。据说，是一对各有家室的中年男女,游逛过去,准备行那男女间的苟且之事。远远见到河滩上一堆烧焦的东西,初以为是节烧焦的树桩,待走近了看,这才发现是一具裸尸。

曹河运看过那份最初的尸检报告,上面这样写道:死者女性,身高一米五至一米六之间,年龄三十岁左右。周身烧伤面积达百分之八十以上。头部未见器械损伤,喉咙里未见溺液。颈部表皮脱落。未见锁骨沟有勒、掐痕迹。皮下及肌肤组织未见出血。双手亦未见伤痕。

会议室里坐满了人。

张副队长站在一块黑板前,正在就现场勘查的情况,对案情做进一步分析——由他来负责此案的侦办工作,无疑是局里释放的一个明确信号:刑警大队大队长升迁调走之后,一直空着的位子,看来不会旁落他人。

主持会议的是赵局长。他的身旁,是两张看上去相对陌生的面孔。曹河运知道,他们是从市里赶来、专门听取汇报的市局领导。法医科、刑事鉴定科、技术处的部分精干警力,全都在座。去过案发现场的部分警员,坐在靠墙的一溜儿长椅上。

他蹑手蹑脚进去,本不想惹人注意,先将案宗拿在手里,准备散会后交给赵局长。不想,却引起张副队长的过分反应。张副队长随即停止了讲解,假装喝水,端着杯子,眼睛瞄着弯腰寻找座位的曹河运——这种明显有排斥倾向的举动，使大家的注意力全都聚拢过来，令他猛然惊觉，愣在那儿，坐也不是，站也不是，只好半弯腰，顺着座椅间的过道，走到赵局长身后，将案宗攥给他。刚想掉头离开，却被赵局长从身后拽住衣后襟，朝一张空位子指了指，意会他别走。他扭捏一番，最后，还是选择坐下，心里却窝火极了。

黑板上绘有一张草图，标出风河谷的地形，以及现场遗留的痕迹。虽显潦草，却也一目了然。张副队长用他字正腔圆的普通话，继续对案情展开分析："死者身上着火了……出于本能，她肯定会往河边跑。但是，跑出两三米远，她就摔倒了。由此，就在这个地方，形成第二片燃烧区域……随后，死者站起来，继续朝河边跑。跑到河边，一头扎进河里，由于吸入大量的炭末和有害气体，最终还是不幸身亡。死亡时间，大致推断为八月二十六日晚十点左右……"

张副队长讲到此处，略作沉吟，脸上现出一副遗憾的神情，目光瞟向会议桌旁的法医。当看到法医对他不时颔首，神色变得更为笃定。

"据我们调查得知，前天晚上，风河谷上游水库提闸放水，水流量剧增，将尸体冲到岸上。综合进一步的尸检结果来看，死者是被烧死的。初步推断，应定性为自杀……"

安静的会议室里，忽地响起一声冷笑。

曹河运起初并没在意，直到大家面面相觑，目光落定在他的脸上,这才有所惊觉,脸瞬时涨成猪肝色。他自己都被自己吓到了,猛地意识到,方才那阵怪异而突兀的笑声,并非出自他人之口,而是从自己的嘴里发出来的。

这真是有点儿过分了。简直不可思议——当时,他从会议桌上拿来一份尸检报告,拿在手上,由于没戴花镜,看得有些吃力:气管与支气管内部有黑色炭末,附着灰尘和沙尘,未见溺液……他边看,脑子里迅速形成自己的推断。恰在这时,听到张副队长那番论断,不由自主,便发出了一记类似嘲讽、又似恶作剧般的笑声。

他看不到自己的窘态,却能通过别人的表情,意识到自己犯了一个低级错误。在这样一个正式的场合,这种笑声真的太不适宜了。对张副队长本人,以及在场的其他人来说,都是一种不恭和冒犯。整个会场为之肃然。沉默,如一块无形的石头压得他透不过气来。他赶忙收起跷着的二郎腿,坐正了身子。

张副队长脸色阴沉,但在领导面前又不好发作,只能装聋作哑,不停眨眼,委屈地望向赵局长。

赵局长扭头,瞪了曹河运一眼。有人却分明看到,他的嘴角露出一抹纵容的笑意。"老曹,别在背后整那各色的。有话就说,有屁就放。"说完,做着手势,低声,撺掇似的鼓励道,"站起来,站起来……既然对案情有想法,那就说出来给大伙儿听听。"

犹豫间,曹河运觉得心头的石头慢慢松动。那并非一种庆幸的感觉,而是多年来郁结心头的不快,形成的一股能量,仿佛一头豹子,傲岸起身,从密林中啸叫而出。他霍地站了起来,虽能控制住面部表情,但说起话来,却难免带了挖苦的腔调:"俗话说得好哇,一哭二闹三上吊,那可是娘儿们家使性子的看家本事。可谁见过这么二性的娘儿们?她不想活了,她想死,上吊、投河、吃药、抹脖子……样样死法都很容易。可她咋就偏偏选了这样一种死法?让人实在想不明白。即便我这样的大老爷们儿,这种死法也扛不住。"

质疑般的开场,等于向张副队长宣战。张副队长不待思忖,见招拆招,辩驳起来也颇见声色:"你的意思,就是铁板钉钉,认定他杀?你是不是小说看多了?但凡出现死人,都是他杀……你去过现场吗?现场没有留下任何搏斗的痕迹,就连第二人的足迹也没有发现一个。如果是他杀,再弱小的女子,即便是只鸡,也该扑腾几下吧?可痕迹呢,痕迹在哪儿?现场只有她一个人的脚印。这个现象,你怎么解释?难道,她是从天上掉下来,正好摔死在那儿的?"

曹河运眯眼,一脸的漫不经心,意味深长地一笑,转头面对众人说:"说得好。说得实在是好。照你的说法,她应该就是自杀……可又为啥死者的呼吸道里,除了发现大量燃烧后的炭末,尸检报告中没有标明一点点儿河水的痕迹?难道说,是法医疏忽?你给大家解释解释……"他抓起那份卷褶的尸检报告,也不展开,用指尖拨弄纸页,"'死者喉咙里未见溺液',这话到底啥意思?你非要说她扑到河里死的,这也行,可这就是明显的自相矛盾。难道她扑到河里,恰好就没了呼吸?"

张副队长一愣,求助般望向法医,却见法医错开目光。他只能拿起放在桌上的一副塑胶手套朝手上戴。心里慌乱,动作愈显笨拙。随后,拎起证物袋,指着里面一只半高跟凉鞋,故作镇定道:"扑到河里,暂定为一种假设也未尝不可。如果说,死者只是到了河边,恰好就没了呼吸呢?并不能影响对死亡原因的直接判断,还是让现场的证据来说话……我们在第二燃烧区域附近,找到很多明显的小坑,用这双凉鞋做了比对,都是死者生前留下的。说明她在那里徘徊过好一阵子,做过激烈的思想斗争。从这点来看,她就应该是自杀!"

"自杀?那应该是自焚。可汽油呢,汽油从哪儿来?她总该带上一个盛汽油的瓶子或桶。可瓶子或桶呢?你又该说了,会不会丢到河里被水冲走了,是不是,你会这么认定?"

曹河运心里其实也没底,只是怀着一种赌徒心态,故意给张副队长设下话语的圈套。

张副队长果然中计,一脸茫然,随即点头。

"这就对喽,人可得长点儿脑子……"曹河运如释重负,疾步走到黑板前,毫不客气取代张副队长的位置,不慌不忙,开始给大家演示:"这是第一燃烧区域,离河岸十二米远,对吧?难道说,死者往她自己身上浇完汽油、点着火之后,还能拎着汽油瓶子或桶,跑上十几米远,把瓶子或桶扔到河里去吗? 真的会有这种可能吗?"

曹河运完全进入了状态。他不仅用他的口才使自己一辩成名,还用不太雅观的肢体动作,激发出自己的表演潜能。他一边手舞足蹈地说着,一边又扮演起死者的角色——先是往身上做着浇汽油的动作,而后,迈着碎步,模仿女人的体态,在逼仄的会议室里,数着数,跨出十二步。最后,扑倒在一位同事的身上,表情夸张,做出一个抛掷动作。

不知是对案情的分析深入人心,还是夸张的表演起到了搞怪作用,会议室里响起一片哄笑声。市局的一位领导率先拍了几下巴掌,有人跟着鼓掌。

张副队长恼羞成怒,显得格局小了,嘀咕道:"你能……看你能的。何必呢? 我能力有限,那就让领导任命你来负责侦办这起案子好了。"

这句明显撂挑子的话,令曹河运神情一振,却又猛地意识到了什么,随即身子松懈,慢慢走回自己的座位,坐定后抬头,脸上是一副笃定的表情。

三

曹河运走在回家的路上。

那一天遇到他的人,或许会从他的脸上看到一抹倦怠而得意的微笑。就在方才,他仿佛用尽全力,不仅将多年来郁结心头的愤懑发泄出去,更为重要的是他最终为自己赢得了机会——一次扬眉吐气、施展身手的机会。只是这样的机会,幸运中夹藏危机。当着市局领导的面,他不但拍胸脯打了包票,还写下一份事关重大的军令状——三个月内,若不能顺利侦破此案,便要主动辞职,脱了这身警服,带老婆孩子回家种地去。

签军令状的现场,赵局长看透他的鲁莽,暗中提醒:"这样的案子,或许会很复杂,指不定几天就能破,也指不定三年五载理不出头绪,你还是别搂得太满。"

他顾不得,实在顾不得了。他以家中有事为由,请假从单位出来,其实是想平复一下内心的情绪。他拐到中药房,抓了一服草药。推着自行车,在街上慢慢地走,草药包挂在车把上,晃晃悠悠,恰似他当时的心情。天忽地就下起雨来。多年未见的太阳雨,下得有些出人意料。只见朗朗晴空,一朵棉花团似的雨云,不偏不倚遮住太阳。雨的阵势倒不小,银斑闪爆,扑簌飞溅。又见天际现出一道彩虹,稍纵即逝……这被他认定为自己人生际遇中的高光时刻。他只顾陶醉,却忘了避雨,草药包被雨水打湿,心中又平添几分懊恼。

进了家属院儿,看见小女儿蹲在屋檐下,正在鼓捣一只铁皮炉子。

"你奶奶呢?"他小声问。

女儿朝屋里撇嘴,小声说:"我妈,又跟我奶奶吵架了。她一赌气,拎个包袱卷儿自个儿回老家了,说啥也不在咱家住,说是受够了。"说完,小大人似的叹了口气。

曹河运也跟着叹气,心里责怪母亲的同时,不禁又埋怨起老婆来。在他们家,婆媳吵架是家常便饭。

曹河运从仓房中找出一只黑乎乎的"药吊子",准备亲手熬药。见小女儿忙得一脸热汗,不禁心疼。闷声问:"你姐呢?早上我不就吩咐过她,早点儿帮你奶奶把煤炉子点上,好给你妈熬药吗?"

"谁知道跑哪儿去了。我会熬药,以前我就给我妈熬过药。"女儿小声说。

"那次,不就烫了手吗?"

父女二人正聊着,院外忽然传来马达声。曹河运扭头看,见小马从挎斗摩托上跳下来,三步并作两步,跑到近前。

"曹队,赵局长催得紧,让我过来接你。局里的人和市局领导都赶到案发现场去了。"

他一急,失了手,将打开了的草药包擩给女儿,抄起挂在自行车上的衬衣,转身便走。走到门口,这才觉得不对劲儿。扭头,见女儿捧着那包草药,眼巴巴地看着他,动也不敢动,泪眼婆娑,看他一眼,又低头看一看脚下。女儿的脚下,枸杞、银杏叶、白菊、当归……大半草药散落在地,盖住女儿瘦瘦的脚踝。阳光明晃晃的,给那些草药镀了一层奇异的亮色。曹河

信使

运不由得心疼,却无法顾及,对女儿说:"你跑一趟中药房吧,再去抓一服药。等这个月发了工资,再还他们药钱。你一提爸的名字,药方子和药钱,他们就都知道咋弄了。"

案发后,因有人蹲守,命案现场并未遭到破坏。风河谷暗藏凶险的河段,依旧保持了原初的样子。在褐红色砂石以及周遭葳蕤草木的映衬下,那片直径两米左右的第一燃烧区域,看上去仍旧触目惊心。

曹河运和小马赶到时,只见一群人围住现场,正在听张副队长讲解:"就是从这堆灰烬中,我们发现了烧焦的衣服残片,还有死者的大量毛发……"

曹河运不想听他唠叨,在人群外围转悠。等一行人离开,这才凑过去,俯身查看。忽听赵局长喊他,便赶忙跟上了队伍。

第一片燃烧区域往南,大约五米开外的地方,是一片望不到尽头的玉米地。地头上长有一棵高大的白杨,树身结满眼睛似的疤痕,俯视着这一片面积稍小的燃烧区域。

"从这一堆灰烬中,发现了更多烧焦的衣服残片……"

张副队长的讲解,令大家不禁黯然。周遭的物状,虽保持了物体固有的沉默,却用扭曲的形态,传达出和人类同样的哀痛——玉米棒大半枯了缨穗,好似棕黄色马尾;距离火场较近的一小片玉米,全都枯卷了叶子;几株被火舌舔过的玉米棒,胞衣脱落,露出黑乎乎的籽粒。

就是在距离燃烧区域几米远的草丛中,发现了第一只半高跟塑料凉鞋。是那种俗称"闪金水晶"的软塑料凉鞋,石榴红色,鞋子尺码和死者的脚型大致吻合,印证出草丛周边那些奇怪小坑的出处。张副队长指着那些深浅不一的坑凹说:"我们做过仔细比对,鞋跟的前半部为椭圆形,后半部为直角,形状分毫不差。这么规则的踩踏痕迹,说明死者生前并未遭到任何威胁。她或许有过一番激烈的思想斗争,不然,大半夜的,一个妇人家,跑这儿来干吗?她来这儿散步吗?如果是他杀,真是奇了怪了,凶手总该留下点儿痕迹才对。"

曹河运本想去河边转转,听了他的话,忍不住走过去,指着他脚下,用商量的口吻,不耐烦地说道:"你仔细看看,确认一下地形,再下结论好不好?这里是砂石滩,又不是沙滩和泥滩。那女的,凉鞋有鞋跟儿,当然会留下这么多脚印。咱们穿的都是平底鞋,即便留下脚印,过一晚上,露水打、湿气浸,也就啥痕迹都留不下了。"

张副队长低头,脸上是一副气鼓鼓的模样。错了错脚,待看清脚下,脸随即涨红,再不好意思开口。大家也效仿他的动作,果真见方才踩踏出的脚印,在潮湿的砂石滩上只留下浅显的印痕,随着砂石层里的水分慢慢浸透,印迹很快变得模糊。

曹河运手指前方,大声问:"另外一只凉鞋,就是在那边找到的吧？"

张副队长点头，小声说："是。"

顺着依稀的足迹往前寻看，尸体曾经倒卧的地方，距离河水咫尺之遥。当时的风河谷，只剩一弯浅流。流水清澈，褐色、青白的卵石隐现其间。那里是河的南岸。依照事先勘察的结果，在河的北岸，也留有死者的大量足迹……空寂中，曹河运仿佛看见一个身量不高的女人，从河的北岸涉水而来。走过十几米宽的河滩，站在那棵白杨树下，有过一番不知思量的徘徊。

待到先前的勘察结果比对完成，曹河运提议：所有在场警力，兵分两路，沿燃烧区域周边，以及河的北岸，再次展开一次大规模排查。

天色已近黄昏。空空的河滩上，那个被烧死的女人，那个面容模糊的受害者，不时会从曹河运的意念中跳脱出来。她旁若无人，在案发区域游荡，显得无所适从。她使那些更为沉默、或凑在一起小声说话的现实中的警察，成了一种背景般的点缀。女人为曹河运演示了整个案发的过程。她孑然的形态，像一个在舞台上独舞的伶人。可行凶者的身影，始终未能在曹河运的冥想中出现……遵从意识的指引，或者说冥冥中受了什么感召，在风河谷北岸，曹河运最终有了一些意外的发现。

那个地方长满了杂柳，密密匝匝，犹如岸边筑起的一道篱笆。沙地上的脚印并不明显,却有一处浅浅的凹陷,像是有人在那里跪伏后的结果。面向河滩的牛筋草,麦芒状的草穗朝向河心,有明显被扑倒的痕迹,更加印证了他的这一猜测……他屈膝,选择了一种特别的姿势,跪了下来。冥冥中,仿佛受了感召,伸头朝河对岸张望。

几名年轻的警察,扎堆站在一片红薯地里,做着挥手的动作,却听不到他们的声音。整个场景显得有些怪异,打断他的冥想,使他脑海中一个呼之欲出的推断,如水中游鱼,倏忽不见。他呆呆地朝对岸望着,见赵局长和两位市局领导凑在一起抽烟。两处焚烧现场遗留的痕迹,在向晚夕照中变得越发清晰起来。

有人在红薯地里找到一只带有花边儿的淡粉色女式锦纶丝袜。

"肯定是死者蹚水过河,无意中丢在这儿的。"有人做出这样的推断。

"不可能无意丢这儿的。即便她坐在地瓜垄边,脱鞋或是穿鞋,把袜子搵在身上,弄丢一只,丝袜咋可能会跑到那么远的垄沟里去呢?"曹河运说。

"风吹的吧?"另一位同事说。

他翻个白眼:"这几天,除了闷热,你见过一丝风吗?"

对方低头思忖,不再说话。那些事先觉得有了什么重大发现的人随之沉默下来。

曹河运抬头，再次望向河对岸。那里，暮色如潮，将杂柳树丛淹没，形成了一道黑色屏障。不知名的虫子开始唧唧发声，伴随着河水缓慢地流淌。他沉吟片刻，自顾说道："那个女的，肯定在这儿遭遇了不测。是外部因素，使她丢了这只袜子……"无人开口附和，他却只顾叹气："说啥都没用啊。赶紧查清死者身份，才好走下一步。"

四

很难想象一个女孩儿，家中发生那么大的变故，她会如此冷静……或许她的妈妈出门之前，对她做了什么交代。那天晚上停电了，那个年月，停电在黑山镇是常有的事，所以未等妈妈回来，她便一个人上床，早早睡下了。门虚掩着。小镇从前的夏夜总是这个样子。白天的溽热令人难耐，到了夜晚，多半人家会敞开门窗入睡。熟睡中的女孩儿，并不知道她家的花狸夜半归来，空荡荡的房子里，并非只有她一个人……等她睁眼，刺眼的日光从窗口打入，令她感到一股烈焰般的炙烤。门扉依旧虚掩。她起床，在屋子里来回走动。觉得妈妈似曾回来过，因为赶着上班，又像以往那样，照例没给她做早饭。女孩儿已见怪不怪。那个时候，她已学会自己照顾自己。她会做简单的饭食，会拿着妈妈留在梳妆台上的零钱，去街对面买早点。那个早晨，梳妆台上照旧是前两天的样子，没有两角或五角的零钱，只堆放着梳子、润肤露之类的东西。像是动过，又像未曾动过。她草草吃了点儿饭，一整天都待在家里，身旁唯有一只花狸陪伴。其间，她看了一会儿电视。对着衣柜上的镜子，模仿电视节目跳了一段新疆舞。当她不能确定某个动作是否正确，便会蹙眉嘟嘴，对着镜子琢磨半晌。那一整天，妈妈都没有回来。等到夜晚再次降临小镇，她便独自坐在灯下，一直等到深夜。等不及，便在花狸的陪伴下，再度睡去……第三天，女孩儿才有了一丝疑虑。她走了很远的路，来到妈妈上班的地方，却只在商店里逛了逛，并未向妈妈的工友提出任何问题。第四天，她换上妈妈给她买的一件新衣服，一个人收拾妥当，准备去爸爸的单位看看……一切看上去都那么自然。走到半路，她碰到了一位远房亲戚。

"你妈呢？你妈也没给你梳梳头，就这样让你跑出来了。瞧这邋遢样儿，给你妈丢不丢脸呀？"亲戚开玩笑似的跟她说。

"我妈好几天没回家了。"女孩儿嘟嘴说。

亲戚不以为意："你爸呢？"

"我爸，出差走了半个多月了……他们或许不想要我了。"女孩儿这样说着，忽然变了声调。

"他们咋会不想要你了？你妈……好几天没回家了？她不回家，去哪儿了？"

女孩儿摇头，红了眼圈儿，小声说："谁知道哇。"

那天,亲戚带着女孩儿寻遍整个黑山镇,也没能打听到女孩儿妈妈的下落。在这个镇子上,女孩儿除了这位远房亲戚,再无其他亲人,便只能寄宿在这位亲戚家中。又过了一天,一筹莫展的情况下,经旁人提醒,亲戚这才带着女孩儿来到公安局报案。

那双半高跟女式凉鞋,亲戚似曾见过,但又不敢确认。警察拿给女孩儿过目,女孩儿没有任何表示。直到拿出单只的淡粉色女式锦纶丝袜,女孩儿的眼睛亮了亮,随即又黯然。

有人小声提议:"要不,带她去辨认一下尸体吧?"

曹河运不加理会,心里暗骂:"尸体烧成了那样,还带孩子去认尸,是想造孽呀!"

尸骸的照片,还是要辨认一下的。曹河运觉得虽是无用之功,却还是要照章行事。他坐在办公桌后,神色疲惫,眼神没了往日的犀利,茫然中掺杂一丝温和。偷偷瞥了女孩儿一眼,赶忙错开目光。他像想起什么似的,再偷偷瞥上一眼……猛地发现,女孩儿好像在哪儿见过。想了半天,脑子里却是一片空白。

亲戚只看了照片一眼,差点儿晕厥。她脸色苍白,汗水濡湿衣衫,嘴里发出痛苦的呻吟声。喝了几口凉水,这才缓过劲儿来,小声问曹河运:"这不会是她吧?咋会是她呢?那么要好的一个人,不可能就成了这样吧?"

落地扇呜呜转着。风力忽大忽小，掀翻放在桌子上的照片。其中的一张，径直落在女孩儿脚下。她坐靠在一张长条椅上，身穿一条崭新的豆绿色裙子，头发蓬乱，形似一个小小囚徒。随着照片的飘落，她的身体不禁为之一颤。先是充满戒备，又假装不经意地朝脚下瞟了一眼。而后，不声不响，将伸出去的脚慢慢缩了回去。

在死者身份尚不明确的情况下，曹河运只能带领手下去女孩儿家中查找证物。

女孩儿的家，在黑山镇城西，是一幢带有门廊的平房，独门独院。单看屋内摆设，便可看出是超过普通人家的生活水平。那会儿彩色电视刚在黑山县出现，而且大多不过是二十一英寸的牡丹牌彩电，她家却有一台二十四英寸的日本索尼彩电。沿墙一溜儿组合衣柜，衣柜内挂满女性服饰。警察在一个抽屉内，找到一包刚拆封的袜子，款式、尺码同案发现场找到的证物一模一样。这种袜子在黑山县的市面上也不多见，由此可以断定：那位死者，正是女孩儿的母亲，一个叫李思蜜的女人。

除了那包袜子，再不见其他有价值的线索。他们去李思蜜供职的人民商场调查，一无所获。于是，又到商业局打听她丈夫江明贵的行踪。这才得知，近段时间，商业局未派江明贵去任何地方出差。在江明贵办公桌的抽屉里翻出一个皮夹子,里面夹藏一张女人的照片。经过确认,是江明贵曾经的恋人。随后,又有人提供了一条重要线索:就在上个月,江明贵借出差之机,曾在阳城下车,找过那照片上的女人。

五

时间赛剪刀,往事如拷贝。同案情相关的好多重要经历与细节,曹河运有时怎么想也想不起来;而一些同案件无关的经历和细节,印象却极为深刻,召之即来挥之即去。这大概属于一种选择性记忆,而非他二女儿所说的间歇性失忆。

好在,自从签下军令状的那一刻起,曹河运便养成了记笔记的习惯。

对整个命案的侦办过程,他都有一个类似"备份"的私人记录,并写在一个黑封皮的笔记本上。每次调查结束,他先是在脑子里过一遍,拣着那重要的,隔三岔五记上一笔。有的记叙详尽,不乏文采;有的类似大白话,像流水账那种……这样做的目的,一是出于工作需要,二是也证明了当时他那份谨慎而迫切的心情。

刚刚退休那会儿,家人常见他把笔记本翻出来,一个人待在角落,仔细翻看,静默端详。他专注的样子,让人觉得那并非一个普通的笔记本。他的那股认真劲儿,仿佛是对当年案情的重温,又像尘埃落定后一种不懈的审视。有时他的脸上会现出一副轻松、愉悦的表情,那便说明,当年当日的调查工作,应是取得了不错的进展;有时,又见他眉头深锁,在纸页空白处奋笔疾书,补记或纠正着什么,便是说明,他对当年当日的工作,仍有不甚满意的地方。更多的时候,他则是对着那本子眼神迷离,面露愧色。要么"啪"地合上本子,迅速离座;要么手捂额头,陷入长时间的沉默。此时,他的心里到底在想些什么,家人就很难猜得到了。

到了后来,他便再没动过那个本子了。毕竟年纪大了,好像忘了它的存在。其实,是被他束之高阁,藏在一个纸箱里。拜他那糟糕的记忆所赐,有时,他真的会将它遗忘……那次去阳城调查的过程,也就这样,在他的记忆中形成一段空白。实则那次调查,更像一个多余情节,不会影响整个案情的进展。倒是出发前和归来后的两段心情,像裹了一层保鲜膜,在他的记忆中保持了鲜活的姿态。他清楚地记得,当时,他在本子上写过一段话。

　　一九八六年八月十六日。天阴。
　　今天我把我妈接回来了。她一个人在老家,心里有怨气,日子肯定不会好过。王(他的妻子)的病始终不见好,我啥时候回来又说不定,我妈能跟我回来,算是解了我的燃眉之急。希望明天到阳城,也能像今天这么顺利。
　　　　　　　　　　——摘自曹河运的笔记本

出发前,曹河运特意回了一趟老家。他骑一辆自行车,前梁上坐着他的小女儿,后座上特意绑了一个垫子,那是他为母亲精心准备的。母亲上了年纪,每次坐自行车,都说不习惯,硌得屁股疼。至于母亲愿不愿意跟他回来,他当时并没多想,只顾想其他的事了。

走到半路,他问女儿:"老丫头,像你这么大的姑娘,一般都稀罕啥物件啊?"

女儿误解了他的意思,以为此次出差,他这做父亲的要给她买礼物回来,不由得雀跃。

"稀罕啥呀,稀罕的玩意儿可多了。我稀罕花裙子。每次学校有演出,穿得跟个叫花子似的,让同学瞧不起。你们不嫌丢人,我还嫌丢人呢。"

"还有呢?"

女儿仰头看他,脑门儿蹭着他刚刚刮了胡子的下巴颏儿,不无忧虑地说:"欠药铺的钱,还没还上吧?我妈的病,也不知道啥时候能好,又不知道要吃多少服药。买裙子得花多少钱?只给我一个人买吗?我姐能不吃醋?算了吧,还是买点儿吃的带回来得了,那就挺不错了。"

曹河运暗笑,却又不禁感到惭愧。因他心中所想,并非要给女儿买什么礼物,而是想着那个家庭突遭变故的女孩儿。他想接近她,除了怜悯,亦有私心。因他始终有这样一种预感:李思蜜离家之前,女孩儿总该知道些什么。他尝试着问过她几次,却始终无果。只因李思蜜的尸体被确认之后,女孩儿再也不肯开口说话。正如照管她的那位亲戚所说,从公安局回来,这孩子就像个哑巴了。

母亲余怒未消,不肯跟他回城。

"我在我自个儿的地盘待着多自在,有你叔伯兄弟照顾,你也不用为我操心。"

"妈,不是我为你操心,是儿子还需要你为我操心。你这一走,我啥也顾不上,家里可全都乱套了。"

母亲脸上闪过得意之色,"哼"了一声道:"你都这么大了,不能老指望你妈。你是有媳妇的人,你得指望你媳妇。"

曹河运见央求无效,便使出撒手锏,故作严肃道:"妈,我最近接了个大案子,跟局长签了军令状。你和你儿媳妇一点儿也不知道体谅我,只想着跟我怄气,影响了我的工作,不能顺利破案,我这身警服,就得给人扒了,灰溜溜儿回村里种地。"

女儿也在一旁添油加醋:"我爸真要被公安局开除了,我看你这张老脸往哪儿搁。"

老太太紧绷的表情稍有松动:"我这张老脸,我这张老脸……在你妈跟前,都不如一块破抹布。"

曹河运进一步好言相劝:"妈,你别跟她一般见识。有啥委屈,就当委屈在自个儿儿子身上。你们婆媳俩如果能搞好团结,我就能所向披靡。等案子破了,说不定,局里会提拔我当大队长呢。"

老太太闻听此话,忽然哭了,态度发生三百六十度转变,开始归置东西。一边收拾,一边哭啼,可见心里有很大的委屈。孙女乖巧,撵在她身后,不时抬衭袖,给奶奶擦眼泪。老太太不耐烦地将她推开,擤一把鼻涕,抹在鞋面上,讨价还价问孙女:"小兔崽子,你妈再跟我翻脸,你是向着我,还是向着你妈?"

孙女拉着长声:"得啦!我妈这回也算服了你了。她跟我爸也立了军令状,说从今以后,再不敢跟你闹别扭了。"

老太太扑哧一声乐了,戳着孙女的脑门儿:"你这见风使舵的小白眼儿狼。从今往后,奶奶就疼你一个。"

那天,老太太没坐曹河运的自行车,而是由叔伯兄弟赶一辆马车,专程送回县城。马车上载有她全部的家当,另有一些新鲜的瓜果蔬菜。孙女相伴身旁,又有儿子骑车在前开路,老太太算是挣足了面子。

曹河运下了汽车。

时间正是一九八六年八月二十日。黑山县汽车站,在他的记忆中灰扑扑的,一如他当时的心情。下车的乘客寥寥无几。他颓唐的模样,更像个没着落的盲流。幸好,拎在手上的一只边角磨损的人造革皮包,能够彰显他的身份。只是皮包里的内容太过寒酸,除了一套牙具、一个笔记本,别无他物。笔记本上竟然未着一字,可见这次去阳城调查,应该是一无所获。出门前对女儿无心的承诺,他也忘了兑现。准备买给那女孩儿的礼物,也忘得一干二净。他像个失意走卒,蓬头垢面地站在汽车站。他犹豫一番,无心回家,贴着墙根儿朝公安局的方向慢慢走去。

从接手这桩案子算起,时间已过去一个半月。曹河运起初信心满满,随着调查的深入,却一度陷入迷惘与焦虑的状态。先前的踌躇满志,变为如今的满腹狐疑。傲气与自信的消磨,也可从局里对他的待遇上得窥一斑:先前成立的专案组,多名警员随他调遣,212吉普、警用摩托,各种交通工具尽其使用;而今,多名警员相继被调离,就连一直跟着他的小马,也被抽调走去执行一项名为"严打行动"的任务,出外调查只能靠自行车代步。这次去阳城,便只剩下他一个"光杆司令"。

公安局大院儿里乱糟糟的。有人站着说笑,居然声情并茂;有人蹲在墙根儿,好像面壁思过;有人像只猴子,抱定一个东西死不放手,却原来,手腕上铐着一副手铐,根本动弹不得。两人的手腕被同一副手铐铐住,成了一根绳上的蚂蚱……曹河运心里清楚,随着新一轮"严打行动"的开始,黑山镇辖区内的虾兵蟹将也算一网打尽了。

他目不斜视,穿过甬路,走进月亮形拱门。水泥地在夕照中泛起一簇光亮,使低矮的走廊显得更为幽暗。各科室的门大多关着。他高抬脚，轻挪步，唯恐惊扰了别人。趔进自己的办公室，放下提包，茫然站了一会儿。抬手抹脸，长长呼了口气，轰然靠倒在椅子上。本想吸根烟，再去找赵局长汇报工作，不想虚掩的门悄悄闪开，猛地抬头，见赵局长站在门口，面无表情地看着他。

"没啥进展吧？"

"嗯……"他慌忙从椅子上站起来，嗓子眼儿似被卡住。去裤兜儿摸烟，烟盒空的。他狠狠地攥瘪，掷在脚下，撅着屁股去抽屉里找烟。"那女的，前些日子确实见过江明贵。可他是去找她借钱的，提供不了什么重要线索。查到一些情况，还需要做进一步调查……"

赵局长不经意地"哼"了一声："调查，还是先别查了。先把手头的事放放，建筑公司那边，前两天出了件事。明天，你赶紧过去处理一下。"

"不查了……为啥不查了？我在规定期限内破不了案，到时候该算谁的？"他嗓子肿痛，一如穷途末路的赌徒，却发现赵局长早就没了人影。曹河运不由得烦躁，冲到门口，差点儿撞在门框上，歇斯底里地喊道："到时候，该算在谁的头上……"

赵局长背对着他，站在走廊里。沉默一瞬，慢慢转身，对曹河运劈头盖脸一顿训斥："这几天局里都乱套了。大家伙儿黑天白日连轴转，一个礼拜都没合过眼。你看看外面，堆了这么多人，成赶大集的了。你总不能老是在一旁躲清闲吧？市局刚刚下过通知,现在是严打的收官阶段,离结束还有不到半个月的时间。任务完不成,你说又该算在谁的头上?"

曹河运鼓着胸脯,说不出话来,脸上换作一副可怜巴巴的表情:"我躲清闲?我,我这不是怕在规定时间内破不了案,丢了自个儿饭碗吗?"

赵局长白他一眼,幸灾乐祸道:"该!谁叫你当时嘴欠。你先把建筑公司这件事给我摆平了,我再替你想办法。"

建筑公司隶属黑山县商业局管辖。七月份,那里出了一宗纰漏。公司查账时发现,库存的螺纹钢,竟然缺了十二吨……接到举报,商业局迅速成立调查组。一经介入,蹊跷之事接连发生。就在调查组进驻建筑公司的当晚,两个蒙面人持械闯入,打昏值班人员,撬开财务室门锁,将所有票据、账本烧毁。后来,调查组成员还发现,他们的家属晚上出门竟然被人跟踪,并遭到口头威胁。这种情况下,他们只能向公安局求助。

第二天,曹河运来调查组驻地接洽。一位三十多岁的男人接待了他,自我介绍说:"我叫陆家良……"

旁边另一位五十多岁的男人插话:"这是我们新来的陆局长……"

"副的,也是刚来调查组。"这位名叫陆家良的男人,长得一表人才,戴一副近视眼镜,说话语调谦和,有一股书卷气。

　　几句寒暄过后，那位五十多岁的男人再次抢话："因为被人威胁，原先牵头这项工作的老刘怕了，谎称自己生病，胆子也忒小了点儿，其实是他媳妇不让他干了。陆局长刚来，情况也不太熟，我就只能多说几句，别嫌我话多，我姓马……"他舔了舔薄薄的嘴唇，显然口才不错："最初开始调查，我们发现整个建筑公司内部管理十分混乱，特别是账目方面的问题，竟然连出库、入库的手续都没有，明显违背财务制度。缺失的十二吨钢材，本以为只是账目出了问题，却没想到，接连出现这么多异常情况，可见问题非同小可。眼下，票据、账本全都被毁，想要查出个子丑寅卯，更是难上加难。幸好，前一阵子，我们的调查工作还算取得了一定进展，建筑公司的供销科科长李向东，承认钢材是经他手出的库，数量上也核准无误……提货人，就是咱们商业局的供销科科长江明贵。俩科长，我看一丘之貉。想做手脚，肯定能瞒天过海。这不，江明贵也不知躲哪儿去了……"

　　"江明贵？"

　　曹河运一挑眉梢，目光瞟向正在弯腰倒茶的陆家良。只见他抻着颈子，态度热诚而谦卑，露出左腮与脖颈处两道微红的抓痕。他显然心有旁骛，目光在镜片后闪烁。茶水溢出杯口，茶壶嘴儿仍未见抬起。曹河运连忙摆手，提示他"够了"，兼表客气。陆家良这才有所察觉，自嘲地笑着，拿来一张报纸,胡乱擦抹桌面。抹一下,大概眼睛看不清楚,探着两根手指,去桌面上揉搓,心不在焉地问:"那个李向东,承认自己是经手人了?"

姓马的说:"承认得倒是挺坦然,只是说这件事跟他没任何关系——江明贵带条子来提货,他就只能公事公办。钢材的去向,问起来一概不知……我倒觉得,他肯定在撒谎。因为前一阵子,我们去找江明贵核实情况,那个时候他就不露面了。是他老婆李思蜜跟我们说的,说江明贵亲口跟她提过,运走的那批钢材,就是李向东让他开的条子。前前后后,两人在一起商量过好几次。"

曹河运认真地听着。

一旁的陆家良暗中瞟他一眼,说话的口气有些怪异:"这事闹得有点儿大。十二吨钢材,可值不少钱了。等调查结果出来,怎么着也够判几年的吧?"

"几年,都是轻的。还敢派人威胁咱们调查组成员家属,太嚣张了。数罪并罚,我看枪毙都不为过。这下有曹队长介入,找李思蜜对上口供,他想抵赖都不成……"

陆家良脸色一暗,看定曹河运,口气变得迟疑:"听说,李思蜜好像也躲起来了?有人说,他们两口子都跑到南方去了。南方那么大,真要躲起来,可就真不好找了。"

姓马的一拍大腿:"真的吗?你听谁说的,两口子都跑了?这不结了!秃子脑袋上的虱子明摆着,这就是李向东和江明贵联手,合伙盗走了这批钢材。江明贵害怕,带着老婆畏罪潜逃……"

陆家良低眉看他,脸上淡出苦笑:"话可不敢这么随便说,要想证明江明贵畏罪潜逃,总得拿出点儿证据来。那十二吨钢材究竟去了哪儿?那个李向东,他咋就那么沉得住气?听说,他还一直在单位上班呢。"

"心存侥幸,江明贵跑了,他能装一会儿是一会儿。"

"咱俩还是别瞎猜了。有曹队长介入,肯定会查个水落石出。"

曹河运坐在一旁,不发一言认真地听他们两人说话,好像在听一段相声。他的表情活泛多了。不时颔首,笑眯眯地看一眼姓马的,又看一眼陆家良。

六

九月初的夜晚,夜风虽已微凉,人们却依旧沿袭了纳凉的习惯。曹河运在街头游荡,看似悠闲,实则心里烦愁。自他接手了这项新的调查工作,小马重又被他召回。这两天,二人分头行动,一直跟在调查组成员家属的屁股后头转悠。一来,是为了保护他们的人身安全;二来,也想有点儿意外收获。奇怪的是,几天下来,黑山县风平浪静,不起任何波澜。

一盏路灯下,一群人正在围观二人对弈,闹哄哄的阵势,好似在打嘴仗。曹河运凑过去，漫不经心地看了几眼。微风中，从远处飘来一阵歌声：

"万水千山总是情，聚散也有天注定。不怨天不怨命，但求有山水共做证……"

一首粤语歌，引他的好奇。待他循着歌声的方向，慢慢朝前走去，拿腔拿调的女声，转瞬化作一个铿锵的男声：

"在那桃花盛开的地方，有我可爱的故乡，桃树倒映在明净的水面，桃林环抱着秀丽的村庄……"

这首歌他会唱，心情好时，也会偷偷哼唱两句。只是那歌者的唱功，实在无法恭维，应该比他也强不了多少。前半段还没唱完，便被人起哄打断了。

"算了吧。这调儿跑的，都跑到松树林去了，哪有什么桃树林呀。"

"噢，陆老师来了。陆老师，您这是出来转转？"

"陆老师唱这歌最地道，让陆老师给咱们唱一个。"

"陆老师，您来一个。好久没听您唱了，日子都过得没滋味儿了。"

"陆老师，你来一个，你怎么也得来一个。你一开口，歌唱家都得靠边儿站。"

一阵喧嚷过后，歌声又起，却是一个女人在唱。唱的是一首叫作《妈妈的吻》的歌曲。听那声音，年纪应该不小，嗓音又细又软，乍一听，让人后背起一层鸡皮疙瘩。

在路灯的映照下，街道如一道混沌水流，将曹河运与街对面的一拨男女隔开。不远处，少年宫顶楼的火炬如一尊熄灭的灯塔，静静矗立。他怔怔地站了片刻，顿感无趣，咳嗽一声，朝着另一个方向走去。待歌声缥缈，身后忽然响起一阵急促的脚步声，他警觉地退守到暗处。很快，听到一个人在背后喊他。

　　是一个熟人，陆家良。

　　陆家良说："曹队长，大晚上的，你也真就闲不住。我家离这儿不远，要不，咱俩去家里坐坐，唠唠嗑，喝杯茶？"

　　话虽然说得诚恳，明显客套。曹河运笑笑说："还是算了吧。听说你刚成家，去了也不太方便，会给你添麻烦的。"

　　陆家良略显尴尬，小声说："没事，家里那位，广场上跟人唱歌呢。"

　　曹河运开玩笑似的说："那也不去。"

　　陆家良推了推鼻梁上的眼镜，以同样开玩笑的方式说："看来，曹队长是嫌弃我呀。"

　　"言重了。就冲你现在的丈母娘，谁敢嫌弃你呀。"

　　陆家良真的尴尬起来，嘀咕一句："这个老马，又在背后说我闲话。他是看我顶了他的位置，嫉妒。"说着，兀自笑了，以一种自嘲的口吻说道："我老婆前几年过世，我一个人，日子顶不好过。蒙大家成全，这才成了一个家。我和谢战樱，其实早就认识……毕竟她是老姑娘了，脾气又不好，在黑山县也算出了名的,背后少不了别人嚼舌头,再加上她妈……别人一提我俩的事,总是把她妈放前头。好像,我就真的成了攀高枝的。"

曹河运认真起来,一本正经地劝他道:"那也是没办法的事,黑山县毕竟地方小。你们两口子处得还行吧?"

陆家良的回答,听起来令人摸不着头脑:"还行……曹队长,有些闲话,你听了也甭当真。毕竟,我们俩是半路夫妻,况且谁家没个抬杠拌嘴的时候。我实话跟你说,谢战樱她有轻度的精神分裂症,情绪经常会失控……这是婚后我才了解到的。唉,现在后悔也晚了。"

听不到曹河运的回应,陆家良回头,见他呆立在原地,凝神看向不远处一座亮灯的宅院。忽而动如脱兔,招呼不打一声,径直朝宅院走去,隐身在一棵海棠树下观察了一番,而后穿过栅栏,消失在暗影重重的庭院中。

当时,曹河运以为有了什么重大发现。待他凑近那户人家的窗户,朝屋内窥望一番,不禁有些失望,这才迈步踏上门廊。此时,陆家良跟了上来,小声而惊恐地问道:"曹队长,你,你这是干吗呀?"

他回头看他一眼,说:"我有事,你先忙你的去。"刚要抬手敲门,门廊上的灯,忽地亮了。抵在他指端的门扉,从里面闪开,显得有些迫不及待。

　　　　　　　　　　　　　　　　　信使

狭窄的门廊被灯光映得雪亮。站在门内的女孩儿,身穿一条粉红色连衣裙。不知微凉的天气,她怎么还会穿这样一件单薄的夏装。虽是素面,却使曹河运猛地惊觉,想起六月里的一次邂逅。女孩儿鲜明纯美的形象,其实早就印刻在他的脑海,只因无常和忙乱,蒙蔽了他的心智。此刻,灯光恰似舞台上的一束聚光,令他心明眼亮,一眼便将她认出了。同时,也清晰捕捉到女孩儿的面部表情——由瞬间的期望转为失望,一脸沮丧,虽显夸张,却不带任何表演的成分。

他将门扇顶开一点儿,故作惊讶地问:"丫头,你咋跑这儿来了?你大姨呢,她陪你来的吗?前天我去她家,也没能和你照上个面。"

女孩儿愣愣地站着。待看清了眼前的阵势,低垂眼帘,手扶门扉,身子堵住门口,不肯让步。显然,她并不欢迎这位不速之客,却又很是无奈。僵持了片刻,转身,使劲儿带了一下屋门,却被曹河运抬脚顶住,跟了进去。

沙发旁的茶几上,摆放着一个台式相框。相框中,是一张甜美、因染色而失真的脸。正是李思蜜。那个不幸的、在调查中被搁置的死者。他淡然地看了一眼。愣神之际,被女孩儿推开,从他腋下钻过,挤到沙发旁,"啪"一下,将相框反扣在桌上。

他暗自苦笑,硬着头皮问:"你咋自个儿跑这儿来了,嗯?赶紧回你大姨家。这么晚了,一个人在这儿……"

女孩儿身子倚着沙发扶手，也不搭理他。待他再想说点儿什么，听到她近乎发泄般嘟囔一句："这是我家，我想来就来，谁管得着哇。"

曹河运愣住了。因为他知道，女孩儿已好久不肯同人说话。现在终于开口，赌气也好，失礼也罢，总归是件好事，赶忙附和："好，好，大爷不管你，你随便待着就是。待够了，大爷再送你回去。"说着，一屁股坐下，忽地想起陆家良。扭头朝门口看去，这才发现，他招呼也不打一声，早就走了。

一老一少互不搭理，场面有些尴尬。屋子里静得出奇。石英钟在墙上嘀嗒有声。曹河运几次腮舌鼓动，想要说点儿什么，却又不敢妄自开口。

窗外忽地传来一阵响动。

女孩儿瞬时缩紧身子，显然受了惊吓，求助似的看着曹河运。

曹河运的第一反应，觉得陆家良可能还待在外面，赶忙安慰她说："没事……"

声音仍旧响个不停。女孩儿侧耳聆听片刻，眉眼舒展起来。"是我家的猫……"

曹河运更正："不是猫。"

女孩儿较真儿："是猫，我家的猫。我把它带到大姨家，它自个儿跑出来了。两天没跟我打个照面。我猜，它准是在外面跑够了，回到这里来了。"说着，起身朝门口迎去。

门刚打开一道缝，一只花狸钻了进来。女孩儿弯腰，想将它抱起，它却敏捷地跳开了。曹河运眼疾手快，俯身将它擒住，送到女孩儿怀里。

女孩儿端着肩胛，将猫温柔地抱着，脸颊贴紧花狸锦缎似的皮毛，嘴里念叨："你饿不饿呀？你还知道想着我呀？瞧你这一身脏的。"

一老一少重又坐回到沙发上。

曹河运掏一根烟，点着火。刚吸了两口，女孩儿轻轻咳嗽起来。曹河运自觉地将烟掐灭，暗自叹了口气。女孩儿效仿他似的，也跟着叹了口气。

屋子里重又变得安静。外面传来另一只猫的叫声。

女孩儿忽然开口："那会是我妈吗？"

曹河运一时没明白她问话的意思，一阵心跳。寂静之中，外面再次传来窸窣的响动。他竖着耳朵，警觉地看向窗外。

"我说那照片上的人，会是我妈吗？我妈那么漂亮……"女孩儿呢喃的话语，似提醒，又像诘问。

曹河运迅速调整好表情，用庄重的语气说道："等把事情搞清楚了，就知道是不是你妈了……孩子，你都知道些啥？能不能跟大爷讲讲？"

女孩儿语带哭腔，气急败坏地说："你先告诉我，那不是我妈，我才能告诉你。"

"好，那……那不是你妈。"

女孩儿安静了一瞬，忽地抽泣起来。

"那天晚上，我妈走的时候，说很快就回来。她没回来，说不定，是去找我爸了。"

"嗯……或许，她真的去找你爸了。"

"可我爸呢？他又去哪儿了？"

曹河运无语。

女孩儿瞬间涕泪交流，嘶声喊道："骗人，你骗人，你还想不想让我告诉你其他的事了？"

曹河运低眉顺眼，更是不敢贸然开口。

女孩儿接下来的讲述，好似暗黑中浮起的一层亮斑，在曹河运眼前，拼凑出一帧粗粝的影像。爆着亮白的颗粒，像夏日的萤、冬日的霰，驱散那一夜的黑暗，在他的余生，亦会留下残缺且深刻的划痕——事发那天傍晚，女孩儿听到外面响起一阵敲门声。她以为出差的爸爸回来了，抢着去开门。当时，天还没完全黑下来，她们家却早早亮起了灯。不知是灯光刺目的缘故，还是外面渐渐浓稠的暮色，正从旷远之地奔涌而来，使那个站在她家门口的男孩儿，给她留下一个粗疏印象的同时，又显得格外深刻。她不认识他，却又好像在哪儿见过。他像班级里众多的男生，若非打过交道，她便觉得，他们是同一个人，对她做过同样出格的事。

男孩儿的目光，看上去直愣愣的，神情显得过于专注。他

信使

的脸上,除了天性中的散漫与顽皮,又有一种乍然闪现的惊喜。随后,像旧友重逢,变得深情而局促……他近乎无礼地盯着她看,让女孩儿觉得很不自在。借由他的盯视,不由得低头,朝自己身上瞧了瞧。那天,她穿一条粉红色的连衣裙,脸上化了妆,不算浓艳,是因无所事事,重温"六一"儿童节文艺汇演的盛况一种。她被盯着看久了,心里便清楚,这个男孩儿,肯定是看过她演出的众多男孩儿中的一个。因为每次她去学校,若是穿这条粉红色的裙子,定会引来众多男孩儿的侧目。他们由最初的倾慕,变为不知好歹的起哄。令她深感懊恼的同时,又觉得非常骄傲,总是故意装出一副很不高兴的样子。

那天,因为是在自己家,她的不高兴,并非伪装,而是真的生气。刚想说点儿什么,她家的狸猫从屋里跑出来,毛骨悚然地叫着,窜进暮色丛生的庭院。她不满且娇气地骂了一句:"你疯啦,天都快黑了,你跑出去干吗?"她的妈妈从厨房探出头来,问:"谁呀?"她回头,负气地说:"不认识……"说完,转身回了屋内。

她坐在沙发上,瞄一眼电视,时不时地还会朝门口瞥上一眼。看见那个贸然登门的男孩儿,神情变得更为局促。他翻弄了一番裤兜儿,又低头朝脚下寻看。妈妈的身影,遮挡了她的视线。电视机的音量开得很大,使她听不清妈妈和那个男孩儿究竟说了些什么……眨眼的工夫,那个男孩儿便不见了。

他穿短裤,短裤样式却有点儿说不清楚,就是黑山县的男孩子们夏天常穿的那种短裤,由长裤改成的也说不定。他穿的短袖上衣,就是观看"六一"儿童节文艺汇演时,按照学校的统一规定,男生们都要穿的那种白色的短袖上衣。只不过穿在这个男孩儿身上,脏得快要辨不清颜色,显得特别拧巴。至于长相和头发嘛,也和大多数男孩儿差不多,塌鼻梁、细眼睛。夏天男孩子们喜欢理的那种锅盔头,周围的发楂刚长出来。

"不管咋样,如果我能再看到他,准能一眼把他认出来。"女孩儿尖着嗓门儿,这样信誓旦旦地说道。

七

一九八六年九月十五日。小雨。

好运气总算来了。我这辈子,好运气不多,却都很特别,都是邮递员给我带来的。当年,王答应跟我结婚,是乡里的邮递员把信给我送到了挖河工地;我被招到镇里做治安员,也是邮递员给我送达的消息;我由治安员变成一名正式警察,那张改变我命运的调令,也是经过邮递员,再由其他人转送到我家里。而今天这封信,本不该由我得到,那个虽然面熟,却没什么交情的老邮递员,他

　　　　　　　　　　　　　信使

怎么就那么善解人意？他是不是老天特意派来帮助我的？他真的做了一件功德无量的事。那封信对我来说，可真的太重要了，是我的救命符。

——摘自曹河运的笔记本

这一日，曹河运从商业局出来，拱肩缩背，推着自行车，绕过雨后积起的水洼，同一名邮递员擦肩而过。邮递员的脸隐在雨帽里，给人一种阴郁之感。他望了邮递员一眼，虽觉得面熟，却没心情打招呼。直到他走出很远，忽地听到身后传来邮递员的喊声。声音虽然不大，却显得极其神秘。

他扶着自行车，呆呆地站在原地。自从调到县城工作，他很久没和邮递员打过交道了。这位老邮递员，负责他们单位那片儿的邮递工作，十几年下来，一直都是这张老面孔。他怔怔地看着他，直到辨明邮递员话中的一个名字，倏地一惊，不待细问，丢开自行车，三步并作两步，赶到他面前，呼吸急促地问："谁的信？你刚才说谁的信？"

老邮递员说话慢声细语道："一封从外地寄给江明贵的信。寄来有段时间了。"说到这儿，凑近他，低声说："我儿子在建筑公司上班，听说过那件事。觉得那封信，或许对你有用。"

曹河运没有任何表示，拔腿朝门卫室跑去。撞开屋门，瞅见屋角的桌子上堆了一摞报纸，夹杂着一堆信函和杂志。他不管不顾地扑将过去，翻找起来。醉醺醺的门卫瞅他不顺眼，不客气地嚷道:"找啥哪?造反啦,你当这是你家呀!"

曹河运顾不上理他,将桌上的东西翻了个遍,也没找见他要找的东西。踌躇间,老邮递员从外面进来,将一摞新报纸放在桌角,看一眼焦躁不安的曹河运,问那门卫:"有封信,前几天我还见过,嘱咐你经管好了,别弄丢。这会儿整哪儿去了?整天就知道喝酒,堆这么多报纸也不知道分发下去。你们领导不读报?咋就没人管管你。"

门卫打个酒嗝:"管我?管我的人,他妈还没把他生出来呢。我们商业局,领导就喜欢捞钱,不喜欢读报。"说着,龇牙一乐,随手一指:"真有那封信,肯定丢不了。最近又没生炉子点火,收废品的也没来,去桌子底下找。"

曹河运钻到桌子底下,果然找到了那封信。

信来自省会春城。主要内容如下:

> 你提供的发票,我们没法报销。让你开一张钢材发票,你咋给开了一张啤酒发票?会计那儿没法报账,你看这事咋整吧?

信的落款时间为七月三十一日。那个时候,江明贵已经失踪,李思蜜也已罹难。由此可以做出推断,建筑公司失窃的十二吨钢材,有可能经由江明贵之手卖给了这位写信人。

去往春城的那一刻,黑山县仍在落雨。雨水绵延了整个旅途。曹河运下了火车,却见这座他从未踏足的城市,朗朗晴空,滴雨未落,一派秋高气爽的景象。据那位劳动服务公司的采购员回忆,他和江明贵是出差时在火车上认识的。

　　"那家伙,酒量可大了。他提一打啤酒上车,两站地不到,喝得一瓶没剩。都是同行,我俩聊得还算投机,分手时互留了地址。随后不久,江明贵给我寄来一封信,说手里有一批钢材,问我要不要。不仅质量好,价钱也低。比国家计划内的价格低了不少……五月份,江明贵押车,把货给我送过来。十二吨螺纹钢,我付给他一万四千一百元。十块钱的票子,装了满满一麻袋。你说这个江明贵,真抠门儿,只给了我一百块钱的好处。随后不久,他给我寄来一张啤酒销售发票,可见'嘴上有毛办事也不牢'。我们是正式的国营单位,买入、卖出,都要走正规手续。这要搁在前几年,还不得给我扣个投机倒把的帽子?真是肠子都悔青了。当初,我就不该把货款给他结清,也就不至于留下这么一个尾巴。我给江明贵写信,到现在,他连封信也不给我回。我正准备上你们那儿去找他去呢。你来找我,他是不是出事了?"

　　"他来送货,没说过什么特别的话吗?"

　　"他来送货,我想结交他这个朋友,下饭店都是我请客。他一个人,喝了一件啤酒。什么特别的话?他连客气一下都没有,还有什么话可说的。"

"他没跟你提过其他人吗？比如，这批钢材的来源，或者，有没有其他人和他合伙经手了这笔买卖？"

"哦，他提过一位姓李的科长。就是，你们那儿的建筑公司，叫个李什么的来着？"

"李向东？"

"对，李向东。他说，货就是从李向东手上弄出来的。还吹牛说，李向东跟他说了，我需要多少货，他和李向东就能帮我搞到多少货。合理合法，开正规发票。"

一九八六年九月十七日。晚。晴转阴。

我住顺风旅馆。从王采购员那里，得到一条重要线索。明天就能安心回去了。因为经费有限，只能住最便宜的旅馆，每晚需十块钱的住宿费，还潮湿得不行，就不想打电话，跟局长汇报工作了。来春城之前，我已和他有过深入交流。调查进行到了这一步，我的意见是，既然迟迟没有进展，那不如破釜沉舟，将李思蜜遇害的消息对外公布出去。听那个叫小燕的孩子说，李思蜜遇害的当晚，有个男孩儿去过她家。据我推测，那个男孩儿应是去给李思蜜传递什么信息。那会是怎样的信息呢？我敢断定，李思蜜遇害的消息一经公布，肯定会搅乱黑山县表面的平静。凭我的直觉，那个隐藏在暗处的家伙，并非一个多么高明的对手。家里那边，不知工作进展如何？会不会如我在春城一样,也会有所斩获?

——摘自曹河运的笔记本

买好了回程火车票,羁留旅社的当晚,曹河运记下当天所经历的事情,开始有一搭无一搭地看电视。电视新闻正在播报某地突发洪水的消息。只见屏幕上,有人正在街头张网捕鱼,看上去着实有趣。又见河水如脱缰的野马,从镜头中惊掠而过……随着镜头的闪回,猛地发现,洪水肆虐的街道,以及洪峰过处遍地狼藉的河床看上去有些眼熟。再看屏幕下方的滚动字幕,这才知道,灾区并非别处,正是他的老家黑山县。

他心急火燎,开始惦记家里。因他家所住的家属院儿,别说洪灾,即便连着下两天中雨,也会积涝成灾。他慌忙跑出房间,想给家里打个电话。旅社老板不在,电话被锁在抽屉里。他出了旅社,找到一家能打长途电话的小商店,拨通了局里的电话。本想指派小马去家里看看,不想小马没找到,却惊动了正在局里加班的赵局长。

"有效果了!"赵局长直来直去,声音中有掩饰不住的惊喜,"你那个'搅浑池中水,呛晕水中鱼'的计划见效啦。这次,我看不但能把鱼呛晕,就连王八也得上岸。"

曹河运没有搭腔。他一心惦记家里,又不好将赵局长的话打断。

"你走的第二天,李思蜜亲戚家的窗台上,有人放了一封信,打着江明贵的旗号写的……"

"一封信?"

"字迹潦草,顶多小学生水平,根本不是江明贵的笔迹。看来,多狡猾的狐狸,也有脑瓜不开窍的时候。"

"信上写了啥内容?"

"信上写,李思蜜去广州了,现在,和江明贵在一块儿。托这位亲戚帮忙照顾一下家里的小孩儿。还写,不管谁去亲戚那里打听,嘱咐好亲戚孩子,啥也别说……还解释,李思蜜之所以去广州,是因为商业局调查组去她家调查,她害怕了,这才躲起来了。等两口子在广州安顿好了,风声一过,他们再想办法把孩子接走……信的末尾,添油加醋,嘱咐亲戚把信看完马上烧毁。写这封信的目的,不就是想证明李思蜜还活着,给我们制造烟幕弹吗?"

"局里有什么应对?"

"昨天,我们把建筑公司,以及同江明贵有接触的所有人的字迹,全部搜集到了一起。专家正在加班加点,进行比对。明天,你能赶回来吗?"

"后天,总得后天才能到家。"

"后天也行啊。后天,结果就能出来了。"

"男孩儿的照片搜集得咋样了?"

"也差不多了……对了,光顾着高兴,还没听你说说那边

信使

的情况呢。"

"很顺利……"

话到此处，电话忽然中断。曹河运愣着，却也无心回拨电话。他沉浸在喜悦中。直到回到旅社，这才又开始惦记家里。

八

笔迹的比对结果，对于案情来说，没有任何实质性的帮助。据内行人推测，信中那些蝌蚪般的字，若非故意，便是出自一名尚不能正确掌握写字方法的小学生之手。好在，茫然之际，有人来公安局自首。

自首者名叫胡耀喜，二十三岁，曾是建筑公司一名正式员工，因有盗窃恶习，被建筑公司除名，因此积怨。那天，他跟人喝完酒，意气用事，这才蒙面闯入建筑公司，打昏值班人员，烧毁票据、账本等物。直至后来威胁调查组成员家属，都有他的参与。整个事件背后的主谋，那个唆使他、利用他，后来又威胁他的人很快浮出了水面。

当案情到了最后的审讯阶段，曹河运曾经有过瞬间的判定——这个名叫谢战旗的二十八岁青年，定是杀死李思蜜的凶手无疑。

谢战旗坐在审讯桌对面。一番抵赖之后，却出人意料地安静下来。虽对胡耀喜的供述表示认同，却对"风河谷命案"

的指控,保持了谜一般的沉默。

"装聋作哑也没用。你编排的这一套太小儿科。如果你不把李思蜜杀了,如果不写这封信,或许还会让我们费点儿工夫……你不是聪明反被聪明误,而是太蠢。智商不如一个三岁小孩儿。你上过学吗?受过教育吗?一点儿法律常识都不懂吗?盗取钢材,本无死罪,你又何苦杀人?"

颇具嘲讽意味的开场,是曹河运发起的凌厉攻势,亦是他情绪上的一种宣泄。

谢战旗缓缓抬头,嘴角歪斜,吹了一下额发。傲慢、阴森的目光,与曹河运有过片刻对峙,遂又变得颓唐、诡异起来。身子慵懒地靠在椅背上,仿佛他所面对的并非一场审讯,而是一次爱搭不理的闲谈。

曹河运毕竟耐性有限。他在焦虑中煎熬太久,终是不能忍受,霍地起身,抬手指着谢战旗,吩咐手下:"来人!把他这一头长毛给我剃喽!"

谢战旗气急败坏地嚷叫,以及掐住他后颈的警察为使其就范小声而严厉的规劝,无不令曹河运感到厌烦。他冲出审讯室,去了一趟厕所,这才慢慢恢复了平静。从厕所出来,路过赵局长的办公室。屋门开着,赵局长正在里面接听电话。见曹河运走过,冲他招手,他便走了进去。赵局长听完电话,起身关了屋门。二人在屋内一番耳语,又前后脚从屋里出来,朝审讯室走去。

由于没了长发的遮护,谢战旗戾气顿失,垂头丧气地坐在一盏白炽灯下,头皮聚了一层青光。

曹河运看着他,面无表情,忽然叹了口气:"你这孩子,真不让你妈省心。你妈带大你们姐弟俩,多不容易呀!她那么要强的一个人,又是那么让人尊敬的一位领导……你赌钱,开舞厅,她都能容你。可如今你闯了大祸,这又怎么让她替你收场啊?"

谢战旗一愣,面孔扭曲,怒目而视,仿佛这位警察的话,对他是一种极大的羞辱。

曹河运笑了,同坐在一旁的赵局长对视一眼:"你妈也算深明大义,刚才打来电话,只为证实一下消息,她不相信她的儿子能做出这种事。她说,国有国法,家有家规,事到如今……"

谢战旗忽然发出一声歇斯底里的吼叫,令所有人感到意外。

"就是枪毙我,也不用她管我的事!"

审讯势如破竹,谢战旗的态度急转直下,交代自己的罪行,像自暴自弃,亦像一种莫名的报复。

他说,他和江明贵是在牌桌上认识的。那个随时变更地点的赌局,不知从哪儿来了几个外地高手,让他和江明贵几个本地人输得一败涂地。当时他刚借了钱,盘下少年宫的舞厅,由于警察插手,只能关张歇业,手头儿缺钱,这才和江明贵商量,伙同李向东,联手盗取建筑公司仓库内的十二吨钢材。至于胡耀喜,真的没他啥事,平常只是爱跟着瞎混,给他灌上半斤酒,说啥都听。

"后来,偷钢材的事被人举报,江明贵就害怕了,跟我嘟囔,非要来公安局自首。我和李向东劝他,自首也没个啥好儿,正赶上严打,少说也得判个十年八年的。人有几个十年八年?进了监狱,就啥都废了……"

"你不想自首,这才打算把江明贵处理掉?"

"只能弄死他,不然能咋办……"谢战旗嘟嘴,吹了一下额发,忽地意识到已被剃了光头,反倒愣住。旋即,露出一副懊悔不迭的表情,面色刷白,不停眨眼,一副无所适从的样子:"就在那天晚上……我们仨一块儿喝酒,劝了他一番。他一个人喝了不少酒,就是不听劝,还骂骂咧咧的。"

"当时在哪儿喝的酒?"

"在我住的地方。不信,你们可以去找李向东调查……他实在不听劝,李向东就和我商量,干脆一不做二不休,弄死他算了。不把他弄死,一旦他去自首,大家都没好日子过。我能说啥呀?听李向东的口气,如果我敢说个'不'字,保准也会把我一块儿弄死。喝完了酒,李向东把他骗到城东一眼枯井跟前,趁他不注意,拿出事先准备好的榔头,在江明贵后脑勺儿上来了一下。当时,他哼都没哼一声,一头栽到井里。当时……有烟吗?给我根烟抽。"

信使

谢战旗伸手。站在一旁的警察看了曹河运一眼,随后上前一步,递根烟给他。

"杀了江明贵……因为江明贵的老婆,前前后后也清楚这码事,李向东唯恐她说漏嘴,又和我商量,既然出手了,那就不如把他老婆一块儿弄死算了……那天晚上,他就把那女的约了出来……"

谢战旗焦黄的食指和中指间夹一根烟,抖个不停。警察捺燃打火机,给他递火。他却没有察觉。左手搭在椅背上,指尖在卯榫的空隙间暗暗抠搜。

"怎么把她约出来的?"一旁的赵局长等不及,插话问。

谢战旗不答,拢拢手指。打火机已熄灭。在他的示意下,警察再次为他点着火。他便再次拢拢手指,是对警察表达的一番客气。

"是不是派个小男孩儿去送的信儿?"赵局长的问话,显得有些迫不及待。

这样的插问,无疑不太符合审讯套路,曹河运忍不住扭头看他,因此将谢战旗表情中瞬间的讶异忽略掉。等他蹙眉,转过头来,只见谢战旗将烟深吸一口,缓缓吐出的烟雾,遮挡了他的面颊,脸上的疑惑顿然消弭。不待烟雾散尽,便听他说道:"应该,是吧……反正,这件事我也没敢插手。只是跟着他,选好地点,就在风河谷那边,一个没人去的地方。他驮着江明贵的老婆,我在后面跟着……"

这一刻,审讯室内显得异样安静。谢战旗说话间,一吐一纳都被放大,夹杂着灯管嗡嗡的电流声、记录员唰唰的写字声,以及纸张翻动的窸窣脆响。

"到了河边,那女的就不肯走了,问她丈夫在哪儿。我听到李向东骗她,说:'江明贵就在河对岸,跟你见上一面,他就要到南方去了。有啥话,你们两口子当面说。'我带着汽油,落在他们后面。等过了河,在一片地瓜地的地头上,我看见李向东用一根铁丝把那女人的双手捆了个结实,正在脱她的裤子。女人不乐意,李向东大概嫌我碍事,冲我说:'你还不快走!'我害怕,转身就跑。远远地,听见那女人叫了一声。我知道,准是他下手了。我躲在不远的地方,朝瓜地那边看,啥也看不见。后来,看见起了一堆火……哦,不,是两堆。就这样,女人就被活活烧死了……"

直至审讯结束,曹河运始终未发一言。

抓捕行动开始之前,还需对照片进行一番指认。这项工作,自然由曹河运来负责完成。

女孩儿明显瘦了,可见她的亲戚并没照管好她。她长发剪短,留了一个遮住耳根的学生头。坐着,像面临一场考试。她两手攀住桌沿,伸头,看着摆放在桌面上的照片。目光从左至右,自上而下,缓缓移动。随后,抬头看着曹河运,神情紧张,又显得无奈。

　　　　　　　　　　　　　　　　　　　　　　信使

曹河运冲她点了点头,似鼓励,又像提醒。她便再次急切地低下头去潦草地看了一眼,伸手,对准一张照片,轻轻一点。迅速抽手,双手夹在两腿之间,默不作声,坐得十分规矩。

　　经她指认的照片被曹河运单独拣出来,又掺杂了几张照片进去。像玩纸牌游戏,将照片倒扣,单手搅乱,而后一一翻正,再次摆放在女孩儿面前:"你确定?这里面,有你那天傍晚见过的男孩儿?"

　　女孩儿抿紧嘴唇,冲着曹河运连连点头,幅度很大。伸手,毫不迟疑,摁住其中一张照片。

第二章　逃跑的新娘

一

　　江一妍踏上一列开往北方的火车。直到绿皮火车驶出站台,这才想到该打一个电话。她掏出手机,按下通话键。刚刚拨通,却又赶忙挂断。

　　车厢空荡,旅客稀少。播音员对本次旅程做完简短介绍,播音喇叭开始播放串烧歌曲。

　　"出卖我的爱,逼着我离开,最后知道真相的我眼泪掉下来。出卖我的爱,你背了良心债,就算付出再多感情也买不回来……"

　　这首流行歌曲,倒也符合江一妍此刻的心境。她再次意识到,自己此次的出行,无疑是鲁莽而荒唐的。从做出决定的那一刻起,直至赶到火车站,买票(没有合适的快车,她便买了慢车票)、上车、车轮转动,她都未想一想这样做的后果。她暗自嘀咕了一句什么,陷入深深的焦虑。待她认真回想了一遍这一天的经历,心绪平定下来,掏出手机,拨通了另一个人的电话。

"我想回趟老家。"

听她阴郁、负气的语气,更像一个任性的孩子。

"回老家?准备啥时候回去?婚后吗?"

"现在,就现在。我上火车了,火车已经开动了。"

"现在?回老家?"对方连连追问,显然吃惊不小。

她无语应对,敷衍道:"你别急嘛。我去去就回来了,用不了多久的。"

"你老家,那么远的地方。来来回回,总得一个礼拜吧。你这是干吗呀江一妍,你……离婚期只剩不到一周的时间了,你竟然招呼都不打一声,说回老家就回老家,你这是想逃婚吗?你太任性了,你岁数也不小了,得为自己、也得为别人考虑。"对方的谴责如疾风暴雨隔空而来。随即顿住话头,不无忧虑地问她道:"你回老家,跟李汉青说了吗?"

她摇头:"没有……我回老家的事,不想让他知道。只想跟你说一声。"

"你和他领了结婚证,现在是他的人,跟我说有啥用?以后你有啥事,都甭跟我说了。我又不是你妈,我再也不想替你操心了。"

听了这样的话,江一妍却笑了,笑得有些苦涩。张口,腻歪又娇气地叫了一声"妈……"而后又改口:"温青,我多久没这样叫你了?你别生气,我知道我错了,我不该这么任性。可有啥办法,火车开动了,真的没办法回头了。如果错过婚礼的时间,李汉青那边,就由他去吧。等我从老家回来,我再不这样了,再不让你替我操心了。"

这个被她称作"妈"的人,明显拿她没什么办法。只能叹口气,换作一副刻板的腔调:"你说,到底有啥要紧事?这个节骨眼儿上要回老家。我记得,你和老家那边,早就没什么来往了。"

温青的话,指明了江一妍的去向——那个远在北方名叫黑山县的地方。她十八岁那年离开那里,十几年的时间弹指而过,其间一次都没回去过。不仅双脚未曾踏上过那里的土地,甚至中断了与那里所有的联系。别人口中的故乡,对她来说已成阻隔之地。如今,她做出这样一个举动,实在是太过任性。

她用特别的语气对温青说:"今天上午在婚纱店,你不觉得哪里不对劲儿吗?"

听不到温青的回话。手机里传来一阵踢踏的脚步声,以及一阵女婴的啼哭声。

江一妍为此再度陷入焦虑。因为每次她准备对温青说出

64   信使

自己内心的隐秘时,心理上总会多一份负担。因为,每次温青总会报以一种质疑的态度,认定她的疑虑与迷惑,都是一种病态的表现。

她举着手机,扭头看向窗外。在车窗玻璃的反光中,恍然现出一张神色不安的脸,由清晰渐至模糊,慢慢幻化成另一幅画面。那正是今天上午,她跟在温青身后,走进春河路上一家叫作金色米兰的婚纱店,面对一款月白色主婚礼婚纱礼服,驻足不前。

在投影灯的作用下,那款礼服呈现出一种迷离的效果——素色真丝的软缎料子,抹胸样式,腰际缀以人工绣织的叶片图案;最为迷人之处,体现在裙裾下摆,底边呈典雅的银白,硬纱蕾丝花边边以倒三角形式缀出层层波浪;蓬起的裙撑,宛若一朵古典睡莲,暗合了外国电影中的某个经典桥段……一位女店员,婷婷地朝她们走来,操着温软的南方口音,介绍了一番婚纱的款式和质地后,似已看透二人的身份,对温青恭敬有加地说:"要么找一款尺码合适的,您试穿一下?"

店员的话,无疑令温青很是受用。她的身材看上去保持得相当不错。刚刚结束哺乳期,给人一种珠圆玉润之感。作为过来人,对婚纱的鉴赏与喜好,她也自认为有一套高超的认知经验。她内心雀跃一番,大概意识到有喧宾夺主之嫌,这才大大咧咧地说:"你看我像新娘吗?我孩子都一周岁了……"说着,把江一妍推到身前,介绍道:"这才是未来的新娘。你看她的身材,什么尺码合适?"

即将成为新娘的江一妍,看上去神情恍惚,如同一个局外人。

温青陪江一妍走进试衣间。看着她褪去上衣,只穿一件文胸。弯腰、脱鞋、褪掉长裤。肋骨随着迟缓的动作,一根根收缩、复原。秋初的天气,肩胛怕冷似的端着,令温青看了不免心疼,便尽心照顾着她。这使人不由得想起她们大学同寝时的一段时光:两人睡一张床、互穿对方的衣服、结伴去食堂、一块儿去浴室……那个时候,温青像极了一个母亲。而在她的照顾下,对方也更像一个听话的孩子——就像现在,她笨拙地套好婚纱,头颈微垂,等着温青替她拉上后背的拉链。温青却忘了动作,盯着她的后背发愣。她的椎骨处,好似藏有一道机关,球状骨节伸缩抽动,颈根的鬟发毛茸茸的。在灯光照耀之下,有种纤毫毕现的效果。

"当时试穿婚纱,我就觉得你有点儿不对劲儿……告诉我,你为什么会这么做?"

温青的声音,在手机中忽然响起,打断了江一妍的回忆。即便她在电话那头忙着照顾孩子,显然心思也在江一妍身上。

"当时,试穿婚纱的时候,并没觉得什么,只是,心里有点儿难过。"

"嗯,当时,我心里也有点儿不好受。我还说,以后一定要让李汉青好好照顾你。等你们两人过上了自己的小日子,有了小孩儿,心里就会慢慢好过起来。"

"当时,你不觉得哪里不对劲儿吗?"

"我没觉得哪里不对劲儿。我只记得帮你弄拉链,你叫了一声,我还以为弄疼你了呢。"

"你没弄疼我。我叫了一声,是因为店里正在播放的一首曲子,一首旋律舒缓的曲子,名字我想不起来了。可那首曲子忽然就中断了……你没察觉到吗?"

"那又有什么呀?肯定播完了吧。"

"那首曲子的中断,不是播完了,而是突然被掐断了,好像有人故意那么做。随后,一首歌插进来。没有前奏,你没听到吗?就是那首——《明天我要嫁给你》。"

温青"哦"了一声,她或许想起了那首歌。只是江一妍的疑惑,注定会将她引入迷途。她沉默,没有搭腔。

"或许你忘了,根本没在意。"江一妍肯定地说,"响起那首歌的时候,我也是忽然想起来……五年前,你带着我,就曾去过那家婚纱店。只不过那家店,当时不在春河路,而是在槐南街。你想起来了吗?五年前店里播放的背景音乐,就是这首《明天我要嫁给你》。你说,是不是很奇怪?"

温青在电话中继续保持沉默。她或许在想五年前发生的一件事。或许,只是单纯地在想那首歌曲。电话静音,更像被挂断。之后,温青的声音再度响起时,语调低沉而冷静,似有厌烦。

"这有啥奇怪的！放这首歌,不是和环境很搭吗?婚纱店,大多会放这种歌。"

"不是！那首歌,应该是故意播给我听的。"

"江一妍,你又犯什么神经?"

"温青,你好好想想,你还记得五年前,我们从婚纱店出来后去做了什么吗?"

"我不记得,我什么都不记得了。"

"五年前,我们从婚纱店出来,商量着去吃冷饮。今天,从婚纱店出来,你同样说要带我去吃冷饮……"

温青又"哦"了一声。她或许真的想了起来:就在今天上午,从婚纱店出来,她见江一妍神色异样,确实提出过二人去吃冷饮。可这又有什么呢?难道,这会是引发她情绪波动的原因吗?令她做出这样一个出格的举动?她再次选择了沉默,或许想听听江一妍接下来的表达,以此来揣摩她的情绪。

江一妍喃喃道:"五年前,我们从婚纱店出来,商量去吃冷饮;而在今天上午,你又提议去吃冷饮……我当时就想,这并非巧合,而是有人在对我暗示什么。"

"谁?谁在暗示你?"温青的声音听上去冷冰冰的。

江一妍不想做更多的解释,兀自说道:"五年前,咱俩坐在冷饮店吃冷饮,我接到了黄斌峰打给我的最后一个电话。今天,准备去吃冷饮之前,我再次接听了一个电话……"

借由江一妍的提醒,温青想必也能回忆起当年的情形。

那是在五年前,季节比这时稍早些,也就是江一妍筹办她人生中第一场婚礼的前夕,婚礼日期的确定也不似此次这般仓促。将要偕江一妍迈入婚姻殿堂的人,并非李汉青,而是她所提到的那名叫黄斌峰的男子……那天,同样是在温青的陪伴下,去了一家叫作金色米兰的婚纱店。只不过当时那家店在槐南街,而非现在的春河路。试穿完婚纱出来,经温青提议,二人来到一家冷饮店。

那个时候,江一妍沉浸在幸福之中。手机忽然发出的一串鸣音,犹如清脆的鸟鸣,声犹在耳。江一妍接听了电话。螺旋状的冰激凌塔尖清凉如玉,正在甜筒中慢慢融化。她握着手机,接听电话的间隙,不忘贪婪地吸吮一下。粉红色舌尖,俏皮又性感地舔着嘴角。听到她问:"去劫波寺吗?为啥不带上我。什么?你和驴友一块儿去的?"

江一妍现实中的声音,听来犹似谵语:"就在今天上午,你又邀我去冷饮店,当时我就犹豫了一下……你知道吗?随后,我就接到了那个电话……"

"谁打的电话?"温青的声音变得烦躁起来。

江一妍笑了一声,突兀地说:"他回来了。"

"谁?你说谁……谁回来了?"

"黄斌峰——他,他回来了。"

电话那头的温青叫了一声,显然受到惊吓。她再也无法忍受,将江一妍的举动,顺理成章当成一种病态的发作。

"江一妍,你别疑神疑鬼,别这么任性好不好。求求你,听我的。你现在到哪儿了?赶紧下车,你不能就这样毁了自己的幸福,不能一个人回老家。实在想去,你先回来,要么我陪你去,要么等结完婚叫李汉青陪你一块儿去……我知道你心里不痛快,对李汉青不满意,一直忘不掉那个人。可你也该清楚,你年龄这么大了,又没什么依靠……你,你别这么任性好不好? 你这样,会让我担心死的。"

"温青,你别担心。我没事,真的没事……难道,你也不肯相信我说的话吗? 不相信我的判断? 他,他真的回来了。"

温青似乎再也不想和她纠缠, 嘶声叫道:"你到哪儿了? 赶紧下车!"

江一妍扭头看向窗外。

窗外暮色如潮,灯火忽隐忽现。绿皮火车缓慢驰行的速度,使白昼初献给夜晚的灯火尽显黯然,又像疲惫的萤火虫,茫然飞行中找不到落点……一种异样的情绪,忽地将她慑住。

"不知道到哪儿了。火车进山了。温青,我没法儿回去了,他真的回来了。"

二

邻座的旅客是一位胖壮的中年男人。

火车第一站停靠,这男人便上了车。没带任何行李,只拎一打啤酒。火车刚一开动,他便开始喝酒,仿佛车厢是一间流动的酒馆。没有佐酒的小菜,看他喝酒的样子,倒也惬意。喝一口啤酒,偶尔还会下意识地冲对面虚晃一下,仿佛他的对面有隐身人与他对酌。将啤酒喝空一罐,他会攥起拳头。在手掌的挤压下,易拉罐发出碎裂声响。两站地时间不到,被他独占的餐桌上堆起数个瘪塌的易拉罐。火车停靠在第三站时,男人已将整打啤酒喝完。他不声不响地起身,晃晃悠悠下车了。那些空易拉罐,被列车员收走。这个怪异的男人,好像从未在火车上出现过。

　　江一妍拨打温青的电话,电话那头持续的忙音。她能猜到温青在和谁通话,并不感到担心和懊恼,而是继续拨打下去,仿佛这种行为,是她缓解情绪的一个下意识动作。

　　对面的座椅上,来了一个十岁左右的小男孩儿。从站台上传来的叮嘱声中,她得知男孩儿将要独自乘车,在接下来的某一站,有人会接他出站。

　　男孩儿有一双细长的眼睛,对江一妍的打量,不加任何掩饰。他端正地坐着,表情显得拘谨而严肃,更像一个公开身份的监视者,令江一妍觉得很不自在。或许,她不停地拨打电话,引发了男孩儿的好奇。或是,他会觉得这个神色不安的女人和他生活中的某个熟人很像。

　　她暗自苦笑,算是妥协。起身,拿着手机,朝车厢连接处走去。

对于一周后即将举行的婚礼,江一妍确实没怎么放在心上,可见她对即将开始的婚姻生活抱有一种敷衍态度。举行婚礼的日期,是她从原单位辞职、寻找新的工作岗位的间隙匆忙做出的一个选择——似乎,她从来没有考虑过那个同她领了结婚证的人,那个名叫李汉青的男人的感受。李汉青身高一米七五,小她一岁。温青给出的综合评价是:学历不错,工作也还算凑合(他在一家建筑工程公司任职,担任某个工程项目的副总经理)。至于用理想爱人这样的标准来衡量,难免有些不尽如人意,却基本符合大龄女青年对配偶打了折扣的要求。

李汉青看上去温厚有余,情商不足。在对待爱情和婚姻的态度上,他们二人也算半斤八两,似乎都难逃世俗的窠臼,不太认真的架势,显然只把婚姻当成各自人生中必须解答的一道习题……单看二人差不多的身世和经历,反倒在婚姻的天平上添加了一道平衡的砝码。李汉青的老家,在一个更为偏远的省份。上大学期间,父母因车祸双双罹难。没有亲朋的照应,作为男人,对婚礼的筹备自然也是糊涂。婚期就在眼前,他仍身在外地。替他们二人着急的,只剩下那个不是亲人胜似亲人的温青了。

一年前,也就是同李汉青相识的半个月后,江一妍冥冥中觉得一个人悄悄潜入了她的生活。那种潜入，并非赤裸裸地入侵，而是以潜移默化的方式，使她意识到一个人的再度归来。

她和李汉青的第一次约会，是在一家叫作蓝山的咖啡厅。当时她从洗手间回来，就觉得哪里有些不对劲儿。首先是放在左手边的白色瓷盘里的一把汤匙，引起她的注意。因为她是左撇子，匙柄本该朝向左侧，却奇怪地朝向了右侧。当她拿起汤匙，准备搅拌杯中之物，陡然感到某种隐隐的不适。她记得非常清楚，去洗手间之前，自己并未搅动这杯由服务生刚刚递送上来的咖啡，只像每次餐前那样，下意识地归置了一下杯盘摆放的位置……况且，那精致、锃亮的汤匙边正凝结着一层焦黄的泡沫。泡沫凝成新鲜的一滴，从凹陷处缓缓分离。又像经过高速摄影机处理后的影像，缓缓滴落在白色瓷盘上。她猛地意识到就在方才，有人搅动了面前的这杯咖啡。

环顾左右，她觉得李汉青不会这么做。自从与他第一次见面，她便觉得他性格粗疏，不可能对身边尚未熟悉的女性给予如此的关照。换作任何一位心思缜密的男子，也不大可能会用这样的举动，来表达体贴和殷勤。况且，他并没有表达的时间和机会。她记得非常清楚，自己之所以去洗手间，是因为李汉青当时接听了一个电话。他想离座，又唯恐怠慢她，很别扭地看着她。直到江一妍冲他做了一个"随意"的手势，这才忙不迭地站起来走到楼梯拐角。他接听电话的样子,看上去有些猥琐,好似幽暗的楼梯转角,站着他的顶头上司……她呆呆地坐着,瞥一眼还在接听电话的李汉青,随即陷入了深深的疑虑。低头的瞬间,她猛地发现:那杯泡沫翻涌的咖啡在慢慢静止,而漩涡的表面幻化出一个精致的"心"形。

这样的情形,起初并未引起江一妍的注意。

因为日常生活中,她所认为的一些匪夷所思的事情,在温青看来,总是显得一惊一乍,属于精神病范畴。比如,她和熟人或陌生人打交道时,对方忽然冒出的一句话,或做出的一个平常的举动,往往会引起她的不适与警觉。她会觉得,那是对方传递给她的一个提醒或暗示。因为同样一句话、一个动作,要么在她的生活中曾经出现过,要么在不久的将来或者马上便会预言般重演……这样的表述,温青很难领会。而那些感触上的细枝末节,往往会令江一妍刻骨铭心。由起初的揣测,最终认定是命运向她发送的信号。

她曾无数次剖析过自己的梦境,试图通过与现实的比对,找到某种她所需要的答案。"你平常没有这种感受吗? 刚刚经历过的一件事,曾被你梦到过。"她无数次和温青探讨这样的话题,却实在拿不出合理的证据来证明自己。在她的诉说中,她的梦与她所处的现实,总是有着某种神秘的关联性。说起这方面的话题,她总是显得审慎而专业,分析起来头头是道。有时说着说着,还会把一件匪夷所思的事引申到哲学的高度。听她唠叨烦了,温青便会不客气地将她打断。除了对她的担心,温青还会不由自主地想到大学期间,江一妍确实对哲学有过一段痴迷,并且读过几本大部头的哲学专著。

现在,江一妍似乎有能力证明自己了。她那挥之不去的预感和判断,并非一种神经质的表现。诚如温青所说,在经历了五年前发生的那件事之后,她的精神状态、她心中所遗留的创伤与戕害,并未被时间完全治愈和弥合。

她站在晃荡的车厢连接处,不懈地将电话拨打下去,仿佛叩击着一扇命运的门扉。

好在温青终于将电话打了过来。

话不多说,她便迫不及待抛出一个又一个证据。这些证据,一直埋藏在她的心头,如鲠在喉,不吐不快。她想证明自己:她对生活始终抱有的怀疑和警惕,并非出自精神方面的幻觉,而是现实中真实发生的。

有时坐地铁,她会觉得被人暗中打量。当她扭头,去寻找那即将捕捉到的目光时,却总是徒劳。有时,她在公司加班到深夜,一个人冒雨回家,便会听到隐隐的脚步声紧随其后。等她转身,脚步声却骤然消隐,化作一阵淅沥雨声。这个时候,她便会看见一个男人,拐过一条岔路,在雨雾与霓虹交织的街口,留下一个似曾相识的背影。

这些,都不过是她生活中的零碎感受罢了,或许没什么说服力。那么好吧,除了那次在咖啡厅的经历,还有她和李汉青一次约会后的经历，足以说明问题。

那一晚，她喝多了。从大醉中醒来，已是第二天的清晨。睡眼惺忪地发现，米黄色的地板上印着一行湿漉漉的脚印。好像一个人涉水上岸，赤脚涉足了她租住的狭小居所。幽暗与光亮的反差中，脚印虽然浅淡，却异常清晰。她躺在床上，心怀忐忑地给李汉青打了一个电话。表面上责怪他粗心，实则，是想对自己昨晚的"放纵"有所验证："你也没喝多呀！既然知道下雨了，为啥不替我关上窗户？"李汉青在电话那头支支吾吾："昨晚，你确实喝得有点儿多。我把你送到楼下，你死乞白赖就是不让我上楼……""怎么，你后来，回你的住处了？""是啊，我站在楼下，看着你窗口的灯亮了，确定你没事，这才走的。昨晚天阴得厉害，可也没下雨呀，后来下雨了吗？"

她呆呆地听着李汉青近似推卸责任的话，竖直耳朵。寂静的房间内忽然传来一声莫名的响动。像有人在屋子里潜伏。静候片刻，等声音消失，她才赤脚跑到卫生间查看，而后厨房、储物间、阳台，挨个儿看了个遍。没有发现任何异常，没有任何人，或一只老鼠，待在她的房间里。她跑到窗前，扯开被微风拂动的窗帘，探头看向窗外。楼下深渊般悬置的水泥地上，没有被雨水淋湿的痕迹。显然，昨夜并未下雨。那么，她床前的湿脚印哪儿来的？她猜测，或许是自己昨晚起夜，在卫生间踩到的。可自己昨晚并未洗澡，因为醉酒，好像也没有洗漱……她在屋里兜着圈子，脚下一滑，摔倒在湿漉漉的地

信使

板上。

"我遇到过很多这样的怪事，只是没和你说过……怕你为我担心。难道你就不能相信我一次吗？"江一妍冲着手机发问，情绪变得激动起来，"有人在我的生活中隐身了。说出来你肯定不会相信，可我心里有数……早上用过的化妆品，我没有随手整理的习惯，大学同寝四年，你应该最清楚。可等到下班回家，莫名其妙，揭开盖子的润肤露、旋出来的口红，每一样东西都被人整理过了。晚上我洗头，故意把碎头发留在洗漱盆里，故意不去清理。可等到第二天早晨醒来，洗漱盆变得干干净净……是他回来了，他真的回来了！你如果还不肯相信，今天上午，咱俩在婚纱店的经历就是最好的证明。播得好好的曲子，哦，想起来了，那首曲子是《婚纱圆舞曲》。放到中间，怎么就忽然中断了？换了首《明天我要嫁给你》——这都是黄斌峰干的。是他在提醒我，他回来了……他并没有失踪，或许他早就回来了，只是不肯露面。"

这样一通说辞，想必会令温青感到万分紧张。她意识到事态的严重性，由此开始怀疑她的好友江一妍，这个好不容易从抑郁旋涡中挣脱出来的人，是否旧病复发，并引发了妄想症一类的相关病情……等到开口说话，她变得更为小心，唯恐触怒了一个情绪不太稳定的病人。

"好吧。即便像你说的这样，黄斌峰回来了……咱们就假设他真的回来了。可他这么做，又是出于什么目的？难道，他是想阻止你和李汉青结婚吗？他不想让你过安稳的生活？他怎么会这么做呢？他曾经那么爱你,那么心疼你……难道是他阴魂不散,想害你一辈子？"

江一妍语带幽怨:"他当然不想害我……他怎么可能想要加害于我呢？"

"江一妍,你别做梦了!你应该知道,他早就死了。你说的这些,都是你的幻觉。如果你不承认是你的幻觉,那么,他就是一个幽灵。幽灵在纠缠着你。所以你更要忘记他。"温青再也沉不住气,誓要戳破一个谎言。少顷,她又觉得这样说话的方式会令江一妍很难接受,便换作一种轻缓的语调,听上去更像哀求:"你想过没有,江一妍,你再也不可能回到过去了。你能遇到李汉青,能从黄斌峰的阴影中摆脱出来,已经很不容易了。你要珍惜,懂吗？忘掉他,彻底忘掉他。别让那个幽灵来打扰你的生活。"

江一妍靠在车门上,旋即挺直了身子。她要做出进一步证明,以印证自己的说法并非虚妄,她的声音变得笃定起来:"温青,我还没和你说呢。你先听我说……就在今天上午,咱俩从婚纱店出来的时候,我接到了一个电话……"

"谁的电话？"

"一个陌生女人打来的电话。她在电话里问我:'你是江一妍吗？'"江一妍模仿别人的语调,尽量让自己放松,"我告诉她:'我是,我是江一妍。'接着她又问我:'你认识陆小斌吗？'我刚想说不认识，她紧接着说：'他以前叫陆小斌，后来叫黄斌峰，那是我表哥。'……温青，你听明白了吗？你知道吗？这个陆小斌……不，黄斌峰的表妹，家住长旗镇。这个长旗镇，离我们黑山镇只有十公里。也就是说，那个曾经和我谈过恋爱，并且准备同我结婚的黄斌峰，他的老家，不在内蒙古，而是在黑山县。你能听出这是怎么一回事吗？我们俩，竟然是老乡。可他，为啥要隐姓埋名跟我相处这么久？还要一直瞒着我，瞒得滴水不漏……"

火车驶入一条隧道。通话忽然中断。

江一妍喘息着。她被自己方才的提问所惊扰，情绪难以自控。车轮的噪声在隧道中放大，震耳欲聋。随着噪声的消隐，夜色于窗外重现，她也渐趋平缓。她重新拨打温青的电话，却屡次传出忙音。想到温青关于"幽灵"的说法，她不禁呆住，将滚烫的额头抵在车窗玻璃上，极目张望，嘴里呢喃："即便你是幽灵，总该让我看到你呀。"

孤独村落里的灯火，使陌生的疆域更显冷寂。她看到了一张似曾相识的脸，戴上了面具。在灯光与车窗玻璃辉映的反光中与她有过片刻凝视。待她想要看清他的真实面目，却只见一个飘忽的身影，如被飓风裹挟的大鸟惊掠而去。掀动的衣襟，变为一张巨大的羽翼，随后被黑暗吞噬。

她往后闪着身子，惊得呆住。她真的看到了一个幽灵，一个传说中的、披着黑色斗篷的幽灵。虽觉得迷惑，却不禁感到欣慰起来。愣怔片刻,开始低头翻弄手机。

　　她的手机通讯录里存储有数百个电话号码,好似一个面孔堆叠、人影幢幢的场域。检索到某一个人的名字,那个人的音容笑貌,便会从她的脑海中跳将出来。有些名字虽然熟悉,却实在想不起与之有过什么交集;而有些名字,则如冰冷的碑刻……翻查一番,这才发现想要拨打的号码并未储存,心里不禁感到一阵慌乱。静下心来,仰头思虑,从记忆深处,慢慢检索出一串模糊的数字。试着拨打,却是空号。她又仔细查验了一番留在手机屏上的那个号码,将其中的一个数字做了更改,一番犹豫,再次按下通话键。接通的那一刻,不待对方发问,她便语音颤抖,抢先"喂"了一声。

　　"是曹警官吗?"

　　对方略有沉吟,一个苍老的女声应答她道:"我是他老伴儿,老曹躺下了。你哪位?找他有啥事?"

三

　　绿皮火车在暗夜疾驰。

　　江一妍睡着了。头仰靠在椅背上。她脱了鞋子,微微浮肿的双腿,搭住对面的空座椅。车厢空荡,如一条夜游的蟒蛇。梦中,那个前一站刚下火车的男孩儿,此刻却奇怪地坐在她的斜对面,隔着一条过道,不动声色地看着她。椅背遮着他的半张脸,只露出一双黑漆漆的眼睛。他凝神端详的样子,更像偷窥。只是他的表情不再严肃,眼神中流露出的柔情与年龄有着不相称的苍茫。男孩儿痴迷地看着她。看着她沿着一条梦境搭设的通道,走进当年生活过的小镇。

小时候,江一妍对"城关镇"这样一个词充满了想象。她搞不清自己的出生地,大人们有时会说成"黑山镇",有时又会说成"城关镇"。后来她上了大学,特意去图书馆进行了一番查证,资料中有这样的说法:古代北方的每个郡县,多有城墙,有城墙处必有城门。城门统称为"关"。清末至民国,每个县城都成了重要的军事设施,故称为"镇"。而每个镇,则会设有"关卡",城市的关卡被命名为"城关"。县治所属地大多驻扎在城镇,所以大部分地区被称作"城关镇"——这是历来对县政府所在地的统称,一直沿用到二十世纪九十年代初期。

旧年的黑山镇,并非一个有着渊源历史的辖地。所以说城墙、城门、关卡,这些听来很有历史感的东西,是一概见不到的。当年的小镇,在她的记忆中显得安静而芜杂。从任意一个方向进入,都会给人一种不设防的感觉。看上去,它更像一个尚未从农耕时代觉醒的聚集群落,很少有代表工业化进程的工厂和建筑,只有机关、医院、学校……这些城关镇所属配置的部门和单位,不讲任何排场,散落在一片洼地里。矮趴趴的建筑和周围的民居极易混淆。令江一妍印象最为深刻的,是小镇里到处长满了白杨树。笔直的白杨,如俊秀挺拔的男子,更像身披白袍的巫师。说它们是巫师,只因它们青白的身上,长满疤痕似的眼睛。

除此之外,两座代表城镇化文明的建筑,是小镇发展进程中最为显著的标志。一处是位于中大街的人民商场,始建于二十世纪七十年代末。面南的门脸上方,水泥雕镂的"发展生产,保障供给"八个大字,刷了粉红色油漆,熠熠生辉,光彩夺目。据说商场开业第一天,就吸引了城关镇所属辖区内数千人赶来参观。人们的热情并非出于购物,而是对楼梯充满兴趣。到人民商场爬楼梯,是很多乡下孩子来黑山镇热衷的一个保留项目。这座拔地而起的三层小楼,一直在很多人心目中有着崇高的地位。直到九十年代初,在一项国家公益基金支持下建成的少年宫,取代它的位置。少年宫占地面积近百亩。广场水泥铺地,不生一根杂草。一枚直径达三米五的火炬,刺破苍穹,在蓝天白云的映衬下,如一束熊熊燃烧的烈火。若逢阴天,看上去更像一个硕大的草莓。这座高达五层的建筑,除了文化馆和一间小剧场设在一层,其余楼层则成了各类音乐班、舞蹈班、美术班、棋艺班的专属领地。一般看客,包括周边乡下的孩子们,很少有机会涉足。

而刚满九岁的江一妍却已是那里的常客,她才艺出众,是众人眼里的小明星。她才艺的养成还需细细道来。

江一妍依稀记得,六岁开始,每到礼拜日,妈妈便会带着她去一个叫文化馆的地方。她混迹在一群大人中间，度过了一个个百无聊赖的假日。

她自小性情乖巧，知道在什么样的情况下尽量不要去招惹大人——那便是他们在做自己热衷之事的时候。那样的时刻，大人们会缺乏耐心。她不像其他孩子——大人们排练时还在不合时宜地闹腾，那样会遭到呵斥和驱逐。

别看她年纪小，却已知晓很多歌唱方面的术语，能听懂美声、民族、通俗等各种唱法和发音。每当妈妈唱歌的时候，她会变得更加专注。她能从妈妈的脸上捕捉到歌者神情中自然而圣洁的美感，并能借助别人的神情与感叹察觉到妈妈的与众不同，从而对"美"有了自己甄别和欣赏的能力。

在女孩儿的眼里，她的妈妈好看极了，美得不可方物，美得与这破败小城不太融洽。每当她和妈妈从街上走过，总会察觉到暗处的一双双眼睛，向她们投来赞赏、倾慕、鄙夷、贪婪、猥琐等各种意味的目光。那并非一种错觉，而是一种真实的境遇。偶尔，她会感到骄傲；更多的时候，则会感到一种莫名的担忧和惧怕……只有从一棵棵白杨树下走过时，女孩儿才会感到纯粹的安然与恬静。那些长在青白色树身上的眼睛，虽然样貌各异，却无不是一副从容、淡定的神态。她从那些居高临下的注视中，解读出一种怜惜的味道，觉得在这样的注视下，任何秘密都是藏不住的，任何心绪也都无须藏着掖着。即便白杨树顶传来一声乌鸦的聒噪，在她听来，都像令人愉悦的赞美。

当年文化馆的院子里,虽不见一棵白杨树,却有一双双混浊或灵动的眼睛。琴音与歌声起落间,夹杂的议论和私语,有时会令她感到强烈的局促与不适。

在这里,妈妈是最引人注目的角色。除了妈妈之外,另有一个男人,也是不容忽视的角色。

在女孩儿的感觉中,那男人更像一棵白杨树。隐在镜片后细长的眼睛,老是习惯性地眯着。此人性情随和,却不乏幽默。来这儿练歌的人,无论长幼,都毕恭毕敬地叫他老师。随大人来玩耍的孩子们也叫他老师。可这位老师,一点儿也不刻板。每当听了一段离谱的演唱,他便会眯眼,推一推鼻梁上的眼镜,笑眯眯地将歌声打断。他先是认真讲解一番,而后不厌其烦地演示。时而引颈,像一只长脖子呆鹅,重复某个音节,仰面张嘴,像在用水漱喉咙。因是单调,他自己也会感到厌烦,便图省事地喊一声:"李思蜜,你过来,给大家示范一下。"他叫着女孩儿妈妈的名字。由最初的"李思蜜",到后来的省略其姓、直呼其名:"思蜜,你过来,帮我辅导一下。"他这样叫着,叫得越发随意,越发上口。后来,每当他这样叫的时候,女孩儿便会听到旁边有人小声说:"思密达……"在黑山镇,有不少朝鲜族人。女孩儿知道,那只是一句语气助词,她却从别人的戏仿中,嗅出某种讽刺的味道。

女孩儿的妈妈由最初的犹豫,到后来的当仁不让,实则,只是想借机锻炼一下自己的临场发挥能力。她站在众人面前，站在陆老师身边，俨然成了另外一名老师，而非来这里接受辅导的学生。这样，她便有了和陆老师平起平坐的机会。她的每一次发声，似乎比别人做得更好，将别人唱功上的拙劣衬托得越发明显。她最拿手的一首歌是《在希望的田野上》，几乎有着同原唱差不多的水平。另一首歌也很拿手，叫作《军港之夜》。音域虽不够开阔，却能演绎出海浪起伏、士兵安睡的意境。"这就了不得了。"这是陆老师对她歌声的评价。有时兴之所至，她还会提要求说："陆老师，《多情的土地》这首歌我也是刚学会，唱起来有难度。不如，你带一带我，咱俩合作一曲？"

在一架老旧脚踏风琴的伴奏下，女孩儿的妈妈率先唱道："我深深地爱着你，这片多情的土地。我踏过的路径上，阵阵花香鸟语……"

坐在风琴前的男人，端着肩胛，十根细长的手指在琴键上弹跳。伸着长颈，让女孩儿不由得想起一个刚刚学会的成语：引吭高歌。

"我耕耘过的田野上，一层层金黄翠绿……"

观察周围人的反应，大家显然被镇住了。女孩儿暗暗地喘息着，她为妈妈与这男人的唱和而感到陶醉。来不及回味，却被身旁一个大人的小动作吸引了注意力。扭头，她看到一个男人悄悄捅了一下身边一个女人的腰眼儿，脸上带有她无法理解的笑容。听到那男人悄声对女人说:"我耕耘过的田野上,一层层金黄翠绿。"女人斜睨他一眼,朝他身边凑了凑,似乎一点儿也不厌烦,叽咕道:"我踏过的路径上,阵阵花香鸟语……滚一边去,你这个不要脸的玩意儿。"

回家的路上,女孩儿牵着妈妈的手,忧心忡忡地问:"妈,你刚才和陆老师唱的歌,是一首爱情歌吗?"

妈妈款款走路,目不斜视,脸上泛有尚未褪尽的潮红,漫不经心地说:"那不是一首爱情歌。那可比爱情歌高明多了。那是一首献给土地母亲的歌。"

女孩儿没能听懂妈妈的表达。松开妈妈的手,一个人落单在后面,站在一棵白杨树下,仰头看着树干上最大、最为清晰的一只眼睛,轻声问:"如果不是爱情歌,那两人咋会背后说那种话呀?"女孩儿之所以会这样问,是因为她在学校,每当有同学唱带有"爱"呀"情"呀字眼儿的歌曲时,总会遭到别人的攻讦,说那是一种有伤风化的表现。

树木无言。凝固的单只眸子,忽地在女孩儿的意识中眨动,带动更多的眸子,形成一波潮水般的暗涌,却又瞬息凝滞,复如镌刻,一味平和,不动声色地俯视着她。一只藏身树冠的鸟,善解人意,婉转地叫了一声,像抛给女孩儿一个模棱两可的答案。

那之后,女孩儿便有了一个天真的做法,更像一个怪异的习惯:每当她有了什么心事,便会一个人跑到那棵白杨树下,沉默或悄声地对着白杨树倾诉。

她开始替她的爸爸感到担心,却又不知为他担心着什么。小小的年纪,她会觉得一个有家庭的女人,不该在外面受到太多的关注——她的这种担心,并非一种觉悟,而是天性使然。况且,她从很多男女的言行中,很少看到诚意,多不过是猥琐和嫉妒的表现——人们并非像她的爸爸那样,真正地宠爱妈妈。而妈妈却好像并不在乎。

女孩儿的爸爸,显然也不介意妻子在外面的表现。他长得人高马大,在妈妈面前却如一只乖顺的绵羊。仔细想想,妈妈在外面所出的风头,其实离不开爸爸的娇惯和纵容。女孩儿亦会觉得,妈妈在外面越受瞩目,爸爸似乎越觉得自己有面子。若把妈妈的风光比作一份荣耀的话,那么这份荣耀,似乎也有爸爸的一份功劳。因为他每次去外地出差,总不忘给妈妈买几件时兴的衣服回来。这就成了一条不成文的规矩,更是他出差时的职责所在。其他方面,他会表现得粗心大意,在给妈妈买衣服这件事上,却眼光独到,极有魄力。每一件衣服穿在妈妈身上,都好像为之量身定做。只需在衣服颜色和款式上略加搭配,便能使妈妈焕发出动人的神采。

只有当妈妈不知打哪儿听来一个消息——准备单独或结伴,去市里或省城的文艺团体报考时,他才感到担心,甚至有些紧张,坐卧不宁,萎靡不振。不知是担心妈妈一个人在外照顾不好自己,还是担心她发挥失常得不到考官的认可。直到后来,女孩儿长大了些,才懂得了爸爸的心思——他怕失去妈妈。那是一种心虚的表现。她曾听他自言自语:"你妈如果考上了,被歌舞团招了去,就会扔下咱爷儿俩,一个人跑得远远的,再也不回来了。"

说来也巧,妈妈每次去外地报考,无不是以失败告终。爸爸在妈妈经受打击、最需要安慰的时候,却会变得精神振作,像一个幸灾乐祸的小人。

"她喜欢唱歌,随她唱好了。只要别想着到外面去唱……那样,心是收不回来的。"

爸爸说出这样的话,好似内有深意。好似这小小的城镇,有一道坚固的屏障,任凭妈妈怎么折腾,也无法穿越;好似这小小的地方,是一个精致的鸟笼,任她唱得喉咙啼血,也无法得到任何应和。

作为他们的女儿,又有什么好替大人担心的呢?

但遗憾的是,随后不久,妈妈向爸爸提出了离婚。爸爸虽在妈妈面前痛哭流涕,苦苦哀求,却依然得不到妈妈的同情。那段时间,两人貌合神离,实际已处于分居状态。

四

八岁那年,女孩儿的这份担心突然终止了。

那天,聚在文化馆院子里的人们,因为气温骤降,挤在一间光线幽暗的屋子里,围住脚踏风琴在排练节目。看不到弹琴的人,只听歌声起落。一首《咱们工人有力量》,被大家唱得气势磅礴。这是为县里组织的国庆文艺演出特意准备的曲目。

男人们一律穿全新的劳动布工作服,肩膀上搭一条白毛巾,这是正式的演出服装。女人们则穿戴各异,颈间系同一款式的红色丝巾。每个人的脸上都洋溢着喜庆和豪迈的神色。合唱团虽是临时组建,却集中了歌唱队的拔尖人才。成员之间的配合十分默契,才刚刚排练一个礼拜,便有渐入佳境之势。偶尔的出错,却是因为女孩儿的妈妈。她经常会在某个舒缓的音阶部分,不合时宜地高出其他人一个声部。随着一次次被叫停,妈妈的出错显得愈发明显,令女孩儿不禁感到汗颜。她觉得,那应是妈妈故意的。

她悻悻而出。上了一趟厕所。面对一堵高墙,无聊地看着。因那墙上刻有一行歪斜的字迹,好几个字她都不认识。阳光刺目,一片树叶当空落下,打中她的额头。金黄色的叶片,有着河流般清晰的脉络。她举着那片叶梗,四下查看。视野中,不见一棵白杨,却有更多的树叶从墙外斜斜地飘落下来。四周无风,女孩儿的耳郭中却响起扑簌簌的声浪,好似一场大雪的提早降临。声音维持了几秒钟,忽被一阵嘈杂声打破。

循声而去。只见屋内排练的大人们,此刻簇拥在院子里,形成一堵人墙,饶有兴致地观望着什么。她忍不住好奇,躬身钻了进去。随即被一个怪异的场景震慑住了。

一个女人,一个面色苍白的女人。那种苍白,远远超出女孩儿对肤色的评定,更像一种绢白。女人身材瘦高,穿一件灰色上衣、一条颜色相近的裤子。若褪去她身上单薄的衣物,想必,她该是一个透明的纸人。幸好她头发浓黑,毛茸茸地贴乱了脸腮,呆板神情中便多了一分妖娆。两根辫子垂在肩侧,更像一个夸张的括号。女人不漂亮,却让女孩儿觉察到一种骇异的美……她站在人群中像召集了众人,又像遭到众人的围堵。众目睽睽之下,无处遁逃,她便摆出一副要鱼死网破的架势。显然,她已有过一通情绪上的宣泄,或是累了,或是感到窘迫。稍有歇息,便见她眼白上翻,抬手直戳,挥指的动作,转为大幅度的劈刺。身子胡乱冲撞起来,像要逃出人群的围堵,更像要打出一个大大的场子,为接下来的表演做充分准备。围观她的众人,簇起人浪,随着她的冲撞,圈子忽而扩大,忽而缩小。蓦地,便见她抬手掩耳,鼻翼抽动。众人无声的围观,好似扰乱了她的心智。空洞眼神瞥向天空,身子静止了几秒钟的时间,忽地一个后仰,平身摔落在坚硬的水泥地上。

女孩儿眼睁睁地看着她摔倒的动作,不禁失声尖叫起来。但见那女人两眼上翻,黑眼珠转向一侧。随后,瘦长的身子像嗅了雄黄的大蛇,慢慢蠕动,随之变为激烈地扭摆。双拳紧握,面色青紫。白色口沫不时从她毫无血色的嘴唇间噗噗溢出,牙齿发出咯咯打战的声音。

"让开,快让开。别让她咬了舌头。"

"赶紧送医院吧。"有人不无担心地说。

女孩儿叫声停止,转为莫名的哭泣。直到陆老师一把将她推开,冲到女人身前,俯身跪地,将女人抱在怀里,动作显得既悲壮又滑稽。女孩儿的哭声,此时更像歌咏,使整个儿混乱的场面有了一种动人的意味。有人从背后揪住她,将她拽出人群。

回头一看,正是她的妈妈。

回家的路上,女孩儿仍在哭泣。妈妈没有理会,好像在生她的气,令她感到不安。她止了哭泣,心里多了份自责。牵着她的手,一个劲儿地微微打战,她这才察觉到妈妈好像也被吓住了。她仰头看着妈妈,发现她面色苍白。抻了抻她的衣角,不见有任何反应。她便脱离妈妈的牵拽,挪开一步,再次仰头看她,发现她的脸微微红肿。仔细分辨,红肿掺杂青紫,印有五个模糊的指印。

天慢慢黑下来了。女孩儿忘了饥饿,仍沉浸在方才的惊恐与忧伤之中。她想和妈妈说说自己内心的感受,妈妈却好像故意躲着她,又好像在独自生着闷气。妈妈一个人待在厨房,女孩儿却听不到厨房里发出任何动静。

那一天的经历,像一个分水岭。

从那之后,妈妈便再没带女孩儿到文化馆去过了。随后,县里组织的文艺演出，她也破天荒没有参加。最初的一段日子，妈妈好像在做着一个决断，她时常将女孩儿一个人丢在家里，自己悄悄出去，又悄悄回来。以为女孩儿蒙在鼓里，其实，一切都被女孩儿看在眼里。那个时候，由于爸爸同妈妈闹离婚，更愿意出差去外地，女孩儿不由得更加担心。

好在，黑山镇的冬天很快就到了。冬天会使不安分的人变得安分，大家都更愿意老实待在家里。那天傍晚，妈妈出去之后，很快便回来了。肩头披一层碎雪，一张毫无血色的脸，看上去更像一件易碎的瓷器。她对坐在客厅里看电视的女儿视而不见，进了卧室，反手锁死屋门。她好像累了，早早地睡下。因为落雪，那一夜显得格外寂静。女孩儿似曾听到过妈妈的呻吟声，夹杂低低的饮泣和叹息。她好像生了一场大病，却无须别人照料。妈妈一直睡到第二天中午，起床，从卧室出来，给人一种神清气爽的感觉。疾病在她的身上好像不治自愈。

她再不像以前那样出去招摇，像是一只自闭的孔雀。虽无任何意义来展示美丽，她却仍要固执地开屏。那天，她化了最美，也是最后的一次妆容。对着镜子久久地端详。时而面无表情，像一种沉默的审视和评判；时而怒目相向，好像那镜中有她隐身的敌人；时而又会露出一副哀矜的表情。悲苦如一匹惊马，从镜面的反光中惊掠而过……妈妈的性情随后大变，在别人的撮合下，很快与爸爸重归于好。她开始规规矩矩地上班了，再不化妆，不参与同歌唱相关的任何活动。她成为黑山镇普通的那种女人，对柴米油盐充满了热爱，愿意承担所有的家务，一门心思扑在孩子和丈夫身上。

爸爸或许会感到欣慰。

可对女孩儿来说，却又平添了无名的烦恼。因为妈妈逐渐把她对美的感悟贯彻到女孩儿的身上。或许，她是有意要将女儿打造成一个美丽的"标靶"。她训导她在乎美和体面，并且把自己对于表演和歌唱的热情，一股脑儿地强加给了女儿。她教她练声，掌握音律间的节奏变化；她训练她表演，除了说话要字正腔圆，举手投足也要讲究舞台范儿。女孩儿天资稍逊，没能得到妈妈艺术基因的遗传。好在她的舞蹈才能没有让妈妈感到失望，也算是妈妈在她的身上挖掘出了一座宝藏。"你成不了歌唱家，或许能成为一个舞蹈家。"她这样鼓励着女孩儿，语气平淡，带有一种难以掩饰的失落和怅然。

昔日歌声不断的文化馆，不知怎么就沉寂下来。文化馆更像一个风向标，展示着小镇文化生活的极度匮乏。随着少年宫的落成，这才重现一些复苏迹象。舞蹈班、音乐班还未公开招生，妈妈便托门子找关系，率先为女孩儿报了名。随后，未雨绸缪，她会经常给老师送些时兴的礼物，试图让女儿得到更多栽培，同时，也要为她赢得更多登台表演的机会。

那个时候，黑山镇的人们，透过舞蹈教室的窗口，经常会看到一个娇小的身影，化蛹成蝶般练着下腰、劈叉的功夫。那是老师单独将女孩儿留下来，给她开小灶。女孩儿的妈妈，一般情况下，都会陪在一旁。她听得认真，看得专注。有时，还会不由自主张开双臂、舒展腰肢，和女儿练习同一个舞蹈动作。她隐没在角落里，从窗口看不到她的身形。她那称得上婀娜的身姿，忽而被灯光拉长，投映在对面的墙上。由于投影的作用，妈妈的动作，看上去总会比女儿的动作慢了半拍——像模仿，更像妈妈借用影子，率先展现了女孩儿迅速成长、变身成人的模样。

五

父母遭遇不测后，江一妍寄住在亲戚家。

她的这位亲戚，说起来人不坏，就是嘴碎，爱唠叨。每次都会从江一妍父母的身世开始说起："单说你妈，像你这么大的时候，你姥姥就死了。可怜你姥爷，又当爹又当妈。那年山里下暴雨，你姥爷被泥石流活埋，连个尸首都没找见。你妈十八岁来县城，仗着一张漂亮脸蛋儿，进县招待所当了一名服务员。不知祖坟上烧了哪炷高香，后来调到人民商场，吃上了商品粮。站了几天柜台，嫁给你爸，又去坐办公室……再说你爸，当年随他爸他妈下放到黑山县，没几年，他爸他妈就死了，剩下他孤零零一个人。幸亏出身好，据说市里的一位领导是他爸也就是你爷爷当年的部下，沾了人家不少光……按理说,这么苦命的两个人,结合在一起更该好好过日子。唉,就知道作。一个好穿,一个爱赌,总归是……苦秧子结不出甜瓜。说来说去,这都是命。"

这被概括和浓缩的命运,犹是闲言,并非一气呵成,而是如说评书般接续道来。一般发生在晚上,灯光昏暗。江一妍依稀记得大姨的那张脸,像秋末的冬瓜,饱满而结实。因头油过重,额头总是汗津津的。她神色忧戚,看也不看江一妍一眼,只顾絮叨下去。时而,她会不由自主地叹口气,拿起筷子,给落座桌旁的儿子搛一箸菜。她的儿子当年十六岁,长得人高马大,生一脸粉刺。他低头扒饭,一双小眼睛浮在碗沿儿上,看看他妈,又看看江一妍。"够了够了!"他厌烦地说,拨开他妈伸过去的筷子。大姨打个愣神,撂下筷子之际,又举筷,给江一妍搛一箸菜,心疼地说:"吃吧,瞧你瘦的。多吃饭。你爸你妈如今不在了,省得别人说我对你不尽心。"

饭后,她盘腿坐在炕沿儿上,一脸慈悲,娴熟地卷一根旱烟,点着火,吸一口,眯眼陷入了沉默。

那个时候,每到吃晚饭的时间,江一妍总会饿得不行。并非她食量大,而是这家人的晚饭往往会推迟到很晚。也是因为一天中的早午饭,向来都是将就。只有晚饭,大姨才会烧一两个菜,算是一天中最硬的"嚼咕"——大姨的儿子当时正上高中。那时的高中,并未设在镇上,也没迁到市里,而是和另外一个镇的中学合并,校址设在两镇交界处。学生每天上学放学需要往返十几里的路。

"你爸你妈,要多风光有多风光,那是多好的日子。但凡会过一点儿,也不至于啥也没给你留下……你妈对我还算可以,把她瞧不上眼的衣服,送过我几回。可我这身板儿,也穿不了哇。穿出去,也没法儿见人。你爸那人,就差点劲儿了,跟亲戚没里没面。他是供销科科长,我求他买缝纫机,跟他要自行车票,嘴上哼哈答应,就是一次也不给你办。"

此时的大姨,脸上忧戚和慈悲的神色不见了,隐伏着一股戾气。江一妍只管扒饭,将大姨的唠叨当成耳旁风。她吃饭慢,总是最后一个撂筷子,显得挺没出息。搛菜更是没一点儿"成色",跟饿死鬼似的。她悄无声息地吃饭,更像赖在别人家的一只小猫。她穿件半新的豆绿色上衣,因大姨不擅浆洗,缩水严重,或是因为忽然长了个儿,显得特别小气……粗算起来,她被寄养在大姨家的时间已达半年。她懂得了察言观色,知道大姨对她的情绪和态度都发生了微妙的变化,却不清楚这变化的由来——那是因为爸妈的朋友和单位干涉,她的抚养事宜以及财产分割等问题,一直是件悬而未决的事情。

"够了够了。"高中生呵斥一声。这次大姨没给任何人搛菜,非但没有搛菜,她见儿子吃得差不多了,不顾江一妍正将筷子伸向菜碟,便将碟子里的菜汤一股脑儿倾进自己的碗里。米饭拌菜汤,她吃得有滋有味。因为牙口不好,也不咀嚼,只顾吞咽。腮帮鼓凸,黑乎乎的酱汁糊了满嘴,嘴上仍旧说个不停。

"你还有完没完？"

由于正处变声期，高中生的声音听起来更像鸭叫，引得江一妍抬头，笑了一下。却见高中生原本扒在碗沿儿上的一双小眼睛，直愣愣地瞅着自己。她不由一惊，赶忙撂下筷子，离开饭桌。

在那段短暂而漫长的日子里，江一妍一次也没见过这家的男主人——她那所谓的姨父。据说，他在离家很远的一座煤矿工作，一年也回不了一次家……大姨外表强悍，却在儿子面前软弱如羔羊。她不擅持家，三间轩敞的平房，总是被她弄得乱七八糟。大蒜味儿，豆瓣酱、腌咸菜的味儿，饭菜腐蚀后的馊臭味儿，混合成一种更为难闻的气味，令她喘不过气来。而另外一种气味，随着气温的攀升，甚嚣尘上。虽是无可言状，却无处不在，开始统治整个家庭的空间。

那一天早上，江一妍起床，看到院子里的向日葵齐刷刷地开放了，篱笆墙上披了一袭锦绣，阳光普照之下，更显绚烂。她看得有些痴迷。目光下垂，一棵植株下面，另一种颜色将她吸引。待她慢慢走近，这才发现是一具猫的尸体。花狸伸着前爪，团紧身子。皮毛虽显凌乱，毛色依旧斑斓。摸上去，肚腹虽是软的，四肢却已僵硬。

这只花狸，自从主人遭遇不测后，便成了一只自由自在的野猫。它大部分时间,在城南的家中蛰伏,还会不定期绕到城北,来会一会它的小主人。江一妍一直惦记着它。每当攒下零食,总不忘去家中投喂。即便在大姨家,也要极力为它争取一席之地。她找来一只残碗,刷洗干净,每天在碗中留一份残羹,并会时常留意着碗中的余食,以增减对它的惦念。若碗中食物一夜不见踪影,虽不见它的身影,不闻它的叫声,心里也会安然——知道它定是来过。倘若碗中食物几日不见翻动,她便会绕道跑回家中看看……就在前天晚上,她还与它有过一番亲昵。只等主人熟睡,这只猫偷偷跑了出去,在院子里好一番闹腾,引得大姨出去撵打。昨晚,江一妍没见到它,投在碗里的食物,只剩一点儿残渣,知晓它就在附近,被一只橘色母猫弄得神魂颠倒。

花狸并非正常死亡,也非吃了邻家施放的毒物。女孩儿断定,有人弄死了她的猫——这被她认可的世间仅存的亲人。花狸的逝相残存着一抹挣扎与暴戾的阴影,眼睛半睁半闭,展露出临死时不安的状态。她没有任何表示,没有任何愤怒的表现,抱着花狸的尸体,悄悄走出那家人的院子。

她在城北地带好一番踯躅,本想回到曾经与花狸共栖的家中,却在一棵白杨树下停住脚步。双膝跪地,刨出一个浅浅的穴窟。又从一株矮树上采下新鲜的树叶,下铺上盖,算是为它做了厚葬。

那棵高大的白杨,长在西北街与东南街交会的拐角。从城南的家中出来,穿过一条笔直的马路,经过曙光照相馆、饭店四部……想要抄近道去文化馆,便要斜插到这条路上来。路的两旁是两排成行的白杨。白杨的一侧一片麦田,秋天则会变成玉米田。另外一侧是一家不起眼儿的单位,簇拥着几户人家。站在这棵白杨树下,依稀能看到少年宫楼顶的火炬。实际上,这儿离她寄居的家有一段路程,离城南的家也不算近。这偏僻所在,却是她单独拥有的秘密领地。

自此之后,她来这儿更为频繁。待在树下,沉默或诉说,心里便会拥有一份安然。土路空寂。偶见路人,却总会将这女孩儿忽略。

这一天,她再次来到树下,迫不及待地攀住树干,发出一阵"嘤嘤"的哭泣。树身恰好能容得下她的怀抱。她便觉得,那是她唯一的指靠。

"孩子,你咋了?你咋在这儿……"

她一惊。这句随风入耳的话被她当成白杨树化身成人,施与她的关照,便觉得更加委屈。她头抵在树干上,哭得更为伤心。直到肩膀被人轻轻拍抚,这才醒过神来。她回头,见一个胡子拉碴的男人站在身后,一脸忧戚地看着她。

是那位曹警官。

再看曹警官身后,是他的小女儿,叉腿骑坐在自行车的后座上。

她觉得有些不好意思,止住哭泣,却忍不住发出哽咽。

"孩子,你咋了？遇到啥难处了？"

她抬头。只见曹警官喉结耸动,眼睑潮湿。四目相对,曹警官的眼神明显黯淡了一下,慌忙闪避开去。

"我快死了。"她嗓音尖细地叫了一声。

曹警官显得束手无策。倒是他的女儿,从自行车上下来,站在她爸身边,清醒又审慎地问道:"你这不好好的嘛,咋就快要死了？"

她脸色骤变,瘫坐在地,下意识地并紧双腿,伸手往下抻了抻裤脚。那是她临出门时特意换上的一条长裤。此刻,死亡的阴影再次将她笼罩,她明显感觉到耻骨处涌出的一股热流,正顺着腿根儿慢慢滑坠到脚踝部位。

她穿双凉鞋。鞋鞋早就坏了,为使鞋子不至脱落,走路或有所动作,便会习惯性勾紧大脚趾。她的脚踝很白,足弓很瘦。暗红色的血渍,蚯蚓样在脚踝上蠕动,慢慢钻进鞋棠。她却只能忍受。

神色不安的曹警官并未察觉到她正在遭受的厄运。倒是他的女儿,一眼看破玄机。她先是瞪眼看着女孩儿,而后忍不住扑哧一声笑了,暗暗地撇嘴,伸手,指着她的下身,不屑地问:"是不是因为这个,你害怕,觉得自己快要死了？"

女孩儿不答,蜷紧身子。

"没事的呀,死不了人的——"曹警官的女儿拉长声调。走过来,蹲在她身旁,对她耳语几句。边说边扭头看她爸一眼。

"你咋知道的？"江一妍抬起泪脸，惊讶又委屈地问。

"我上个月就来过了。是我姐告诉我的，一点儿都不用怕。你没妈也没姐，真是个可怜孩子。没人告诉你，以为自己尿血，肯定会吓得要死。"

经历过初潮的江一妍，身子骨蜕变，性格也变了。她仍旧频频去那棵白杨树下造访。只因在那里，她会经常碰到曹警官。有了什么心事和疑难，她便会主动说出来，以求得到曹警官的帮助。实际上，曹警官上班下班，或出门办事，偶有空闲，也会特意打那儿路过。

这天，他们二人再次相遇。毫不迟疑，江一妍便将心中的一个疑惑讲给曹警官听。

那是前天上午发生的一件事。

天气炎热，江一妍洗了个澡。洗澡的地方，是用木板和石棉瓦搭起的一间简易澡棚。黑色蓄水袋放在屋顶，经过日光的温晒，过一个晚上，水仍旧温热。水管一头连接着蓄水袋，从房顶垂下来，另一头接了蓬头，洗起澡来非常方便，是那个年月很高级的一种洗浴方式。即便条件一般的人家，夏天也会置备一套。那天，大姨不在家。洗澡时，江一妍便听到澡棚外传来动静，但她并未在意。直到穿好衣服，理着湿漉漉的头发，推开澡棚的简易门，忽地愣在那里。

澡棚对面,是这家人的茅房。茅房旁,一片"鬼子姜"(菊芋)长势茂盛。大姨的儿子隐身其间,正在古怪地做着什么。她所认定的"古怪",是借助他的表情做出的一种判断。只见他上身穿一件跨栏背心,下身隐在植丛中。挺直身子,好似站在一艘颠簸的船上。他的身下,好似隐伏着一匹小兽,被他单手擒获,正在耐心驯服。那丛植物,在他与小兽的较量中发出簌簌抖颤。当他看到一脸错愕的江一妍,想放走那匹小兽,因缠斗正酣,无法收束。长满青春痘的脸,扭曲得越发难看。头颈低垂,不管不顾,加快动作的频率,使得身下的那丛植物,如遇飓风……一声呻吟过后,一切静止。他抬头,醉酒似的看着江一妍,眼神里除了委顿,亦有不加掩饰的恶意。

　　"他在干吗? 他那样看着我,吓死我了。"江一妍懵懂地问。

　　站在她对面的曹警官,一脸阴沉,不发一言。

　　"好长时间了,他总在背后偷偷瞅我,我能察觉得到,特别是大姨不在家的时候。"

　　"你不能在那儿待了,你得离开那儿。"曹警官摇头说,好似做着一个决断。

　　女孩儿点头,心里忽地有了一种紧迫感。

　　"离开那儿,你愿意去别的地方吗? "

　　"愿意。"女孩儿的眼中充满渴望,瞬间又黯然,"不待在那儿,我又能去哪儿呢? "

　　　　　　　　　　　　　　　　　　信使

"这你别管。"

曹警官叮嘱两句，骑车走了，并未给她一个明确答复。

六

一辆挎斗摩托停在那户人家的门口。

人们的意识里，挎斗摩托可非祥顺之物，是公安局专门用来捕人的。摩托车刚一停下，便有邻居围拢上来，小声议论着什么……过了没多久，只见寄养在这户人家的女孩儿，肩上斜挎书包，兴冲冲地从屋子里跑出来。一位穿便装的小伙儿跟在身后，腋下夹一卷行李。大家这才松了一口气。原来，挎斗摩托并非来"捕"人，而是来"接"人的。

摩托车驶离之际，江一妍回头，透过尘烟，看见大姨站在门口，一脸沮丧。江一妍不由抬手，冲她挥动。大姨见了，也挥起手来，忽然一屁股跌坐在地，大声号哭起来，身子仰俯，不忘抬起短粗的胳膊，象征性地冲她挥动。

那是真正的离别。从那之后，江一妍再没见过这位大姨。

江一妍入住黑山县敬老院。除她之外，这里好像从未收留过任何一个年轻人，更别说一个孩子。后来得知，为把她安置在此，曹警官可是费了不少心思。黑山县没有一家专门收养孤儿的机构，只有这家名为"幸福花园"的敬老院。若是收容，倒也有着差不多的意思。况且新学期临近，为学业考虑，这里应是她最好的避居之所。

记忆中的幸福花园是一座阔大的场院。每天早晨,吃罢早饭(因上课时间和敬老院开饭时间有冲突,食堂大师傅会特意为她单独准备早饭),江一妍骑一辆自行车,赶到学校。中午若不想回来,可带一份简单的饭食。傍晚放学,恰好能赶上敬老院的饭点。寄身在此的老人大约七八十位,秉性各异,却在对待一个孩子的态度上保持高度的一致。他们个儿顶个儿地宠她,包括院长在内,都说她是敬老院的孩子。

江一妍无法记住那一张张苍老的面孔,却能够记住单个人的形象。

她印象最深的,是一位姓马的老头儿。他常年穿一身颜色发白的绿军服,一只袖筒空空荡荡,掖在上衣兜儿里,更像半边身子被绳索捆住——原来是缺了只胳膊。他的宿舍门口,整日摆一把藤椅,是他的专属座位,也是一种身份的象征。很少见其他老人坐上去。或是他人缘不好,没人愿意与他亲近。平常的日子里,只见他孤零零地坐着,或眯眼打盹,或目光阴鸷地盯着每一个从他身旁经过的人。

每个月的月末,一位骑自行车的邮递员(大家都说那是老马一人专属的邮递员),一路揿响车铃,径直骑行到他的面前,将一沓东西从帆布袋里掏出,一一验看。验看一份,便会念诵一声,放到老头儿手边。老头儿倨傲地坐着,看也不看。直到临了,才抬起右臂,从兜里摸出一枚印章。邮递员接过印

信使

章,凑到嘴前,哈口气,在邮件簿上办完他所需的手续,而后还回印章,打声招呼,骑行离去。他仍旧倨傲地坐着,直到邮递员的身影从大门口消失,这才侧身,单手翻弄那些邮件,脸上露出一丝欣悦神色。

　　每个月,他都会收到一张汇款单,或零星的几封信。逢到年节,还会收到一些明信片、药物,或特产之类的东西。

　　江一妍不喜欢这个老头儿,总是绕着他走。

　　这一天,见老头儿扬着拐杖,示意她过去。她不敢不去。她乖乖站在一旁。老头儿斜睨一眼桌上的东西,抬拐杖点了点,颐指气使道:"给你了。拿走,你肯定没吃过,挺好吃的。"

　　那是一盒包装精致的浆皮月饼。包装盒已打开,使她有些不待见。不屑地想,或许他牙口不好,嚼不动,这才舍得送人。愣神之际,却见糕点盒子旁放有一张信笺。她被信笺上一枚"大版张"的邮票吸引。拿起来看,是一幅瀑布的图样,写的竟然是"黄果树"。不禁好奇地问:"是瀑布,咋还写了一棵树的名字?"老头儿的表情不乏轻蔑:"你们学生家,也不学地理呀?"江一妍噘嘴:"有地理课,也是刚学。"老头儿不由笑了:"那不是一棵树的名儿。那个瀑布在贵州,名字就叫黄果树。"

　　自那之后,邮票对江一妍形成一种诱惑。那些来自远方的信函,成了她最大的念想。穿制服的邮递员,在她的心目中,开始确立一种特殊的含义。那个时候,她并不知道邮递员还有另外一种别称——信使,多么雅致而富有神圣感的名字。

邮票成了她一人专属。每有来信,马老头儿连信也懒得拆了——因为视力减退,读信面临着不小的困难——江一妍成了他的私人秘书。信中的文字,大多是连笔字,江一妍读起来难免磕磕绊绊,谬误连连。老头儿也懒得纠正,反正能听懂大概意思。除了读信,江一妍还承担了帮他复信的任务。马老头儿口述,她默写。每遇不会写的生字,马老头儿只能说出字意,却不知字形,便用别字替代。每次,照着信封写好邮寄地址,老头儿会发一通感慨:"这是我的另一位战友。当年要不是我,这小子早成炮灰了。如今混得可好。在济南,功成名就,儿孙满堂。"

借由一张张内容不同的邮票,江一妍得以窥探到外面的世界——并非只是一个小小的黑山镇的模样。由此,她便觉得,自己和那个世界有了某种潜在的联系。每当她拥有一张精美的地理邮票,总会发出由衷的赞叹。马老头儿会告诉她:"那是长江大桥,在武汉。上次你帮我写的那封信,就是寄到那儿去的。这是漓江,在桂林。等你长大,要去这些地方逛一逛,让我的那些战友陪着你,还要让他们招待吃喝。等这些老家伙死了,你就去找他们的儿女,照样会招待你的。"

"人家哪会招待我呀。"江一妍说得有些气馁。

"咋就不能。下次写信,你就特意写上,你是我孙女。他们就会抢着招待你了。招待得差劲儿,我都饶不了他们。"马老头儿拐杖杵地,一脸威风。

江一妍本想说:等不到那时候,恐怕你就死了……话到嘴边儿又咽了回去。

另一位印象较深的老者,她虽没能记住他的名姓,却和他接触最多。冬季昼短夜长,江一妍上学放学都要摸黑走路。这位老人自告奋勇,担负起了接送她的任务,久而久之成了习惯。初二那年,除去周末和假期,老人几乎一天不落地陪她走完了一个学期。初春,一个雨雪成冰的日子,老人不慎摔了一跤,导致髋骨骨折。

老人身形瘦弱,称得上矫健,据说他年轻时练过功夫。自从摔了那一跤,一直瘫痪在床。江一妍每次去看他,只见他愁容满面,一改往日的乐观心态。最终,老人没耐性熬过夏季。在一个闷热难当的午后,有人发现,他头悬床栏,屈膝跪地,用一根腰带,近乎诡异地勒死了自己。

早些时候,江一妍便有过这样一种朦胧的意识:昨天还和自己打过交道的一个老人,怎么凭空就不见了?一天不见,两天不见,从此再没见过。他(她)去哪儿了?出于好奇,她曾跟人打听过这些人的下落,却得不到任何结果。敬老院的人们,总是对一个人的"下落"守口如瓶。也会有好事者告诉她:"能去哪儿呀!回老家了。""他老家在哪儿?"她又问。别人便再不想理她。

她慢慢总结出一个规律:在敬老院,一张熟悉的面孔消失之后,便会有另外一张陌生面孔补充进来。周而复始,没有穷尽……由此,她便洞察到一个更大的秘密:在敬老院,每当有老人逝去,为不影响其他人的情绪,敬老院便会将尸体悄悄运走,抹掉他(她)在这里生活过的一切痕迹,使这里始终保持一种安乐、祥和的氛围。

江一妍故作懵懂,却也有了洞若观火的能力。她能在某个时间段,借助一位或几位老人的情绪变化,察觉到发生在这里的死亡;亦能通过一张或数张陌生面孔的出现,清点死亡在这里发生的次数。在这孤绝之境,死亡虽是浅淡,却又何其频密。由此,她便会时时生出逃离的打算,却总是有心无力。

多亏了那些邮票,使她能够与想象为伴。借助想象的力量,消除地域的禁锢,抵达那些神往之地;幸亏还有曹警官——她也开始像马老头儿那样,将曹警官当成她私人专属的邮递员。不,是一名信使,专门给她递送亲情的信使。

曹警官来看她的时间,也没个准儿。最初,一个月能来上那么一两次,行色匆匆,说几句话便走。那是他对她放心不下,怕她不习惯敬老院的生活。有时,两三个月也不来上一趟,说明他工作很忙。更多的时候,他们还是会在那棵白杨树下相遇。

他们最后的一次相遇,不是周末,也非午休时间。不用细问,曹警官便知她逃课。一经询问,果然她又遇到了小小的

　　　　　　　　　　　　　信使

麻烦。

这次期中考试,江一妍的成绩排在年级第二名,照片上了光荣榜。没想到,两天工夫不到,别人的照片好好的,只有她的照片被人揭掉,不知去向。

"这不明摆着欺负人吗?"她小声嘀咕,显得既愤怒又委屈。

曹警官忧喜参半。他打心眼儿里替江一妍高兴,却又因自己女儿的成绩难以高兴起来。

"会不会,因为你长得漂亮,男同学喜欢你,把你的照片偷走了?想留作纪念。"他漫不经心地说。

"肯定不是这样。上光荣榜的女生又不止我一个。其他女生,长得比我好看多了。即便喜欢,为啥要那么做呢?不会跟我要啊。况且,我也没觉得有谁会喜欢我。"她翻翻眼睛,显得更加委屈。

"要么,就是因为你成绩好,有人嫉妒,反正……管他呢。要是我闺女能考出你这样的成绩,随他们去,我才不会在乎。"

江一妍的情绪这才有所好转。随即,又道出心里的另一个疑惑。

那是在放学的路上,她总会觉得有人在跟踪自己。等她提心吊胆停下自行车,身后的声音又随之消失。她再次慌张地骑行起来,声音仍会不远不近地响在身后。那是脚步声,是一个人走路或奔跑的声音,刻意同她保持着距离。直到抵近敬老院,她才敢回头张望,却没有任何发现——那并非她的臆想。肯定是不怀好意的盯梢,不可能是顺道儿的同学。因为别的同学,走完一段亮灯的马路之后,差不多都到家了,只有她一个人,还要走完一段漆黑的土路。

"敬老院不是有人专门接送你吗?现在没人接送了吗?"

江一妍摇头,怕冷似的缩着肩胛:"我不想让他们接送了……我怕。在学校,我怕别人瞧不起。在敬老院,我还怕,怕他们对我好。越是对我好,我心里越难过。保不准哪天,他们一个个的,连声招呼也不打就走了,实在让人受不了……晚上睡觉,我老是梦到他们。这样的日子,啥时候是个头儿啊。"

曹警官无奈地看着女孩儿,以鼓励的语气告慰她道:"快点长大吧。一个孩子,整天和一帮老人打交道,确实够为难的……快点儿长大,等你上了高中,考上大学,就啥也不用怕了。"他这样说着,走到自行车旁,在车筐里的上衣兜里找烟抽。

江一妍发现曹警官走路一瘸一拐,关切地问道:"你咋了?"

曹河运脸色难看,若无其事的样子:"没事,不小心,摔了一跤。"他说着,忽地愣神,盯着白杨树看了几眼,吐一口烟,眉头微蹙,又看几眼,仍旧不动声色。

白杨树干的另一侧,一米五左右的高处刻有一排竖行、歪歪斜斜的字迹。刻痕新鲜,因树皮与树干颜色差不多,并不显眼。附着在一个大大的树疤下面,像单只眸子流下的一串抽象的泪水。那是一个人的名字,一个女孩儿的名字。"江一妍"三个字,没有任何补缀。其中的"妍"字间距过大,看上去更像"女""开"二字的并列。

七

江一妍升入了高中。

当时的高中,已并入市里,距黑山县十五公里。县里的学生无法走读,只能住宿。她因此能够暂时离开黑山县,同过往生活拉开一段距离。

开学后的某一天,曹警官又来找她,接她回敬老院。当时她并不知道发生了什么,但深感不安。那天下着雨。雨水冲刷之下,吉普车仿佛成了一艘密闭的舟船。曹河运坐在车后座上,江一妍坐在副驾驶位置。一路上,她不时扭头,探究地看着他,眼里写满疑问。曹河运似乎另有心事,一直保持着沉默。直到有所察觉,这才告诉她:"马老头儿死了⋯⋯"说着,伸手,从背后摸了摸她的头发,似是对她表达的一种安抚。江一妍瘦小的身子打个冷战,慢慢扭过头去。额发遮挡之下,漆黑眸子泛着泪光。她看着他,愣住,发现曹河运的脸上,竟然溢出一丝微笑,令她很是费解。一件令人痛心的事,他怎么能笑得出来？

马老头儿是在一个阳光和煦的日子里死去的。早晨发现，中午火化，很多人都没有察觉。那把藤椅仍摆放在宿舍门口，上面落了一层金黄的落叶。工作人员清理他的宿舍时，翻出一摞存折，还有一封遗书。存折上的数目，在一个本子上算得不差毫厘。遗书内容如下：

>   这笔钱，一半捐给咱敬老院。一半留给小燕，省得这
> 孩子上学没有着落。

落款处，拓有他的手印及一枚印章。

同存折一道交到江一妍手中的，还有两封信：一封，是未及发出的信；另一封，是刚刚收到的信。那封未及发出的信，是马老头儿写给战友的。他可能预料到自己时日无多，特意在信中有一番嘱托："你身体还凑合，帮我照顾一下这孩子吧。她帮了我不少忙。我被弹片毁得做不成男人，这孩子就算我的后人，是我的亲孙女。以前写给你的那些信，都是这孩子代笔。在信中，她可是管你叫过爷爷。"

院长将这封信交给江一妍的同时，特意叮嘱她将联系地址记下来，再把信寄出去，也好和对方保持联系。

另一封刚刚收到的信，之所以也要交给她，只因写信人的口吻，是与江一妍的直接对话。信的开头这样写道："小燕

　　　　　　　　　　　　　　信使

小友你好,你写来的信已收讫。得知马伯伯身体很好,我们一家人都很开心……"这封信,显然也是出自他人代笔。是借由与江一妍的笔谈,转述两位实际通信人之间的情谊。

三年的高中生活,似一支引而不发的箭,也似一匹临战嘶鸣的战马,迫不及待等着奔命。她要借助高考这唯一的机会,逃离这蒙难之境,逃离这死亡堆叠的场域,逃离黑山镇,逃到一个未知的、安全的地方。

收到大学录取通知书的当天,江一妍的内心格外平静,有些空落落的,有点儿束手无策的感觉。当时,她租住在市里,和老师、同学没有任何联系,只给曹警官打了一个电话。

曹警官说:"太好了!可真是太好了……要不,你回来住几天,来我家吃顿饭,顺便为你庆贺一下?"

她犹豫再三,找理由拒绝了。三年的时间,她和曹警官似乎越发疏远。曹警官升职后,好像变得更为忙碌,再也抽不出时间来看她,只会隔三岔五打个电话。到后来,电话也少了,曹警官告知她一个手机号码,并叮嘱她,有啥困难可随时打这个号码。

去读大学的前一天,她给曹警官打了一个电话。曹警官表达了一番不能送她的歉意,又告慰她道:"小燕哪,到了学校,要学会照顾自己,多跟家里联系。等学校放假了,你要照常回来。黑山镇是你老家。大爷这儿,永远是你落脚的地方。"

她成功地逃了出来,逃离了那个污秽、阴郁、被死亡裹挟的属于她的"血地"。庆幸之余,她会不由得想到妈妈,想到当年妈妈一次次坐汽车、火车,去市里和省城报考各类文艺团体。如今想来,当时她那些看似出格的举动,是不是也有着出逃的意味?相对于妈妈来说,她是幸运的。她由衷地为自己感到庆幸。

　　大学生活陌生而新鲜,使她越发感到与过往生活的隔阂。她义无反顾,屏蔽了老家的所有信息。她愿意做一个没有来路的人,自此改头换面。接下来的时间,她没有接听过一个来自老家的电话,也没有打出过一个电话;从未寄出过一封信,也从未收到过一封信……实际上,她若不主动与老家取得联系,老家的人也只是知道她考学去了外地,对她所去的城市和学校的具体名称很难说得清楚,更别说更小范围内,财经系一年级五班的邮寄地址了。曹警官的电话号码,被她牢牢地记着,并备注在一个本子上,偶尔,她也会有给他打一个电话的冲动,却因瞬息的倦怠,完全没了兴趣。为此,她自有一套消极的理由,觉得以自己孤儿的身份,只能被动地等待别人的联络,若是主动,只会遭人厌弃。至于"知恩图报"这个词的定义,她想,也只能等到大学毕业之后,自己有了好的前程,再去想办法实现吧。

　　生活却并非她所期待的样子。

　　大二的上半学期,抑郁像豢养在身体里的一只宠物,日渐壮大，一举将她精心搭建的脆弱城堡捣毁。细究起来，除了自身性格的缺陷外，更是过往生活对她的一种反噬。她越想遗忘，越是得不到报偿。她曾试图改变自己的性格，讨好或巴结同学，即便能交到温青这样的朋友，也显得无济于事。那段时间，她在沮丧的情绪中沦落，像一个失声的溺水者。抑郁最为严重时，天气与季节的变化，也会使她情绪失控。记得一个初秋的下午，天气格外晴朗。下午五六点钟的时光，日光不再灼人，天地间一片澄明。她从图书馆出来，看见楼宇、树木、行人，好像被一种无形的东西穿透，投在地上的暗影漫漶无形。这一切使她的心里更加空荡。无所谓悲喜，泪水忽地涌出眼眶。怎么会这样呢？太没出息了。她想。脸上露出微笑，却抑制不住奔涌的泪水。

她开始强迫自己跑步，却不能坚持太久。她开始驱使自己阅读，暗合"书籍能辅助舒缓情绪"这样一种套话。她读过能找到的同抑郁相关的所有书籍，读过各种励志类的名人传记，读过通俗或经典小说，甚至读过枯燥的哲学著作。有一天，她从一本叫作《信使的身份》的书中，读到如下一段话：

在某个时间的节点，消息的抵达更像神谕的降临，能够左右人的命运。命运有吉凶。而那些传递消息的人，却身份单纯，心怀良善。他们怀有简单而直接的目的，将一封封信函、一个个口信，以及和信息相关的所有物件，及时送达收件人手中,从而完美诠释了信使的含义。

　　像一个尘封的启示,她忽然读到了它。当时并无太大触动,却一下记住了那些隐晦而纷繁的句子。单调的词汇,诡异的组合,令她有了一种彻悟之感。不久,她又从一本杂志上读到了这样一首诗:

　　　　我细算了一下
　　　　一九九〇年以后
　　　　我再也没有收到过一封信
　　　　我也再没有寄出过一封信
　　　　我觉得这些年生活空白的部分
　　　　是因为信使不知所终

　　读完这首诗的瞬间,她呆住了。图书馆里很安静。两米左右的书架间隔中,填满疏淡的暗影。垒放成排的书籍,亦如坚实的壁垒。瞬间的闪念,使她陷入恍惚状态。眼前所见,书架瞬间坍塌,书籍如崩裂的石块,以排山倒海之势,雨点般飞溅……在那一刻,她忽然得到了启示,是一种哲学意义上的感悟。自然而然,也就有了这样一种认知:在她成长经历中所发生的那些变故,就是被信函,以及类似信函的东西所左右的。
　　她趴在书桌上,脑袋埋进臂弯。别人看她,觉得她应该是

　　　　　　　　　　　　　　　　　　　　　信使

读书读得累了,进入了短暂休憩的状态;或是耽于失眠之苦,终于找到静修之地。四人座的书桌,被她一人独占。其他座位上的同学,宁愿挤着,也不忍过来打扰她……实际上,她只是陷入了回忆。她在回想九岁那年的经历。在她的老家黑山镇,那个盛夏即将结束的傍晚,她和妈妈待在家中。门被敲响。她抢先去开门。当时,她以为爸爸出差回来了……那个站在门廊外的陌生男孩儿,此刻,在她的回忆中显得并不陌生,而是异常清晰和直观起来,像浮出水面的一个真相。她确信,那个陌生的男孩儿,就是来递送消息的小小信使。只是那电光石火般的一刻,她知道,男孩儿未能洞察到自己抵达的意义,他并不知道,他所要递送的消息,将会改变一个家庭的命运……他眼中的顽皮和散漫随之消失不见,代之以惊讶过后一种乍然闪现的惊喜。在时间的作用下,这种表情上的微妙变化,像錾子击穿石壁,在江一妍的脑海中发出回响——他弄丢了什么东西。他把所要递送的东西给弄丢了。他弄丢了它,所以才会在和妈妈有过几句简短的对话之后,神情变得更加局促。没头没脑地翻弄裤兜儿,又朝脚下寻看。

他弄丢的,应该是一封信。

江一妍叫了一声,引得埋头读书的人们不知所措地抬头看她。只见她倏地起身,好似从梦中惊醒。她忽地想到一张经她指认过的照片,猛然有了一种觉醒的意识:她当时所做的指认,对于警察的办案工作,又会起着怎样的作用?

随即,她的情绪再次跌入一个深不见底的黑洞。

那时她已养成记日记的习惯。将自己的心事悄悄记下来,自我安慰似的,像玩一个游戏,在日记本上画出一个图谱——她给那些同自己有过接触的人划定出分类,命名为"幸运信使"和"黑暗信使"。

在"幸运信使"这一类,她画出了曹警官、马老头儿,以及众多给她带来过好处的人,包括那位收养过她的大姨。

而属于"黑暗信使"这一类,思来想去,只有记忆中那个曾经在她家门口出现的小男孩儿。她画出了他的形象,五官模糊,手拿一封信,像一个具有诅咒意味的纸人。

一次整理旧物,她从旅行箱的夹层找出两封信。那是她最后一次回敬老院时,院长亲手交给她的。不知是随意还是故意的,她虽完好地保存了它们,却没能将马老头儿写给战友的那封信及时投寄出去……重读信里的内容,她不由得感到自责,觉得自己也应该属于"黑暗信使"那一类。补救似的,她便写了一封说明情况的信,信封上附有自己的地址,投进邮筒。她意犹未尽,又接续了另一封信的传递。她以自己的名义,给那位陌生的寄信人写了一封冗长的回信。信中她言辞恳切,却篡改了马老头儿去世的时间,并对自己没能及时回信给出了一个合理的解释。她简略记述了自己的遭遇,以及

　　　　　　　　　　　　　　　信使

这些年来生活的变化,像一篇抒情散文;她道出自己内心的孤苦,以及当下所面临的困境,言辞依旧恳切,并且意味深长,好似对旧友发出的求助。信的末尾,明确表达了对收到复信的渴望。

她下了一个赌注:若是这两封信能有回复,等到放了寒假,她便要回一趟黑山镇,同过往生活达成谅解,一切都将会好起来;若得不到回复……她并没有认真去想那个结果。

那一年她二十三岁,阴郁的气质使她看上去比其他同学更多了一份成熟和持重。她所就读的那所大学,是一所相当不错的财经类院校。六人间宿舍,上下铺床位,一张书桌三人共用。除她之外,另外五位同学户籍均在本地,或离此不远的下辖市镇。睡在她上铺的温青,家就在本市,离学校不过五站地的距离。每个周末,她都有机会回到自己家中。

寒假很快到了。

最后一位同学离开寝室时,看见江一妍坐靠在床头,凝神看着窗外。安慰似的冲她打声招呼:"我走了。等过完年回来,给你带我妈炸的年糕吃。"

她冲她感激地笑笑。拉杆箱的滚动声,渐渐消失在走廊尽头。她起身关了屋门。站在窗前,鼻子在窗玻璃上被挤得扁平。外面飘着零星的雪花,转瞬化为稀疏的线条。天际的虚白处,浮起一层混沌的亮色。她感到乏力,躺到铺位上,接听了一个电话,是温青打给她的。

"来我家住吧。咱俩睡大床,打滚儿都能搁得下……你不愿意住,就每天过来吃饭。你一个人多没意思。要不让我妈跟你说。"

她笑着敷衍,赶忙将电话挂断。

落雪的声音令她感动,又会令她感到为难。她想起三个月前寄出的那两封信。她能猜到它们的命运。它们应该分别抵达了陌生的城市。只是准备投递时,分拣员会将它们丢弃在一旁。因为投寄的地址,有可能早就变更。或许,它们成功地抵达收信人的手中。只是读完信后,收信人的脸上会露出一抹苦涩的微笑,间或有淡淡的错愕与不屑……她在一种复杂的心绪中睡去。睡了两天两夜,其间没吃一点儿东西,没喝一口水。好像圣徒要清空身体,等待一个仪式的降临。到了第三天,临近中午,她醒了。慢腾腾起床、洗漱、穿戴整齐,迈步出了宿舍,走出校门。她走进一家超市,在售卖男性用品的柜台上买了一包"吉列"牌刀片,这引起售货员的怀疑和猜想。

洗手池上方有一个方形小镜子,不知是哪一届室友留下的。镜面的右下角印有一个红色唇印,像一个怪异符号。她站在镜前,静默地看着自己,而后开始动作。撕开包装盒,跷着无名指,将刀片抻出来,捏在拇指与食指之间。一番犹豫,她又从铺上拽枕巾,垫在腕下。她不想让大量的失血弄脏盥洗室;更不想躺在铺上,让寝室被血腥玷污,那会给同学们带来噩梦。她不想让她们对她有任何生理上的厌恶。除此之外,她

信使

也曾设想过其他的方式，譬如效仿某部电影中的经典桥段：一个貌美如花的女人，赤身躺在宽大的浴盆里。舒适的水温，更像一个温暖的怀抱。涓细血流，将会赋予死亡一种妖冶的美感……但，一切想象，都需建立在有条件的基础之上。她只能做出这样的选择，只要死得不至于太过难看。她将刀片抵在腕处，尚未用力，便感到血液在血管内加快了流速。刀刃微凉，使肌肤生出一阵阵痛痒的感觉。目光一闪，瞥见洗手池边有一根黑色皮筋。她想尝试，试一试刀刃的锋利程度，便将皮筋拿过来，单手捏住，刀片轻轻划过，皮筋骤然断裂，缠住刃身，一同弹落在瓷砖地上，发出细微声响。她弯腰去捡，忽感一阵眩晕，便什么都不知道了。

昏沉中，听到有人在楼下喊她。

她们的宿舍在二楼。由于隔音效果很差，通常有男生在楼下，喊某个女生出去约会时，便会传得整个楼层尽人皆知。她挣扎起身，临窗俯瞰。见一名校工站在纷扬的雪幕里冲她招手。她不知道发生了什么事情，猛地推开窗户。一股清冽的空气瞬间使她猛醒。

就在那天，她收到了一封没有来路的信函。之所以说它"没有来路"，是因寄信人不知是故意还是无意，寄信地址一栏竟为空白——当然，这不是她以前发出的那两封信的回复。因为随信收讫的，还有一张汇款单。在校工的解释中她得知，信件是前一天抵达的。信中的内容，是对汇款单的解释。

大意是:请收信人务必不要大惊小怪,之所以会有这笔汇款,是缘分使然,也是幸运对她的垂顾……"你怎么了?还好吧。知道你春节不回家,怕急等着用,特意给你送过来。也算你收到的一份新年礼物吧。"瘦高的校工笑眯眯地看着她。他并不知道,他为她带来"礼物"的同时,亦阻止了一场轻生的冲动,无形中扮演了一个幸运信使的角色。

其后两年,每个月,"幸运"都会如期降临。江一妍会同时收到一封信、一张数目相等的汇款单——仿佛命运对她的恩赐。寄信人和汇款人同为一人,却从未留下过任何联系方式,信中也从未透露过任何信息。从信的内容来看,他(她)仅像个纯粹的笔友,说着一些浅显而励志的话。她将所有信件保存下来,特意去邮局做过查证。仅凭邮戳辨认,第一封信和第一笔汇款,应该寄自她老家所在的省会城市。奇怪的是,接下来的第二十五封信和第二十五张汇款单,竟然出自她所在的这个城市,只是邮戳的地址飘忽不定。或许,他(她)已猜中江一妍的心思?信中不乏善意的警告:不要回信,不要试图找到我。言外之意,明显他(她)是个只想做慈善,却不愿留名的神秘人物。他(她)是怎么找到我的?又是为什么我会被这样的幸运选中?对江一妍来说,这始终是无解的谜题。她的生活不成问题。可那每月必至的信函和汇款,对她来说却显得弥足珍贵。她愿将其作为一种信奉,是生活中唯一发生的奇迹。这令她感动的同时,亦能帮她重拾生活的信心和勇气。

然而,这样的"奇迹",却在她安然度过危机四伏的大学生活之后悄然隐退了。信使从此再也不见踪影。

　　江一妍选择留在了这座城市,找了一家财会公司上班。那是她人生中得到的第一份工作。

　　每天同账目和数据打交道的人,不乏理性。但对这座城市,她却多了些感性认识。她觉得,这是一座善意之城。之所以会选择留在这里,是她认定,那个曾给她带来过奇迹的人,那个将她拯救的人,一定隐遁在这城市的某一个角落。说不定,此生她会将他(她)找到,或等来与之邂逅的机会。

　　生活波澜不兴,鲜有奇迹发生。随着信息化时代的到来,信函邮寄这种古老的方式,已趋近消亡。江一妍却对各类信息抱有期待。她觉得,信使的身份薪火相传,永无废止,不管世事如何变幻,仍会有人从事这份古老而尊贵的职业。只不过他们乔装改扮,身份变得更为隐秘。在接听一个电话、收看一条短信、点开一封邮件之前,她总会这样想——这是"幸运信使"的到来?还是"黑暗信使"的降临?

八

　　健身运动尚未在普通人中普及时,温青便已走在了时代前列。她对健身运动的痴迷,令人感到费解。要知道,以前她可是215寝室出了名的懒鬼。

"塑形很重要，最大的好处，就是运动使大脑产生多巴胺，令人产生愉悦感的同时，也能缓解压力。"

"我不想去。"

"这也不想那也不想，整天跟个老人家似的，你就不能听我老人家一句话吗？"

"你以前不是说，身体要靠'养'吗？"

"身体靠'练'，精气神才靠'养'。我告诉你，健身房里帅哥猛男多的是，去了，保准能让你打起精神。"

"我才不稀罕。"

"管你稀罕不稀罕，就当陪着我。"

她们常去的那家健身房，名字叫作吸引力健身俱乐部。被温青拖下水之后，江一妍也办了一张会员卡，只是她去的时间没有规律。随后不久，黄斌峰便出现在那里，当然，是以健身教练的身份。如此说法，好像江一妍去了那家健身房，黄斌峰才会出现在那里一样——实际上，确实给人这样一种感觉。温青发现，这个年轻的巡场教练，对江一妍有着特别而怪异的热情。

江一妍已算是这里的常客，却仍是菜鸟一只。因性格孤僻，她总是喜欢做野路子运动。说白了，就是倾向于玩，只为消磨时间，不带任何的功利性。跑步机、椭圆机、史密斯架、牧师凳，五花八门的健身器械在她的操控下，更像庞大而笨重的玩具。对教练的指导，她亦不配合。即便卑微如巡场教练，

　　　　　　　　　　　　信使

也有人家的一份职业尊严。所以说,没有任何一名教练愿意搭理她。

黄斌峰入行显然还没多久,刚拿了速成的职业资格证也说不定。像什么盔甲胸、沙漏身材,这些对健身教练来说相当于金字招牌。他没有招牌式身材。看上去,他只比普通人的体格略粗壮些。三角肌、肱二头肌和肱三头肌虽已成型,腹肌却完全不在水准,更别说什么人鱼线了。他也不像另外一位刚从体育院校毕业的年轻教练,说起专业词汇来头头是道,演示某个规定动作姿势拿捏得十分到位……他最多给人一种亲和之感,显得家常又实在。一米八左右的身高,在健身教练中间已算挺拔,却在肌肉的制约下,显得瘦弱了些。他有一双细长的眼睛,看人时似笑非笑。给会员做指导,身教多于言传,更像一个健身伙伴,而非一个高高在上的教练……这或许能够赢得一些女性会员的青睐。毕竟,她们来这儿的动机,只想通过运动改善一下心情,而非获取什么专业上的造诣。

从一开始面对江一妍,温青便察觉出黄斌峰的某些特殊之处。

他不像其他刚来的巡场教练,因职位低微而缺乏自信,更不会因收入的多寡而感到焦虑。巡场教练大多只拿底薪,除了负责日常的器械维护、对会员进行简单的指导外,还要边做边学,以图在事业上有所精进,达到收入不菲的私人教练级别。他不思进取,一味扮演亲和角色,给人一种超然世外的感觉。但他的散淡与亲和力却只会专属其他会员,一旦单独面对江一妍,他便显得有些紧张。温青有过这样一种感觉:自打她带江一妍来到健身俱乐部,总觉得被人暗中打量。起初她暗自得意,以为自己的训练和身材已到引人注目的地步,可一旦江一妍离开她的身侧,这种感觉便会顿然消失……直到黄斌峰公然出现在她们面前,才令她有所醒悟。因她不止一次地观察到,每当黄斌峰看江一妍时,总是偷偷地,却不乏专注,眼神里的阴郁令人感到不安。稍待片刻,便会被一种乍然的惊喜冲淡,还有着更多赞赏、欣慰的意味,更接近于男女间的倾慕,带有一丝令人费解的苦涩。

作为一名旁观者,温青目睹了黄斌峰走向江一妍的那一刻。

那一刻,类似舞台上发生的场景。显然,已在黄斌峰的意识里排演多次,只不过江一妍浑然不觉。

他踌躇着,慢慢靠近了她。假借整理器械,偷偷地窥望她。忽而,像有了什么重要发现,对坐在器械前的江一妍说:"你的姿势不对。应该这样——伸展肘部,前臂远离上臂。做完这个动作,你再,再停一下,慢慢归位。"

他的声音低沉而富有磁性,动作小心翼翼,引得心不在焉的江一妍漫不经心地看他一眼。她蓦地一愣……他顺势上前,辅助她做了几个动作,而后引导她离座,迅速调整座椅的高度,选择了一个合适的重量,跨上去,专心地演示起来。他边做动作边讲解,回头,却发现江一妍已经走开,将他一人晾在那里。

那是一次不成功的搭讪,也算二人正式接触的开始。健身房场景单调,这里发生的剧情,总是一览无余。过了没多久,在黄斌峰的耐心引导下,江一妍开始了她所谓的系统性的正规训练。

"有氧运动一定要做。在跑步机上慢跑五到十分钟,这对你的身体有好处。然后再做一下全身的拉伸运动,也要五到十分钟的时间。可不能像以前那样,上来就做这种剧烈的无氧运动。等你给身体打好基础,才能使用这些器材,不然会伤筋骨的……俯卧撑、平板支撑这些也要慢慢来啊,一下不能做这么多。你现在的身体状况,要循序渐进,贵在坚持。练完整套动作,全身拉伸动作必须要做的,这很重要,对缓解肌肉酸疼非常有效。"

温青看在眼里,俏皮话说在嘴上:"练得不错嘛。"她的调侃,自然是在训练结束之后,二人更衣室换衣服的时候。

江一妍没有回应,一副若有所思的样子。

温青用膀子撞她:"有情况了? 有什么想法,要及时跟我汇报,让我老人家替你把关。"

她闪身躲开,仍旧若有所思:"我好像,在哪儿见过他……"

"在哪儿见过? "

她摇头:"想不起来了。"

温青笑道："魔怔了,套路了。即便你俩以前见过,应该是在前世吧。"

套路从来都难免俗。二人的接触,很快离开温青的视线,私下已有了约会。只是剧情的发展,显得有点儿过快。有一天,江一妍对温青说："我想和那个黄斌峰结婚。"

听她的口气,有些举棋不定;看她的表情,却又成竹在胸。显然,并非征询意见,而是出于礼貌,对朋友告知一声。温青却有了一丝隐隐的疑虑。毕竟,她一直把江一妍当成孩子看待;毕竟,她以好友的身份,曾经鼓励和怂恿她投身爱情的怀抱。

"这也太快了点儿吧。你对他,了解得够吗?"温青不无担心地问。

"他和我一样,一穷二白,没啥需要了解的。"江一妍说得浅淡。

据黄斌峰自我介绍,他的老家在内蒙古。他的口音和江一妍近似,通常说普通话,有时说顺了嘴,却不知怎么会冒出一口地道的黑山镇方言,令江一妍感到诧异。对此,他自有一番解释,笑嘻嘻说他模仿能力强,哪儿的方言都能来上两句。像要验证似的,便会说几句四川话出来,也能说几句粤语。提及身世,二人仿佛被命运打了相同的印戳——他也是父母早已过世。爷爷奶奶将他抚养成人,如今均已不在人世。如此说来,他们更像一对罹患同一种症候的病人,一旦重逢,便会相

信使

濡以沫。爱情对他们来说,更像奢侈品。可越是奢侈,却越要挥霍。他们想快点儿结婚的原因,其实,只是迫切地需要过上一种相依为命的生活。

温青无话可说,只是像一位认真的家长,提及一个根本的问题。

"你考虑过吗?你是响当当的大学生,有一份稳定工作。他呢,在健身房,也就相当于一个打工仔吧。以后,结婚买房子,生娃过日子,可不是那么简单的事。"

江一妍的回答,显得感性有余,理性不足。"这种话,他也跟我提过不止一次……不提倒也罢了。既然提了,那我就更要嫁给他了。"

"你是照顾他的情绪,还是怕伤他面子?"温青问得小心翼翼。

江一妍开始絮絮叨叨地说起来。说的,自然都是黄斌峰的好处,内容却是一些鸡毛蒜皮。譬如,每次一起吃饭,黄斌峰总会不停地给她搛菜,令她想起小时候寄住在别人家,那家的女主人因她搛菜过于频繁,经常拿筷子揎她的手,给她留下了心理阴影。直至如今,每逢和别人同桌吃饭,她都会感到紧张和局促。

江一妍说着,不知触痛哪根神经,泪水在苍白的脸上簌簌滚落。

"你都不知道,这么多年了,没人这样疼过我……有一天，我午睡醒来，发现他跪在我的床前，用那样一种眼神看着我……见我醒了，他紧紧握着我的手贴在他的脸上。"

这样一幅画面，想来令人动容，却又不乏诡异。他会用什么样的目光，端详一个熟睡的女孩子呢？他跪着，选择了一种特别的姿势，像忏悔，还是爱得有些不知所措？

从打算结婚那天开始算起，到了那一年的九月，江一妍度过了她人生中最为愉悦的一段时光。那段日子，她整个人发生了明显变化，变得乖顺、明艳、可人，像一艘小船泊在无风的港湾，令人感到庆幸。直到八月三十日这天。借助网上查询到的资料，温青仍能回想起发生在大洋彼岸的一场飓风给她内心带来的震动。

"卡特里娜飓风由 12 号低压在巴哈马东南方向的海域生成。八月二十四日上午，热带低压增强为热带风暴，二十五日持续增强为飓风。当天下午六时三十分，登陆佛罗里达。飓风穿越该州南部，又以每小时二百三十三千米的风速进入墨西哥湾。八月二十九日，以三级飓风的强度登陆路易斯安那州。数小时后，在墨西哥湾迅速增强为五级飓风，随后登陆密西西比河口。形成的风暴潮，给路易斯安那州、密西西比州以及亚拉巴马州带来灾难性破坏。用来分隔庞恰特雷恩湖和新奥尔良市的防洪堤因风暴潮决堤。导致近八成地段被洪水淹没。强风吹及内陆地区，阻碍了救援工作，致使一千八百八十三人丧生。整体造成的经济损失，高达两千亿美元。成为美国历史上破坏力最强的一场飓风……"

当时，她们从一家叫作金色米兰的婚纱店出来，去了一家冷饮店。温青还在说着那场飓风。因为那几天的电视新闻里一直在播报飓风的消息。

"太吓人了。太令人震撼了。"

温青描述着她对飓风的感受，却发现对江一妍没有任何触动。她正在吃一支冰激凌。食物的甜美让她陶醉。或者说，那段时间，她一直忘我地沉浸在幸福之中。发生在大洋彼岸的一场灾难，不会引起她的任何共鸣。

手机响了。江一妍接听电话。她歪侧肩膀，手机贴在耳旁。左手握着甜筒，接听的间歇，仍不忘贪婪地吮吸一下冰激凌融化的塔尖。听到她笑着问："怎么，你去劫波寺了？时间这么紧，跑那儿干吗去呀？"对方大概在解释什么。她吐着粉红色舌尖，舔了一下唇角，显得俏皮又性感，不以为然道："也该事先跟我说一声嘛。哦，好的。和他们一起去的呀！注意安全……有机会，你再带我去好了。"

隔了一天，飓风带来的影响，在温青的感受中渐至平息。生活一如往常。这天晚上十点多钟，温青正准备就寝，听到屋门被人敲响。

江一妍站在门外。疲惫、焦虑、困惑、无助的神情，将温青吓了一跳。

听到她有气无力地说："黄斌峰，一天一夜没给我回电话了。"

温青松了口气，将她拉进屋内。

"你这么依赖他干吗，或许他的手机没电了呢。"

"不是依赖他，是担心他。他平时不这样的，即便手机没电了，也会想办法回我个电话。他不会借别人的，给我报一声平安吗？"

"那是在山里。说不定，他把手机弄丢了，看不到你发的消息，回什么话？"

"会是这样吗？弄丢了？咋那么不小心呢？"江一妍嘟哝着，神情慢慢松懈下来。

那一晚，两人一床同寝，仿佛回到大学时光。说了一会儿闲话，又说了些同婚礼相关的事宜。江一妍始终心不在焉，她很快睡着了。

黧夜，人心脆弱时分。温青被惊醒。听到江一妍的嘀咕声，却非梦话。睁眼，见她披头散发坐在床边。

"不对劲儿……真的不对劲儿。怎么着，他也该给我回个电话。"

九

这个叫作探路者的团队，是由一群户外运动爱好者在网上自发形成的组织。成员间保持一种虚拟的社交方式。每个月，大家会在网上展开一番讨论，遴选一个目标，组织一次活动。以野游之名，实则行探险之趣。他们的足迹遍布城市周边的荒山野谷。每逢长假，还会将探寻的触角延伸到更为偏远的区域。团队里有一条不成文的规矩，大家虽十分相熟，现实中碰面，仍会沿用网上的称呼，譬如"游泳的骆驼"，大家喊他"骆驼"，实则他是位外科大夫，具体在哪家医院供职，很少有人打听；譬如"烈火玫瑰"，简称"玫瑰"，大家知道她是位教师，至于教什么课、在什么级别的学校任职，即便是位美女，也少有人搭讪。黄斌峰之所以会参加这样一个团队，可能跟他的工作性质有关。他的网名叫作"寻找爱情的兔子"，大家称他"兔子"，好多人误以为他是名警察……自打和江一妍正式交往后，他曾带她参加过一次团队组织的小型活动。江一妍虽十分投入，但因体质较差，拖了别人后腿，便再没去过。

她经常光顾那家网站，第二天，便迫不及待上网查看。她打听到一名队员的联系方式，是一位律师。打电话过去，这才知道，最近，团队确实组织了这样一次大型的登山活动。律师因忙于一场官司，没能参加。对方劝慰江一妍道："你放心好了。那个地方虽然地形复杂，但大家都做了很充分的准备，肯定不会出什么问题。按照规划的行程，明后两天他们就该回来了吧。最起码，也该有消息。等我联系一下其他队友，看能否联系得上。"

单听名字,觉得那儿应该有座寺庙。劫波寺——作为一个标准地名的补缀,网上一时很难查到。标准的说法应该是:青峰山里的劫波寺。作为当地政府投资开发的3A级景区,青峰山景区离市区不足七十五公里。总面积二十平方公里的山地中,现已开发的景区只占很小比重。大部分山地,仍保持了原始地貌。特别是以主峰北侧劫波寺为坐标的一条登山路线,深受户外运动爱好者的青睐。

两天的时间很快过去了,整个团队没能及时返回,只有零星的消息最先惊动媒体。电视台以画面截屏的方式,抢先播报新闻:"主峰周围正在下雨。一名男性户外运动爱好者失踪。当地救援队已在当地森林消防部门的配合下,冒雨展开了搜救。"

没有人来正式通知江一妍。那个男性失踪者与她有着太多的牵连。她反而安静多了,不闻不问,或是没了探问的勇气。后面的事,全部由温青代劳。温青先是通过律师,得到其他几个人的电话,挨个儿打过去。兜兜转转,和几个从山中回来的人取得联系。不知心有余悸,还是怕惹上什么麻烦,那些人说起这件事来,个个闪烁其词。无奈之下,温青只好找朋友帮忙开车,带着江一妍直奔事发地点。

青峰山果然在下雨。山下雨势不大,山中雨势无法估测。她们先是找到一家农人开办的旅社,当作落脚点。江一妍忽然发起了高烧,只能待在旅社,由温青独自去镇上的森林消

　　　　　　　　　　　　　　　　信使

防部门,等候从山上传来的消息。同时,还要探听与这起事件相关的细枝末节。而后返回旅社,一五一十,或语焉不详地转述给江一妍。

探路者团队并非一群乌合之众,而是一支有情有义的队伍。发现有人失踪后,几名经验丰富的队员,自愿结成小组,一直留守在山上,配合救援队展开搜救工作——这算是一个令人感到欣慰的消息。

"他到底……咋出的事?"江一妍只关心她的爱人。

进山的第一天,因为天气变化,团队被迫在一处临时营地驻扎。队员之间出现分歧。有人认为,这样的天气,根本不会对登山造成影响,反而是个难得的机会;有人认为既然天气有变,山中恐会生雾,如果进山后迷路,那将会是一个很大的麻烦,一时间争执不下。一拨人按照事先设定的路线,继续朝山里进发;另一拨人便留在了营地……分开行动的这两拨人,没有一个人注意到黄斌峰。实际上,等到第二天两拨人在山中会合时,黄斌峰也并未引起大家的注意。只待回程前清点人数,这才发现少了一人。那个看上去寡言少语的"兔子",他是和第一拨上山的人在一起?还是留在了营地?还是悄悄地独自一人下山去了?

"他们怎么就那么不尽心呢,他们咋把人给弄丢了。"

"不是这样……他是老队员了,有着丰富的野外生存经验,平常都是他照顾别人。有人说,他好像是悄悄离开大家的。"

"悄悄……离开大家的。这是什么话,这是什么意思?是不是,他想半道上自个儿跑回来,又怕别人笑话……可他人呢?他人在哪儿呀?"

"或许,他在山里迷路了。"

"迷路了?他不是很有经验吗,该很快能找到路吧。"

"山里下雨,有些地方还有雾……应该,应该很快就能找到路的。"

更多的消息,陆续从山上传下来。

在劫波寺北面一处叫作僧冢的地方,发现了一处脚印。和黄斌峰的鞋号比对,大小基本相符。证明他曾去过那儿。根据鞋尖的朝向,应是朝着远离僧冢的野蜂山而去。据当地山民说,野蜂山林深坡陡,放蜂人多年前就不再去那儿了。除非想要找死,没人敢去那种地方。

因雨受阻,另一拨搜救队员下山后稍事修整,翌日重新上山。终于在公牛坨附近,发现了另一处明显的足迹。下午一点三十分左右,找到一张字条,搜救队认定是黄斌峰所写。因字条被石块压住的部分,上面依稀写有江一妍的名字,其他部分则被雨水浸烂,无法分辨内容。而这样一张残存的纸片,却在搜救队员手中传递时,忽被一阵骤起的山风吹走。这样的消息,听上去更像一个不折不扣的谣言……无论怎样,依据合理推断,黄斌峰应该就是在那一带迷路,丧失求生信念后,给他的未婚妻留下了一张类似遗言的字条。根据这条线索,所有搜救队员集中起来,沿周边区域展开拉网式搜查,很快又有了新的发现——在公牛坨至燕子岩方向的一条山路上,发现有人停留的痕迹。从痕迹的状貌来看,显然经过处理,这令人感到费解。若是失踪者所为,似乎不想让自己的行踪被人发现;若是他人所为,意味则不言自明。

雨停了,天色明朗。病倒在农家旅社的江一妍,慢慢蓄积了气力。她挪到屋外,脸上是一副病愈后的模样。那家旅社的后院,紧邻一道石崖。石头砌起一道围墙,成了一个小小的菜园。菜蔬过季,园子荒芜。唯有一棵临崖的李子树,紫红色果实缀满枝头,沉甸甸地伸到崖外。旅社老板娘拎一只柳编菜篮,从江一妍身边经过。她不敢打扰她,却想给她些安慰,将几枚熟透的李子悄悄放在她身旁的石板上。

江一妍伸手指了指,想说点儿什么,却因咽喉肿痛,发不出声音来。

老板娘呆呆地朝她手指的方向看去。只见空谷幽寂,悠长的鸟鸣声中,听清她艰涩地表达:"那些李子,伸到崖外去了,该怎么收回来呀?"

老板娘"哦"一声,用蹩脚的土话道:"野生的果子,也没啥稀罕的。鸟雀子吃完,就由它去吧。"

搜救工作结束当日,只在一处无名的崖边,找到一具白骨。断崖下,雨后燥热的空气里,升腾着阵阵腐臭味。鹰在空中盘旋,由此判断崖下应有鹰巢,臭味应出自动物腐烂的尸体……这些不祥的征兆，除了给人一种更为不祥的预感，和失踪者没有任何关联。

所有线索到此戛然而止。

搜救队负责人找到温青谈话，一脸倦怠，语调凝重："只能这样了。再找下去，也没多大意义，我们也算尽力了。"

温青回到旅社，看见江一妍坐在屋后的石阶上，正在慢条斯理品咂一枚李子。她咬一小块果肉，也不咀嚼，只用牙尖捣碎。看着神色慌乱的温青，低下头。将剥去果核的果肉，塞进嘴里，大口咀嚼起来。大概李子的味道太过酸涩，刺激了她，她的表情瞬间变得狰狞，眼里泛着泪花，嘴里发出奇怪的"呜呜"声。

十

过了很长一段时间。每当想起这起离奇的失踪事件，温青总会没来由地想到那场被命名为卡特里娜的飓风。这是一种奇怪的联想。她认为，江一妍在这起事件中所受到的伤害，不啻一场飓风给大洋彼岸带来的重创——那看似平静的风暴眼，像一座移动的城堡，噩梦般悬浮在半空。飓风形成的漏斗形状，将一切生机吸食殆尽。暴雨带裹挟雷电，犹如暴徒忽闪的眼睛……飓风摧毁的家园，会在人们的努力下迅速恢复重建；而江一妍心中的悲苦，在温青看来，却一时难以消解。

江一妍开始痴迷一种字面游戏。她试图用词语的多义性，来构建近乎偏执的妄想。

"失踪：指去向不明，找不到踪迹，多指人的下落不明。"她为了弄清词语的正确释义，屡次三番借助字典来进行求证。

"这又能代表什么呢？他不过是暂时离开了我，不定哪一天他就回来了。"

"可他为什么要离开你呢？"

温青从来不敢主动提起这件事。只有江一妍同她唠叨时，她才敢将话题挑明。

"为什么离开我……别急呀，有些事我暂时记不清了。等我想想，慢慢总能找出原因的。"她淡定地说着，促狭地眨着眼睛。

这大概是一个人深陷痛苦，自我拯救的唯一办法吧。要不然，她怎么能闯过眼前这道关卡，又该怎么将生活继续下去呢？温青这样想。

好在，心理幻象的掩盖之下，江一妍并未沉沦，她开始了苦苦求索。

她先是在网上，搜集和失踪事件相关的各类信息。这一事件在网上一经公布，便引起广大网友的热议。有人以讹传讹，有人动用非凡的想象力，给失踪赋予了某种神秘色彩。有人甚至做出"兔子"被人谋害的推断，并且提议应该由公安机关对这一事件展开彻底调查。听说他失踪前就要结婚了,他会不会有情敌?或是他的未婚妻背叛了他,与他人合谋在山里将他谋害?

面对种种离奇的说法,江一妍非但没有感到丝毫压力,反而变得更为冷静。她拓宽思路,开始回忆黄斌峰失踪前的种种反常举动,希望能够从中找出破绽。她深刻反省自己平日里的言行,是否给失踪者带来过伤害。

"这算是他的反常表现吗?"她狐疑道,"我曾有过一个打算——等结婚后,我俩,一起回一趟老家。毕竟这么长时间都没回去了,我想回去给我爸妈烧烧纸……我的这个想法很随意,也就是随便那么一说,也没死乞白赖的意思。可没想到,他非常抵触。先是推脱,不像以前那样啥都依着我了。后来,又显得很不耐烦。'回那儿干吗去呀?那个鬼地方你还没待够吗?'他跟我说过这样的话。"

"你跟他提过你的身世?"

"提过,我把我爸妈的事全都跟他说了……"

"这就难怪了。老家没一个亲人,回不回去的,确实没啥必要,难怪他会拦着你。"

"还有一次……我俩商量好,想坐火车去一趟丰城。那里有座寺庙,据说求签很灵的。我想拜拜佛,顺便择一个结婚的吉日。在我们老家,每当儿女准备结婚,都是大人们去求签。我俩去了火车站。正在排队买票的时候,售票窗口那儿忽然

信使

就乱起来。两个人高马大的男的，揪着一个小个子男的，那小个子男的，上了点儿年纪，看着老实巴交的，也不像坏人。他一点儿都不害怕，显得很坦然。听到他自言自语说：'这下好了，省得整天提心吊胆，能睡个安稳觉了……'后来一打听，才知道那是个杀人犯。他用假身份证买票，一下子就被查出来。买票需要身份证，是铁路部门近期出台的一项新规定。很多人都不知道，我们也不知道。那天，我没带身份证。我问他带身份证了吗，这才发现，他的脸色十分难看……他说他也没带。后来我们从火车站出来，他一直没怎么说话，很害怕的样子。就是从那儿以后，我觉得他变了，好像有什么心事……"

"他是哪儿人？你知道他老家的确切住址吗？"

"他会回他的老家吗？或许，他真的回他老家了。他老家在内蒙古赤峰……什么旗，什么镇，他说过，我忘了。只记得他说小时候爸妈都死了，跟着爷爷奶奶过。搬过一次家。爷爷奶奶死后，他一个人出来闯荡，走了不少地方……对了，他会不会真的回他老家了？想想办法，帮我去他老家找找吧。"

"别傻了，你醒醒。他已经不在了，再也找不到他了……"温青这样说着，又觉得自己太过残忍，自言自语道，"如果能找到他的尸骨，哪怕他留在山里的一份遗物呢。你就肯相信了，也就能死了这份心了。"

不知是受温青的启发，还是因某种冲动，失踪事件发生的三个月后，江一妍提出请求，要温青陪她去青峰山走一走。

驱车前往青峰山的路上,江一妍对温青讲了另外一件令她感到离奇的事。

"我放在抽屉里的一个本子,被人动过。"

"什么本子?"

"就是我上大学时经常用的一个本子。这件事我没同任何人讲过。我妈遇害的当天晚上,有一个小男孩儿,来过我们家,他好像来送一样东西。后来警察办案,我也指认过那个男孩儿的照片……后来,我就经常想,那个男孩儿来我们家干吗呢?他究竟是谁?我把这些问题,都写在了本子上,唯恐忘了。有了什么心事,我也会随手记上一笔。那上面我还记了好些电话号码。"

"是不是黄斌峰看过?"

"不是看不看的问题,是其中的一页被人撕掉了。"

"撕掉了?是不是你自己撕的?时间长了,反倒忘了。"

狭窄的山路上,一辆本地牌照的捷达轿车强行超车,惊出温青一身冷汗。她气急败坏地揿着喇叭。

江一妍叹了口气:"我记不清了,或许是我无意中撕掉的吧……但,总觉得有些奇怪。前几天,我去他租住的地方。这么些日子了,也没顾得上帮他收拾收拾。我想把他留下来的东西搬到我那儿去。房东拿钥匙给我开了门,你猜怎么着,除了一床被褥,其他啥东西也没有,屋子里空空的,好像从没有人在那儿住过。我问房东:'他提前退租了吗?'房东说:'没有呀,房子的租期,还有半年呢。'"

"怎么会这样?"温青只顾开车,问得有些敷衍。

大山幽寂,不会因一个人的失踪,激起半点儿涟漪。即便一个人罹难,他的尸骸、遗物,也会被自然迅速消解、吞噬……江一妍的初次造访,注定不会有任何收获。看上去,那更像一次盲目的漫游。但她却没有终止这样的举动。此后,每隔一段时间,她都会约上温青,去青峰山走一趟。

她不以寻找失踪者或得到他的遗物为目的,相反,越是什么都得不到,越是令她感到庆幸。她只想接近这个地方,以此得到慰藉。在她的想象中,那个消失的人,只是在大山里迷了路,终日徒劳地奔走,若有幸被她碰到,就能带他重返人间;或是他触犯了天条,囚禁于山中,只有渡过应尽的劫数,才有被搭救的可能。

那个最初投宿的农家旅社,成了她们固定的落脚点。去的次数多了,彼此间熟悉起来,有段时间不去,老板娘还会打电话,邀请她们进山尝尝鲜。有时候,她们进山,哪儿也不去,只像一对闲散的游人,待在旅社,和老板娘谈天说地。山中无新事,不由令人想起"山中一日,世间百年"的那句老话,心头便会有一种别样的滋味儿。更多的时候,她们还会在老板娘的丈夫,或村里某位老乡的带领下,沿劫波寺至主峰的那条登山路线,不辞辛劳地走上一趟。有时还会偏离路线,去当年找到痕迹的地方逐一查看，仿佛是对失踪者展开新一轮搜救。

这一日，当她们路过劫波寺遗址，发现荒凉的废墟上，梦幻似的，矗起一座建筑，青砖灰瓦，飞檐斗拱，看上去略显粗拙，像一个仿制品，却分明是一座寺庙的雏形。

一位身形微胖的老头儿，穿一件当地人才穿的那种对襟褂子，邋里邋遢，就着古松辟出的凉荫，俯身在一块匾额前，端着架势，用一支笔，气定神闲地描画鎏金的字样。

"不是'劫波寺'吗？怎么是一个'簸'字？"

坐在一旁歇息的江一妍对那块匾额端详良久，忽然这样嘀咕了一句。温青闻听，凑过去，见那块老旧的匾额上，雕凿的竟是这样三个字：劫簸寺。

"'簸'是什么意思？"温青问老头儿。

老头儿收笔，仰头瞄她一眼。看到站在一旁的江一妍，愣了一下。将笔搁在一旁，抓过毛巾擦了擦汗。箕坐于地，卷一支旱烟，像讲一个故事，慢条斯理地说道："说起这个'簸'字，可是有些来头。据说是源自婆罗门教。教义中认为一'劫'为四十四亿年，相当于大梵天王一个白天。作为时间单位，分三个等级，即大劫、中劫、小劫。劫，是一种时间单位。通常指很长的时间。音译为劫簸、劫波、劫跛、羯腊波。意译为分别时分、分别时节、长时、大时、时等。在古印度，通常把'劫'视为梵天一日。换算成人间的时间，应该就是四亿三千二百万年吧……"

没想到，一个不起眼儿的老头儿，竟然会说出这样一番颇有见地的话来，这令二人大吃一惊。她们虽不能领会，顿时肃然起敬。

温青结结巴巴地问："您，您老这是，什么来头，咋知道这么多？别是什么大学的教授，穿这么一身来山里隐居吧？"

老头儿扩一扩双臂，垂头看一眼身上的装束。仿佛古人撩起袍衣，顺势提了提裤脚，揉一揉通红的酒糟鼻子。原本一脸随和，此时反倒显得有些傲睨，"咳"一声，不知叹气，还是不屑。

江一妍看着那块底色斑驳的匾额，好奇地问："这些字，以前就是这样写的吗？还是为了吸引游客，故意写成这样？"

老头儿再次"咳"一声，这一次，则是有些愠怒了。

"你觉得这块匾额，也像这座寺庙似的，造了假吧？实话跟你说，这可是货真价实的老物件……以前还没这座寺庙时，它就在了，是一个从外地过来的和尚带来的。和尚以前供奉的那座寺庙，就叫这个名。后来，被歹人一把火烧了。他舍命带这块匾额逃到这儿，四处化缘，好不容易建起这座庙。等他死去，又来了一拨人，想毁庙砸匾额。幸亏我爷爷做居士那会儿，经常带我爸到寺里礼佛，结下善缘。我爸舍命偷偷地将这块匾额藏起来。这不，政府搞旅游开发，动员我捐献，我没提任何条件，只为让它重见天日。"

那次从青峰山回来,江一妍再没去过。

她想选择遗忘。不知怎么,却又草拟了一份寻人启事,悄悄地张贴在一家寻亲网站上。

第三章　去长旗镇

一

这天晚上，曹河运早早就躺下了。他患了感冒，虽属小恙，毕竟年入古稀。每年一过立秋，一直到集中供暖那段时间，他多多少少总会添点儿毛病。

手机放在客厅。《新闻联播》片头曲的铃声响过一阵儿，暂歇，接着又响。曹河运躺着，不想动。以前，他家有一部座机，接听电话很麻烦。为了省钱，也图省事，便自行断了网。曹河运一直使用的一张手机卡，和女儿淘汰掉的一部旧手机，成了老两口的共用电话。大部分时间由老伴儿带在身上。除了女儿们的问候电话，偶尔一两个闲杂电话，多不过是约打麻将的,自然都是找老伴儿的。

铃声扰乱老伴儿如厕的节奏,传来马桶的抽水声。她疲沓地从卫生间出来。"喂,谁呀?"语气听上去很不耐烦,说了几句,便将电话挂断了。

老伴儿进了卧室,曹河运这才开口问:"老丫头打的吧?告诉她,没啥事,别老打电话。挺烦人,电话费又挺贵的。"

"哪儿是老丫头打的。旁不相干,一个姓江的什么人的闺女。"老伴儿的回答,显得更不耐烦。

"姓江的……什么人的闺女?"

"是叫江、江明……什么来着?她说了,我没记住。"

"江,江明……那会是谁家的闺女呀?"

"我没记住!以前,好像跟你打过交道。"

"江,江明……莫非,是,是那个叫小燕的丫头?"

曹河运呻吟一声,想从床上爬起来,折腾半天,不见动静。他被老伴儿随后的一句话给"唬"住了。

"她说要来黑山镇。正在火车上。说到了,就来找你。"

老伴儿上床,关灯睡觉,很快响起鼾声。她总这样,一挨枕头就能睡,却总会因呼吸不畅憋醒。迷糊中,听到曹河运的呢喃:"该来的,它总会来。我就知道,早晚,她都会来找我……"

"快睡吧,快睡……不然又睡不成了。"老伴儿劝他几句,鼾声变得均匀起来。

夜被黑暗主宰。电子钟的荧光、手机充电器的闪亮,全都

信使

做了黑暗的帮凶和内应。涤纶窗帘不敌街灯的浸泡，灯光流水一样漫进屋子。曹河运枯坐床头，入定似的闭眼。觉得自己的肉身，正在变成一具空空的皮囊，无所依傍，朝着虚空里慢慢抬升。

如今曹河运的蜗居之地，名为安平里。是二十世纪九十年代初建起的一个简易社区，属于黑山镇最早开发的那一拨商品房——二层结构，楼栋挨楼栋，密密匝匝连片成排。因是独门独院，当年很符合人们急于改善居住环境，又能满足楼上楼下、电灯电话的期待，所以很是风光了一阵。近些年，随着房屋的老化，又有周边区域高层楼的大规模开发，这才显出太多弊病和落魄来。

有的人家，开始在院子里搭罩棚，满足个人扩张居住面积的私欲。人非动物，待在这样的玻璃钢罩棚里，无异于井底之蛙。这种罩棚，更会给邻居带来不小的麻烦，使得本就不好的采光效果更加不好。因不在私搭乱建的管控范围，根本无人管制。使得那些本来不想搭建的人家，觉得很憋屈。"不搭白不搭，花点儿钱谁又不是花不起。"抱着这样一种态度，更多的住户相互攀比，使得一个本就破败的社区，落魄中又添混乱。

这里唯一的所谓公共空间，指的是每排楼之间，院门和对过楼后的一条公共过道。间距不足三米。穿过这条狭窄的过道,可见好多人家院门挂锁。锁头上包着塑料布,显然是久不开启,唯恐锁眼生了锈。细打听,才知这些锁门的人家,早从这里搬走了。

当时,曹河运也在搬家之列。可他并非像其他搬走的住户,财不外露,在外置有房产,搬到更高档的小区去了——他是搬回了乡下。当时因邻居搭建罩棚,与之发生口角。打着"采菊东篱下,我要回老家"的幌子,也算一种无奈的避走。在这个小区里,他几乎没什么朋友。而在他的老家,不但有三亲六故,还有他妈留给他的三亩六分地,外带三间破平房。整个村子里的人都敬重他,拿他当个人物。只可惜好景不长,他在乡下待了不到一年时间,其间又发生了一些不愉快的事——当然这是后话——受了刺激,突发脑梗。幸亏抢救及时,又在老伴儿的悉心照料下,这才没有造成严重后果。

在更早一些时候,他不住安平里,而是住在单位的家属院儿。当年,那里是黑山镇最为便利的街区,如今,更是寸土寸金之地。回过头来看,若是条件允许,当年置办那里的房产,也不失为一种睿智选择。遗憾的是,当初为买下这里的房子,他不仅将家属院三百多平方米的房产变卖,还拉了一屁股饥荒。当年他执意搬家,似乎另有隐情。

六十岁那年,他正式办了退休手续。又积极申请返聘,在单位多耗了几年,好像舍不得离开自己的工作岗位,或是有未竟的事业等他完成。返聘期满,领导找他谈话,劝他注意身体,颐养天年,其实是在委婉地劝告他:别来啦,别在那些成了领导的晚辈手下晃悠啦,碍手碍脚不说,也招人硌硬。他好面子,懂得眉眼高低,从此再没去过单位。逢年过节,单位组织他们这些老干部开个迎新春茶话会什么的, 他也从没去过。

彻底闲下来之后,他消停了一阵儿,精神头儿一下没了,性情也随之改变,变得暴躁,郁郁寡欢。他不合群,和同事、朋友几乎断了来往。他最烦熟人凑在一起说话,那会刺激他,认为大家在背后说他的坏话。其实,那是他心里有鬼。

随着身体健康每况愈下,两个女儿都劝他们老两口搬到市里,随她们同住。这样,照顾起来也很方便。若不愿同住,可卖掉这里的房子, 在市里购置一处面积小一点儿的房产,或许还有增值的可能。无论怎么劝,曹河运都不肯离开黑山县半步。不肯离开的原因,听起来非常可笑。

"我不走。我要走了,有人找我,就找不到我了。"

"谁会来找你呀?你看现在谁还愿意搭理你。"

"没人搭理,我也不走,我得有始有终……"

"你还有始有终,你能保住自个儿的老命,就算不错了。"

老伴儿的抨击,可谓一针见血。曹河运的冥顽不化,大概只有她心里最为清楚——当年,他是为了逃避什么,才会执意卖掉家属院的房子,搬到安平里;如今,他又好像在等待什么,所以才会置女儿们的劝说于不顾,执意在这里留守——

他显然是在等待一个结果，更像一个怀旧的人，暗自恪守什么约定。自打有了手机，号码一直没有更换，十几年的时间，仍是"137"打头的老号码。冥冥中，他似乎只是在等待一个突如其来的电话。

如今，这个电话终于打来了，犹如一粒石子投入池塘，注定会扰乱曹河运平静的晚年生活。

接到电话的第二天，曹河运显得极为亢奋。大清早起来，钻进储物间，翻箱倒柜，从一个纸壳箱子里找出一个笔记本。顾不上吃早饭，伏在案前，逐页翻看起来。

那个笔记本上，早年写下的一些文字，碳素笔的颜色已然浅淡，墨水濡染的痕迹更为深浓。段落空隙或留白处，密密麻麻做了好些记录，是碳素笔的痕迹，显然是后来的补缀。补缀不下，便单独誊写在一张纸上。纸的材质不同，按照顺序，夹藏在纸页之间——那是他对当年案情产生的一些质疑，以及做出的新的推断。最早用掉的纸，占笔记本三分之二的页面。延后剩余部分，中间隔了两页空白，代表一段时间的结束，也表示另一段时间的开始。接下来，他用碳素笔，断断续续记下另外一些内容。以日记的形式录入，时间顺序一目了然——那是他退休后，单位返聘的几年里，暗中做的一些调查。是对当年"风河谷命案"调查结果的全盘否定，也算作是自己"污点"的一个证明。笔记本的最后几页，又有了一些新

信使

的记录,没有标注时间。但一年前的调查,不用笔记,脑子里也记得清楚。

他逐字逐句读完笔记本上的内容,像在读一个同自己毫不相关的故事。回过头来,默想一下最初所记的内容,脑子里却会出现一段空白。怎么想,也接续不上。他叹了口气,嘀咕道:"就这样吧,只能这样了。"算是原谅了自己。但一种恐慌的情绪,还是使他感到焦虑。想起昨晚的那个电话,特别是老伴儿复述中的一个"找"字。虽知是被老伴儿的语气夸大,但他却能感知到一种迫近的敌意。一直以来,他都被一种愧疚与压抑的心绪折磨,时时等待随时降临的谴责与讨伐……等一切的责难真的快要到来的时候,还是令他有些猝不及防。

"来就来呗。反正该来的它总会来。有些东西也没法儿带进棺材里。"

他嘀咕着,忽然很想给那女孩儿打个电话。下得楼来,上了趟厕所,转身,又忘了方才的初衷。只是隐隐地意识到,女孩儿抵达黑山镇之前,或是落脚之后,应该还会打一个电话给他……所以,那部他和老伴儿共用的手机,一整天都想占为己有。午饭后,老伴儿准备出门打麻将,想将手机带走,被他强行扣留。为此,两人发生了很不愉快的争吵。

一直到了晚间,手机也没响过。只等《新闻联播》刚刚开始,铿锵的前奏曲发生重叠,那个电话,真的就打过来了。

女孩儿在电话中告诉他,她到了黑山镇,下榻在汽车站附近的一家快捷酒店。

"咋不来家住呀,在外多不方便。"他不改豪爽本性,下意识地客气道。随即噤声,自己都觉得做作。

对方说:"我累,想早点儿休息……明天,等明天,我会去家里找你的。"

一个"找"字,使他再度紧张起来。不无负气,又一语双关地说道:"来吧。我在家等着。反正,都等了这么些年了。"

对方显然感知到他的情绪,不由一愣。语气变得恳切,"大爷,明天,我想去一趟长旗镇。您要是有空,能不能陪我去一趟,我想让您帮我打听点儿事。"

"你这次回来,不是专门来找我的吗?"他终于觉察到女孩儿的到访,似乎另有隐情。

对方笑笑。措辞间带有深深的倦意,"其实,我早就该来看您了。这么多年,一直也没回来看过您。我只怕,来了会给您老人家添麻烦。"

"哦,可别这么说。"他轻松起来,却又怅然,"跟你大爷,可别这么客气……你去长旗镇,需要我帮啥忙啊?大爷能帮到你的,肯定不会含糊。"

女孩儿声音恍惚,简略讲了一下自己五年前的一段经历。

"大爷,您当过警察,我想让您帮我查查这个人的底细。他到底是什么人?快要跟我结婚了,为啥还要隐瞒身份,他到底还有啥秘密……在黑山镇，还有哪些秘密，是我不知道的。"

"秘密"这样一个词，令老警察心惊肉跳。瞥了眼窗外，只见夜幕缓缓沉降，大块乌云在天边沉积，像一块儿生锈的铁。

"好，好，不管啥样的秘密，大爷最后都能给你整明白。"他振作精神，决定不吐不快，"明天，我找辆车，咱爷儿俩一起去长旗镇。看看，到底都有啥秘密！"

"不用，大爷。出租车我已经找好了。明天上午八点，你在家等着，我过去接你。"

二

细雨使凋敝的街区更显阴郁。

曹河运站在巷口。由于忘了带伞，缩着头颈，手提一只黑色拎包，站在一棵紫槐树下。看上去，他的面相虽有浮肿，精神状态却好于往常。刚刚刮了胡子，上身穿一件簇新的深蓝色夹克。他弓腰曲背，神情专注，盯着不时有车辆驶过的街口。从他身边经过的街坊，不好意思视而不见，本想打声招呼，却见他目光阴鸷，若有所思，也就不愿搭理他了。

一辆浅蓝色出租车出现在街口时，老伴儿打着一把伞，恰巧从巷子里出来。见曹河运缩头缩脑的样子，不禁既生气又心疼。将雨伞递给他,他却不肯接受,和老伴儿推让。老伴儿在他背上连捶几下,从腋下抽出一个笔记本,这才令他恍然大悟。慌忙打开拎包查看,发现里面空无一物。不禁尴尬。他记得,早起特意做了一番准备,除了必备的药,笔记本也放在里面,怎么会这样丢三落四?

老两口簇拥着,站在一把伞下的情景,令出租车里的江一妍看了颇为感动。她一眼便认出了他,推开车门,嘴里亲热地打着招呼。见面后,本该有的一幅温馨场景,却被一阵骤雨冲淡。曹河运只是怔怔地看她一眼。在伞的遮护下,被老伴儿强行推上车。老伴儿隔着车窗,让他把伞带上,又是一番推让,江一妍被晾在一边。

出租车横穿整个城区,方能驶入通往长旗镇方向的省道。雨变得越发密集起来。江一妍坐在副驾驶位置,应是方才不得已的选择。她本想坐在后排,拉近与曹河运之间的距离,她还想借乘车之机,看一看窗外的街景。因为方才在出租车司机的提示下,往昔的记忆,正在她的脑子里慢慢复苏……所有这些想法,此时都已无暇顾及。雨雾使她彻底迷失方向,一时间手足无措。她下意识地理着湿漉漉的额发,扭头,朝后面看一眼,礼貌地笑着,却又不知如何开口。

曹河运的表情看上去显得尴尬。挺直腰背,规规矩矩地坐着,目光不时瞟向窗外。少顷,半是感叹半是欣慰地说了一句:"长大了,真的长大了。半道上碰见都不敢认了。"

信使

"岂止长大了，应该是长'老'了。"江一妍自嘲地笑着。再次扭头，热切的目光投在曹河运脸上。

曹河运伸长脖颈，看向前挡风玻璃，问出租车司机："喂，不是去长旗镇吗？咋拐这条道上来了。"

司机抽手，指了指身旁的江一妍："不是说，要从曹家营接一个人吗？"

雨水冲刷之下，出租车内近乎成了一个密闭空间。时空瞬间错位，江一妍恍惚想起多年前的一段经历。那时她刚上高中，曹河运忽然来找她，接她回黑山镇。起初，他并未告知她发生了什么。只是记得，当他说出马老头儿去世的消息，脸上却是笑着的。一个人的死亡，要用一种喜悦的方式来表达，当时很令她费解，心里甚至充满怨嗔。后来才有所彻悟：一个人死亡的背后，却是完成了对另一个人的救赎——如今，同样的大雨，和曹河运同坐在一辆车上，她却无从得知前方等待她的将会是什么。她心有忐忑，频频扭头，一如当年，将疑惑的目光投在曹河运脸上，仿佛要从他那里找到某种答案。却最终发现，这个曾经给过她呵护的人，仿佛瞬间老去。他白发稀疏，眼泡浮肿。由于缺了一颗门牙，上颚塌瘪。嘴唇嗫嚅，正要开口说话，却因手机的骤响止住话头儿。

听不到电话那端的人在说些什么，也无法看到江一妍的表情，只是觉得她说起话来，显得慌乱而虚弱。"不是不接你的电话。手机真的没电了。况且我很累。昨晚，很早就睡了……

我知道你也累……"

接下来,仍是对方在说话,容不得江一妍插嘴。她几次耸动肩膀,等对方把话说完,这才黯然回应:"我看看吧。今天下午,我尽量往回赶。但是,我觉得赶回去够呛。"

对方的声音,从话筒中溢漏出来。声音刺耳,江一妍将手机从耳边挪移开一寸:"不能往后推两天吗?等我把这边的事办完了,从从容容地回去,再从从容容地跟你结婚。"她显得既委屈又愤懑,语气间充满哀怨。对方又说了一通。江一妍看上去更不耐烦,语气决绝:"我也没办法。既然出来了,我也不能半道儿就回去。该怎么弄,你看着办好了。"说完,将电话挂断。

手机铃声再次响起的时候,她稍有迟疑,决然掐断。手机再响,她想关机。打个愣神,将手机塞进驾驶室前台的置物柜里。

雨停了。车子驶过一个慢坡,前方现出一个村镇的轮廓。江一妍垂头坐着,神情沮丧。忽觉后背被人触碰,顺势摸了一下她的头发。这近似安抚的动作,令她绷紧了身体。听到曹河运柔声问她:"过曹家营,还要接上谁呀?"

她扭头,冲他微笑,眼里充盈泪光。这才想起,还未把自己来这里探访的经过,对他详细讲明。却也没有时间再讲。手机再次响起来。她手忙脚乱,从置物柜里将手机拿出,一边接听,一边伸头朝车窗前张望。

"我们这就到了……那个,穿黄色衣服的就是你吧?我们的车,你回头,就能看到。"

那个事先和江一妍通过电话的黄斌峰的表妹——不,是陆小斌的表妹,此时,站在公路旁的一家小超市门口。昨晚,她给江一妍打过电话。隔着话筒,也能感受到她的热情。

"本该接你来我家里吃顿饭的。虽然你没和我表哥结婚,再咋说,也算亲戚。我身子不太方便,老公在外面跑运输,赶不回来,显得没一点儿人情了。"

她在电话里所说的"不方便",原来是指她是一位孕妇。

江一妍下车,扶孕妇坐在副驾驶位置。看孕妇的举止,倒也灵活。没有了空间上的距离感,孕妇显得更加热情,频频扭头,伸着一张长满妊娠斑的脸。对方意图同江一妍搭话,却发现对方不擅交际,只能和曹河运客套起来。

"您老,是哪位?"

"我是……她亲戚。"

"陪她一块儿来的,这大老远的,真是受累了。"

"不,我就是黑山镇的。"

孕妇愣了一下,看向江一妍:"你在黑山镇,有亲戚?"

曹河运抢答:"岂止亲戚。她本来就是土生土长的黑山镇人。"

孕妇瞪大眼睛,身子坐正回去,面向驾驶室前方。

"巧不巧哇你说?这也太巧了吧。为了打听我表哥的下落,啥法儿都想过了。我妈为了他,眼睛都快哭瞎了。找了这么多年,觉得没啥指望了,都想放弃了。前些天我上网,鬼使神差点儿开一家网站。我表哥的照片,明明白白就挂在那里。"她止住话头儿,扭头过来,冲着江一妍,"你老家,就是黑山镇的。那你俩,也算老乡……可他,咋就瞒你瞒得这么紧哪?"

　　长旗镇,作为黑山县下辖人口密度最大的一个乡镇,淹没在青纱帐深处。出租车好似穿越一座座植物的迷宫,最终驶入一个矗立着黑色铁牌坊的街口。一条横贯东西的马路,一眼便能望穿街尾。门脸阔绰的镇政府大院,在狭小店铺的簇拥下,显得极有派头。只是临街马路坑洼不平。街上难觅行人,只有几头家猪,在街中闲庭信步。在孕妇的指引下,出租车拐上一条铺了煤渣的村道。

　　"走到头儿,就到我娘家了。"孕妇说。

　　"他的家,就在长旗镇上吗?"沉默许久的江一妍,忽然开口。

　　"嗯。"孕妇点头,又赶忙纠正,"其实,也不算在长旗镇上。他是在长旗镇出生的。他八岁那年,我舅妈死了。我舅把他带在身边,送他去黑山镇上学。因为我舅给他找了个后妈,他受了什么委屈,就喜欢跑到我家。逢到周末、暑假、寒假,更是愿意回来。高中辍学,到找工作那段时间,一直在我家住。长旗镇算是他真正的家吧。他是我妈一手带大的,所以跟我妈特别亲。"

"他在黑山镇上学那会儿，上的是哪一所学校？"曹河运问。

"好像……第二实验小学吧。这个，我还真说不清楚。"

"你当时，是不是也在第二实验小学？"曹河运又问江一妍。

"不，我在第一实验小学。"江一妍说。

"初中呢？"

"初中，在第一初级中学。"

一处单独的院落，看上去虽显老旧，却俨然是一户殷实人家。纵深的三间正房，临街盖了三间倒座儿。门洞与门洞之间，形成一种纵深的效果。一位头发斑白的老太太站在正房的门洞里，灰旧的背景湮没她佝偻的背影，只将她满头的白发隐隐凸显出来。一行人穿过第一道门洞，她竟没有任何察觉，慢吞吞地缩回到屋里。"耳聋眼花，来了客人也不知道。"孕妇停下脚步，看着江一妍，意味深长地小声解释说，"我妈自打知道你要来，一刻不停地哭。她是把你当成她的外甥媳妇看待了……"

穿过院落，表妹喊了一声。听不到屋内的动静。大家走进正房的堂屋，门帘一挑，老太太踉踉跄跄晃出，显然迎客心切，不小心绊了一跤。孕妇为了自保，闪身到一旁，被走在身后的江一妍伸手扶住。这样一个下意识动作，瞬间消弭了陌生人之间的拘泥,完全是一种亲人相见的氛围了。

老太太攀住她的胳膊,牵在怀里,久久不愿松手。睁着一双混浊的眼睛,自言自语:"这要是我家小兵能跟你一块儿回来,那该多好哇……"她的脸,几乎贴住江一妍的鼻尖,似是完成了一番验证,忽地眼神灵动,扭头对她的女儿说,"长得可真好看,和照片上没啥两样。我就知道咱家小兵眼光错不了。"

她说着,再次贴近过来,嘴巴凑在江一妍的耳根:"那年,刚过端午节,有天夜里,街上小卖部的人喊我接电话,是小兵偷偷打来的。他告诉我,姑啊,我快结婚了,我给你找了个又俊、又会疼人的外甥媳妇……我问他,你这孩子,这么多年跑哪儿去了,也不跟家里打声招呼。他告诉我,姑啊,我好着哪。我找了份不错的工作,我还找着我喜欢的姑娘啦。我跑出来,就是专门来找她的。等过了这一阵儿,我就带她回家去看你……"

江一妍猛地挣脱老人的牵绊,退后一步,简直不敢相信自己的耳朵。

"照片,什么照片?他跑出去,只是为了专门找我?这啥意思?他是谁?他以前认识我吗?"

一连串的追问,定是惊着了老太太,老人变得缩手缩脚。扭头看一眼众人,嗔怪地问:"你们俩,以前不认识?那为啥,我家里会有你的一张照片。"

表妹也甚感惊讶,凑过来问:"妈,啥照片?哪来的照片?"

"你们跟我来……"老太太说着,甩手走了出去。一行人随在她身后,来到另一个房间。房间里堆满杂物。一个自制的沙袋,悬吊在靠北墙的一根房梁上。绳端抵近房梁的部分,结满蛛网,被人无意间触碰,悠悠晃动起来。北墙根儿有一套橱柜。老太太走过去,揭开柜板,拿出一副褪色的拳击手套,又拿脚踢了踢地上的一对简易哑铃,唏嘘道:"这些玩意儿,都是我家小兵以前爱玩的,我都给他留着呢。"说着,探身到橱柜里,翻找起来。"那年,小兵出了事,有人来家里翻找东西,愣是啥也没找着。后来,我拾掇这间屋子,才翻出了这些照片。藏在小兵睡过的床垫夹缝里。我没敢吱声,就连孩子她爸活着时,也没敢告诉他,一直悄悄藏着。其中有一张,就是这姑娘的照片。虽是以前照的,可也差不到哪去。跟她本人,越看越像……那年,小兵给我打电话,说是要去找她。我就想,不是她,又会是谁呀。"老太太偏过头来说。

江一妍问:"他出了啥事?"

老太太没有回答。

一张彩色的单人照,颜色虽已失真,但从少女蓬乱的额发,以及委顿的神情来看,正是江一妍十五岁那年,寄宿敬老院,在黑山镇拍下的一张旧照。那一年,她表现优异,中考成绩排在全校第二名。学校组织前十名的学生,免费拍照,张贴光荣榜,用来激励其他学生。

看不到江一妍的表情。

半晌，才见她将照片放下，拿起一本五寸见方的相册。相册的塑封已经绽裂，用胶袋纸黏着，勉强拼凑在一起，像一卷残破画卷。老太太的话，虽然令她生疑，心有抵触，但她还是掀开了相册，并显得有些迫不及待。

穿警察制服，意气风发的陆小斌；留长发，唇上生出软软胡髭，神情迷茫的陆小斌；稚气刚刚脱尽，故作威风的陆小斌；戴着一副拳击手套，做出搏击姿势的陆小斌……只待翻到相册的最后一页，一面可镶嵌两张照片的册页上留有一处空白。她猛地意识到，那空白的地方，应该属于自己那张旧照。与之对应的，是另外一张照片，端正地嵌放在那里——是一张黑白的三英寸学生免冠照。照片上的少年，表情顽皮而散漫，一双细长的眼睛睁大，嘴巴抿紧，凝固的表情，显得拘谨而生涩，却又栩栩如生地面对着她。

瞬间，江一妍脸色骤变，猛地抬头，指着那张照片，问："这，这就是他吗？"

老太太被其他人簇拥，凑近过去。所有人的目光，全部聚焦在那张照片上。

"没错。这是他那年在黑山镇照的。那年暑假刚过完，他就跑回来，说啥也不愿意跟他爸回去，学业荒废了一年多，一直住在我家里。"

相册失手落地。

江一妍定住心神,侧棱身子,重新将它拾起。此时的相册,已变得七零八落,令她首尾不能相顾。干脆弃置一旁,只将那张学生照单独抽出来,动作不乏粗野。拿在手上,再次验看,倏地抬头,一脸错愕。目光随之落在曹河运的脸上,似在向他寻求着答案。

曹河运跨前一步,拿过照片,皱眉仔细端详。

老太太仍在絮叨个没完:"说起来,都是这孩子命苦。他妈本来身体就不好,生下他,更是成了一个药罐子。他爸起先在镇里的文化站上班,还算顾家,后来去了黑山县文化馆,心就变野了,常给他妈找气受。可怜我那兄弟媳妇,暗气暗憋,活活就给窝囊死了。他爸后来给他找了个后妈,脾气怪着了,不打他不骂他,就是不给孩子好脸色看。"

江一妍呼吸急促,虚脱般问:"他爸,他爸是谁呀?"

老太太"哦"一声,刚想回答,却听曹河运插嘴问:"你兄弟,是不是叫陆家良呀?"

老太太睒眼:"你俩认识?"

曹河运点头。

老太太神情黯然:"是我兄弟不假。因为他待小兵他妈妈不好,我没少跟他吵架。后来小兵出了事,我就彻底跟他断了来往。他主动登门来过几次,见我不待见他,后来也就不来了。说是我兄弟,到头来,处得还不如两姓旁人。"

三

"幽灵"再度出现,隔着车窗玻璃,雨后氤氲的雾气中,不时闪现出他怪异的面庞。此刻,他摘掉了面具,由一张沉郁、清俊的脸开始蜕变,变身为照片中小男孩儿的模样……她无法接受这种变化所带来的差异。他以"爱"的化身出现,让她宿命般接受了这种"爱",却又无端地失去。中间的过程,显得扑朔迷离,好似令她吞下一枚涂了蜜汁的有毒浆果……她在一种极度的不适中难以自控,只能逃也似的离开长旗镇。

青纱帐朝车窗后退却,形成一波一波潮水般的起伏。她来不及去想接下来该做些什么,只是清醒地意识到:当年,妈妈遇害的当晚,出现在她家门口的小男孩儿,并非她当年所指认的对象,而是陆小斌。从看到照片的那一刻,她便重新确定,没错,是他,真的是他。她完整、清晰地复原了当时的印象。而这个陆小斌,成年之后,却又为何更名改姓,隐瞒身份,潜入她的生活……她瘫靠在后座上,保持着不应有的沉默。心里的无助与恐慌,使她不停地扭动身体,发出阵阵干呕声。

曹河运坐在副驾驶位置。车内的后视镜中,江一妍的状态一目了然。他对她的痛苦感同身受,却心有愧悔,等着江一妍来质问——因为早在十五年前,"风河谷命案"结案后不久,关于那张照片的秘密,他便尽在掌握之中。

一九八六年年底至一九八七年春的那段时间,曹河运的精神状态看上去非常不好。

当时在内行人眼中,这起命案的侦办工作,虽算不上圆满,却也差强人意。好就好在,证据链足够完整,找不出任何瑕疵,有序衔接组合出嫌疑人作案的重要环节,并能完整证明整个犯罪过程。当时,随着"严打"结束的时间临近,完成规定任务的同时,还能破获这样一起重大的命案,无疑如鲜花着锦。对黑山县公安局、赵局长,以及签下军令状的曹河运来说,都有着非同寻常的意义——他似乎不该有这样消极的情绪,他应该高兴、踌躇满志才对。

一九八七年春末,"风河谷命案"专案组受到上级嘉奖。在热烈而隆重的表彰会上,他的情绪依旧低迷。随后不久,他升任黑山县刑警大队大队长一职,他的情绪也没见丝毫起色。

他在单位,除了工作上的事由,和同事几乎没有半句闲言。回到家中,也是一副落落寡合的模样。他开始失眠,整夜睡不着觉。半夜三更会从床上爬起来,一根接一根抽烟。老婆虽开始敬他,"敬"的却是他的官帽,免不了要和他怄气。他不声不响,披衣下床,蹲到气温骤降的院子里去抽。

这样的状况,维持了将近一年半之久。实在憋不住,他想,如果再这样下去,非憋出毛病来不可,便找到赵局长,认真谈了一次。他以探讨之名,却不计后果,说出自己对"风河

167

谷命案"侦办结果的怀疑,并抛出了多个疑点。

他分析:谢战旗在他的供述中,说看到在地瓜地边,受害者李思蜜的双手被铁丝捆绑。可在最初的一份法医鉴定上,并非这样的陈述,而是"双手未见伤痕"。如果用铁丝绑过,那么,铁丝哪儿去了?法医鉴定又是怎么写的?这就说明,要么谢战旗撒谎,要么就是法医在工作中出现了重大失误。

"是这样吗?我咋没注意到呢?"

"是这样。"

"明天,你把那份报告找出来,拿给我看看。"

"找不到了。"

"怎么找不到了?"

"后来我找过,发现最初的那份报告,应该被替换了。"

"或许你记错了。铁丝应该绑过,或许只是象征性的。而后松脱,手上就留不下任何痕迹了。"

"应该不会记错……"他转着眼珠,一脸的无奈和茫然。

赵局长态度谦和,尽量给对方提供一个适合于探讨的舒适氛围。但是从他时而蹙起的眉头、时而促狭的笑容来看,心里明显硌硬极了。

另一个疑点,便是当初勘查现场时,他的一个重大发现,只是未曾写进刑侦报告。在风河谷的北岸,一棵柳树下,他曾找到一处痕迹。从痕迹以及岸边茅草倒伏的形状来看,凶案发生时,应该有第三人在场。他(她)跪伏在那儿,目睹了整个

信使

命案发生的过程。若有误判,也定能看到焚尸时燃起的火光。却又为何,他(她)保持了谜一样的沉默?

说完这些,他便沉默下来,只顾埋头抽烟。

一脸微醺的赵局长闭着眼睛陷入假寐状态。似乎,他在脑海中搜寻侦办过程中的某个细节。倏地睁眼,慢吞吞说道:"谢战旗的口供,也有这样的交代。你所说的跪痕,应该就是他留下的吧。"

曹河运瘪腮,狠狠吸了口烟,断然摇头。

"当时,不经追问的情况下,他虽然及时纠正了看到的火光,是两处,而不是一处,这也恰好说明他就在凶案现场,而不是河对岸。那并不是一个旁观者的感受。他的说法,不是直观的感受,是一种下意识的说法。按照他的说法,他在见到李向东杀人后吓得跑了,他的口供中就是这么说的,'躲在不远的地方',但他并没说自己跑到了河对岸。那棵柳树离案发现场有相当远的一段距离,目测两百米左右。当时我认真考证过,如果从跪痕处看案发现场,只能看到火光,却不可能听到受害者发出的叫声。他当时的表述是'听见那女人叫了一声',没错,就是这样。"

赵局长皱紧眉头,盯紧他:"那你当初干吗去了?为啥不早点儿把这些疑点讲出来?"

曹河运声音沙哑:"我想讲的时候,已经晚了。"

"怎么晚了?"

"因为那个孩子,那个受害者的女儿,她对照片的指认,干扰了我的判断,使我对自己的直觉产生了怀疑。况且,所有人,包括我自己,当时都扛不住了。"

赵局长一声长叹,递一根烟给他。

"压力那么大,你说谁能扛得住呀？那段时间,我一直在偷偷输液……这起命案,市局早就下了结论,况且省里也通报表彰过了,是一宗盖棺论定的案子。你作为案子的经办人,怎么能说这种话？往大了说,这是给咱们公安系统抹黑;往小了说,这就等于自己打自己的脸。你想过说这种话的后果吗？况且,每一宗案子的定性,依据是什么？是证据链。只要证据链足够完整,即便某个环节上有不合情理之处,也要尊重证据的完整性。更何况,有些事,我们根本就不能用想象和推测去判断……对了,你说到对照片的指认,我记得谢战旗在他的供述中也明确无误地说了,那个送信人就是那个男孩儿。"

曹河运一脸为难,最后没能忍住,将燃了半截的香烟在指间掐灭,气鼓鼓地说道:"那是你没耐性,提前问他,被他钻了空子。"

赵局长一愣,脸随即涨红,跳起来,原地兜着圈子:"那,那,那个小姑娘的指认呢？也是被谁钻了空子吗？怎么一下就能把李向东的儿子给指认出来？难道都是巧合？还是被谁误导？如果被误导,也是你一手经办的。"

曹河运欠身在椅子上,弯腰撅着屁股。不停眨眼,忽而双手掩面,垂下头去。

他纠结了很长一段时间。

时间转眼到了一九九二年。那一年,整个黑山县治安状况良好。除了小偷小摸、邻里纠纷等琐事,一年间,只发生过几起寻衅滋事案件。这对工作性质并不僵化的刑警们来说,无疑会有一种髀肉复生的感觉。这一年,恰逢机关人事变动,顺理成章,他便坐上了公安局的第二把交椅,当了副局长。他的工作性质没变,仍主抓刑警大队的日常工作,福利待遇却擢升一格……日复一日的庸常,使他渐渐麻木。虽偶有警醒,却不痛不痒。他忽然改了脾气,开始变得顾家,借上下班之机,经常顺路接送上初中的二女儿。

若非校园门口的一次偶遇,在他心中激起波澜,说不定,他便会当真忘了自己当初的誓言,那句"怎么也要对得起身上这身警服"的誓言。

一年前,一个经常光顾第二实验小学的女疯子,给校方添了不少麻烦。校领导拿她没办法,又不忍心恶意将她驱逐,便授意门卫,给她编了一个合情合理的谎言。

"你儿子前年不就小学毕业了吗,你在这儿咋能接到他?他上初中了,你忘了?想接他,你得到初中门口去接。你认不认识路?"

黑山镇城区内设有两所初级中学。第一初级中学设在人流密集的红旗大街,第二初级中学设在城郊。很快,这个女疯子便成了红旗大街上的一道独特"风景"。每到放学时间,她会循着下课铃声准时出现在校门口。若病情稳定,她看上去则同常人无异,是一个标致而安静的美人。她痴痴地守候在门口,辨认从身边经过的每一位男生。渐渐地,她的脸上便会露出焦虑、失望的神色。若病情不稳定(有时阴天,也会左右她的情绪),她便会将某个身材瘦高的男生错当成她的儿子。跳脚,以雀跃的姿态,远远招手,声音听上去娇滴滴的,"儿子、儿子你快过来。妈在这儿呢,妈来接你了"。被她认作"儿子"的男生,若性情随和,便由她拽着胳膊,随她走上两步,瞅准时机,溜之大吉。但大部分男生少有耐心,常把这种举动视作一种冒犯,一脸冷傲,挥手将疯子推开,或抬腿将她踢翻,扬长而去。

这个被粗暴对待的母亲跪坐在地,显得伤心至极:"儿子,你咋不认妈了?你咋不肯回家?知不知道妈有多惦记你呀。"

曹河运见过这疯子数次。大多时候,她被一群学生家长围观。他很少在意。却在这一天,一个男生对女疯子的粗暴对待,引起了一位少年的不满。少年骂了对方几句,稍有迟疑,上前,将女疯子搀扶起来。女疯子得到庇护,便将他当成了自己的儿子,死缠住不放。少年看上去虽然紧张,却还是甘心扮演了"儿子"的角色。

信使

这仁义的举动和超出同龄孩子的襟怀令曹河运刮目相看。

听到一位家长问："你认识疯子吗？"

少年勉为其难地答："不认识，但我和她儿子小学在一个班……"

回家路上，女儿对曹河运讲了女疯子的来历。曹河运听了，不禁骇然。晚上，有人约他出去喝酒，喝多了，同一辆三轮车相撞，导致左脚踝骨折，被他视作应得的报应。

四

出租车进入城区，拐入东南街与西北街交会的三岔路口。江一妍终于把持不住，呕了一口。喊一声"停车"，慌忙下来，跑到路边，不管不顾地呕吐起来。

曹河运站在她身边，一脸的心疼和无奈。转身将出租车打发走，又去路旁的一家小商店买来一瓶矿泉水。

"心里不得劲儿吧？"他问。将矿泉水递给她。

"就是晕车。"江一妍漱了漱口。脸色苍白，抬手抹了抹额头。

"还能走吗？要不，咱们走几步。你住的地方，离这儿也不远。缓缓劲儿，咱爷儿俩一起走过去。不能走的话，就再叫一辆出租车。"

"这是哪儿啊？"

"这儿……你应该熟悉。以前你经常来。"

江一妍茫然四顾，眼睑低垂："啥都认不出来了。好多东西，都变了。可是大爷，有些东西，真的是没法改变的。你还记得当年，我指认照片的那件事吗？我，我把人给认错了。害死我爸妈的凶手，是不是也被你们搞错了？"

曹河运眼前，忽地闪现一张淌满汗水的脸。那是当初有着重大作案嫌疑的李向东的脸，蜡黄、呆滞、毫无血色。他感到周身燥热。因为审讯李向东那天，天气异常闷热。洪水刚刚退去，整个黑山镇被一种怪异的气味笼罩。那是淤泥和水草的腥味，混合动物腐尸的恶臭。一名年轻的警察将照片递到李向东面前，问了一句："这是你儿子吧？"李向东垂头，没有任何反应。警察又高声问一句："这是你儿子吧？"李向东这才撩开浮肿的眼皮，看了看。端着戴手铐的手，做出一个推挡动作。忽然"嗷"一声，放声号哭起来。周围参与审讯的警察个个面无表情，却又难掩一脸的无奈。

男人气息粗重的哭声，此时划破时空，充斥于曹河运的耳畔，令他生出幻觉。他抬手遮了遮左耳，对江一妍说："你还记得那年，黑山镇下过一场大雨吗？就是你指认照片的前几天，下了一场特别大的雨。"

江一妍想了想说："记得。"

"你指认照片的第二天，我们想找那个男孩儿做进一步的查证。这才知道,那孩子,在那场大雨之后就淹死了。当时洪水刚刚退去,街上遍地都是积水。听说上游水库决堤,鱼塘被淹,鱼都跑出来了。水里有那么多鱼,街上到处都是抓鱼的人。那孩子也跟着去凑热闹,就这么被淹死了。"

江一妍愣住。好像受到某种启发,轻声问道:"会不会,有人故意害死了他?"

曹河运说:"当时,我也这么怀疑过。后来经过调查,没有发现任何人做过手脚。下水道的井盖早就被人偷走了。他一不小心,失足掉了进去。当时很多人都看到了,救也来不及……唉,这都是命。"

"这,就成了你们认定李向东是杀人凶手的理由吗?"

曹河运苦笑。他终于听到了等待多年的指责与讨伐的声音。虽只是一个开始,却使他有了一种解脱的感觉。想到江一妍身上所背负的愧疚,应该与自己不分上下,便以一种复杂的语气说道:"当初,我让你指认照片,一再嘱咐过你,务必看好喽。可你,咋就偏偏认准李向东儿子的那张呢。"

江一妍眼神游移不足,显得很是无辜:"是啊,我也觉得有些奇怪。咋就那么巧?大概那个时候十岁左右的男孩儿,长相、气质都差不多吧……"

"不可能只是巧合。"曹河运笑了笑,下着结论。忽感脑袋一阵滞重,记忆再次形成一段空白。他越想越乱,赶忙从拎包里拿出那个黑色封皮的本子。蹲在地上,一边翻看,一边自言自语:"不对,你之所以认定那张照片,应该有其他原因。"

江一妍忽然想起了一件往事。

"对了,那次指认照片之前,你们警察,带我去学校指认过一次。大概,觉得我在第一实验小学读书,大多数同学我应该认识,没有指认的必要,所以带我去了第二实验小学。那天恰逢组织学生打预防针。警察单独扯个布帘,让我待在里面。过来一个打预防针的男生,便会问我一声。最终,我也没能把陆小斌给指认出来。当时,我觉得那些男生长得都一个模样。越是打量,越是分不清楚。眼睛看花了,也没有任何发现。后来,再让我指认,我就有点儿烦了,加上害怕——因为当初,我跟你说过,如果我能见到那个男孩儿,肯定能将他认出来……我怕你对我失望。所以,才错误地指认了那张照片。"

曹河运埋头,翻弄着笔记本:"这不能怪你。怪,也只能怪我们这些大人。今天,你也听他姑姑说了,那年暑假开学,陆小斌就没在黑山镇,回了长旗镇,也有将近一年的时间没去学校……"说着,指尖抵住纸页中的某一个段落,认真地看了起来。紧蹙的眉头慢慢舒展。显然,他很快找到了答案,对江一妍鼓励道:

"别急,你再好好想想。你指认那张照片,还有没有其他原因。"

"你在本子上记了什么?"

"你别管,只管好好想你的事。"

江一妍忽地张大嘴巴："想起来了,我想起来了……指认照片之前,我大姨拿一张照片给我看。说是要我好好辨认一下,如果能认出来,害死我妈的人就能找到了。"

曹河运将笔记本放入拎包。一脸严肃："对,你记得一点儿没错。事先有人拿李向东儿子的照片找到你大姨,让你大姨暗示你,就是为了加深你的印象。这样便会在你的头脑中形成一定概念,给你造成一种潜在的影响。所以,你才会从好几张照片中,唯独认出那一张。因为其他的照片,对你来说是完全陌生的。你只会对那张照片有印象。"

江一妍愣着。

"当时搜集的那些照片, 我记得应该是六张,要么是八张。是我们故意缩小了指证范围,拣着和你爸妈有过接触的那些大人的孩子,排除年龄和性别上的差异,也就只剩下那么几个了。这也情有可原,没啥可说的。他们做你大姨的工作,事先拿照片给你看,这件事,后来我也想通了……当时,因为李向东的儿子溺亡,属于死无对证,案件的侦破工作进入死循环。况且你年纪小,指证面临着太多的不确定性,如果指认错了,并且错得离谱,这案子就没法儿往下走了。当时的情况,李向东伙同他人盗卖钢材的罪行已完全坐实,又有谢战旗的口供,对照片的指认,只是为了完善证据链中的一环。所以,他们才不得不那么做。"

"他们?你指的是谁?当时,你不知道这些事吗?"

曹河运瞥她一眼,嗫嚅着想说什么,却没能说出口。

江一妍的眼中闪过一丝桀骜的冷意:"虽然我把照片指认错了,可那个李向东,怎么就会随随便便承认自己是杀人凶手呢? 是不是你们刑讯逼供他了? "

曹河运眼神呆滞:"好些都是错的,不单单你的指认是错的……儿子溺毙后,李向东万念俱灰。他本来就是个没气量的人,因为赌博染指公司财物,又稀里糊涂被谢战旗裹进砸死你爸的杀人现场。他可能觉得罪无可赦,我们审讯他的时候,人就崩溃了,只是哭,一句话也不说。他本来就有病,加上丧子之痛,禁不起这么折腾,很快心梗。医生给他下了病危通知书。我们派人监护他七天七夜,最终,也没能得到他的一句口供。到死,他也没能说出一句话。不知是不想说,还是无话可说。"

起风了。曹河运迎风而立。他挺直腰背,好似在等待江一妍将指责与讨伐进行下去。

"既然知道错了,为啥不早点儿说出来? 何至于等了这么多年,让我爸妈死得不明不白,让不该死的人死了,该死的人逍遥法外。"

"该死的,是那个谢战旗。我们犯的最大错误,是把他定为从犯,把李向东定为主犯。让一个死人承担了不该承担的罪名——应该是当时所有人都能接受的一个结果。其中原因,我也不好跟你细说。但,这并不影响整个案情的走向……

只是可怜了李向东一家人。李向东和儿子死后,他老婆就疯了,后来改嫁,没多久就抑郁而终。如果当初李向东的儿子没有溺毙,他被抓后也没有暴亡;如果,破案的时间不是那么仓促……那么这一家人,就不会落得如此下场。'风河谷命案'也就不会留下这么多遗憾。可是哪儿有那么多'如果'呢。至于你问我为啥不站出来……"说到这儿,曹河运忽然情绪失控,怅然笑了起来,似抗拒,又似嘲讽,"我想站出来,想推翻整个案子。可是,我有那样的能力吗?充其量,我只不过是一只小小的蚂蚁。想要撼动一棵大树,你说,岂不是天大的笑话。"

"可你尝试过吗?你有过站出来的勇气吗?"

"我试过,我找领导谈过。可最终,还是没敢把心里藏着的话大声说出来,让更多的人听到……我如此懦弱,只因为我怕——我怕呀,我怕那些好不容易得到的东西,又全部失去;我怕被千夫所指……我就是一个懦夫,一个胆小鬼!这么多年过去了,我始终活在愧疚与愤恨之中。我瞒着家人,背地里像干了一件见不得人的事,把案件中认为的那些个疑点,全都查了个遍。虽然不能翻案,虽然撼不动一棵大树,可我总想着,等到有一天,肯定会有人来找我,来追问、谴责我。到时候,我得有话说!我得把这些事,跟他说得明明白白。也算对得起自个儿的良心,也算没白当了那么些年的警察。"

曹河运说完,似有负气。转身向前走去。

半晌，江一妍才醒过神来，想到自己的问责，或许会伤害到老人，赶忙起身追了上去。

"大爷，你别生气。有些话，我或许说得不对，可我还是想问问。这些错误虽然影响不了案情，可那天晚上，陆小斌去我家，他究竟去干吗呀？"

曹河运弓肩缩背，在前疾走。负气的样子，看上去更像一个冲动的老小孩儿——却只是为了掩饰自己的情绪。他不想让流淌在脸上的泪水被江一妍看到。

一老一少步入一条窄街。街巷两旁的民房间杂着几家店铺，铺面大多冷清。曹河运因为方才的激动，觉得有些胸闷。放缓脚步，暗暗地检讨着自己。

"大爷，这就是从我家去少年宫的那条路吧？咋从这儿看不到少年宫顶楼上的火炬了？"

他回头，见她往后倒退着步子，又朝前移动几步，从错落屋檐的空隙处，凝神朝东北方向张望。

"看不到了吗？准是拆了。"

他淡淡地回应，继续迈着步子。自隐居以来，他很少出门。偶尔出去，发现好多熟悉的事物，一夜间便消失了踪影；好多陌生的事物，一夜间又梦幻般出现在眼前。对他来说，很多事物的消失与出现似乎没有任何意义。他寄身在这座破败的城镇，已失去太多感触。他在回想江一妍方才的问话，却想不出如何来回答。因为,那个男孩儿,在他的脑子里,再次形成一段空白。

直到走出很远,听不到身后的动静。曹河运停脚,扭头回望。一棵树忽地映入眼帘,江一妍站在树下的身影,恰似一幅记忆中的画面。

是他熟悉的一棵白杨树。世事更迭,白杨树却遗世独立,变得更加伟岸与挺拔。树叶泛着耀眼的金黄,秋风中发出金属碰撞的声响。曹河运睁大眼睛,仿佛亲历了一个奇迹——一个小女孩儿,瞬间蜕变成一个女人的形象。她身子贴紧树干,一手环抱,一手上扬。眼睛微闭,仿佛投身于亲人的怀抱。

他呆呆地站在她身旁,不忍打扰。看见江一妍的手掌,抚摸似的,触碰到一块类似眼睛的树疤,忽地想起什么——无须仰视,在这棵白杨树的树身上,一米五左右的高处,他曾见过一行奇怪的刻字,附着在一个大大的树疤下面。是一个人的名字。是江一妍的名字。没有任何补缀,其中的"妍"字间距过大,看上去更像"女""开"二字。

他凑近,围着树身转了一圈。

那些刻字仍在。只是线条怪异、生硬。随着年轮的增长,被纠结的树疤遮掩、篡改。他认真地辨别了一番,将江一妍搭在上面的手粗暴地挪开,这才看清了整个刻字的全貌。但另外一种发现,却使他屏住呼吸,愣在那里。

那曾经刻字的部位,被一种明显的划痕重新雕琢。应是小刀、钥匙之类的东西划过后留下的印迹。划痕还十分新鲜。

一九九二年前后,曹河运暗中展开的一系列调查,真正起始于白杨树下的一次偶遇。

实际上,李向东的遗孀,那个出现在校门口的女疯子,只是一个符号。一个悲苦、无解的诅咒,唤醒了他良心上的不安。

随后不久,他从这棵白杨树下经过时,看到一个隐在树后的身影。他下意识地停住自行车,远远地看着。他的观望,想必引起了对方的注意。像做了一件什么见不得人的事,那人闪身离开。从身影来判断,应该是一位少年。曹河运不禁好奇,走到树下查看。发现早先的刻字上出现了新的刻痕。这少年是谁?他猜测:应该是江一妍的同学,或者说是江一妍的某个暗恋者。他留意着江一妍的行踪,知道她经常来这儿,这才在树上刻下了她的名字,并要反复雕琢,以便引起她的注意……是这样吗?曹河运心中存疑。随后,下了一番功夫。每天,他会绕道打此经过。为了不打草惊蛇,特意选择离此不远的地方潜伏下来,点根烟,远远地观察。一个月后,少年再度现身。夕阳映照之下,身影模糊。他沉默地站在那里,两手扩张,护住树身,额头抵紧树干,似在做一种虔诚的仪式;又像将自己的心事吐露给那棵白杨……天慢慢黑了下来,少年闪身离去。曹河运不敢惊动他,远远地跟着。跟了一会儿,不甘心,骑自行车拐进一条巷子,特意绕到前面,与少年迎面相遇。路灯的映照下,曹河运发现,这少年正是校门口给他留下深刻印象的那位。他不敢怠慢,仍旧远远地跟着,一直跟到他的住处。

"我发现,他竟然是陆家良的儿子。后来,我又想起你说过放学回敬老院的路上,经常会听到身后有脚步声。我猜测,应该也是这孩子。"

"他为什么会这么做?我又不认识他。"

"你认识他的话,事情就不应该是这样了。"

"哦,对了,我贴在学校光荣榜上的照片会不会也是他偷走的?"

"这是当然。毕竟这张照片最后出现在了他姑姑家。现在看来,你的这张照片,也成了证据链中的重要一环,它解开了我以前调查时产生的一些疑惑。可以肯定的是,你妈遇害的那天傍晚,出现在你家门口的男孩儿应该是他。"

"他为什么会这么做?他来我家干吗?对我妈说了什么?"

"这个男孩儿,应该没有任何恶意。他,他应该是很喜欢你。"

"喜欢我?我干吗要他喜欢。"

"命案发生那年,他刚来黑山镇上学。你在第一实验小学,他在第二实验小学。你们俩,不会有任何交集。之所以会注意你,是在那一年的'六一'儿童节,那次文艺汇演,他就坐在观众席上。那天,恰好我也在演出现场。你穿一条红裙子,唱了一首什么歌来着?我忘了。直到今天,我还能想起你站在舞台上的样子,真好看,真的……我后来每次想起当年的情景,总能从台下那么多双眼睛里看到那个男孩儿的眼睛,他完全被你迷住了。看过你的表演之后,他会牢牢地将你记住,再也不会忘掉。"

"怎么会这样?"

"就是这样。如果,仅仅是文艺汇演的那次邂逅,我想,也就不会发生后来的事了……随后不久,你爸就出了事,他被谢战旗砸死在一口枯井里。怕事情败露,谢战旗这才决计把你妈也一块儿杀掉。他事先在风河谷藏好汽油,做好焚尸灭迹的准备。只是怎么把你妈骗出来,他可是费了一番脑筋。在这起事先预谋的杀人计划中,陆家良充当了帮凶的角色。他以自己的名义,给你妈写了一封信,约她出来见面。他应该是亲自写了一张字条,或留了什么口信,让他儿子送到你家……这又是一个我始终想不明白的问题。一个什么样的父亲,才肯让自己的儿子也卷入一桩罪恶。或许,他只是觉得,让一个孩子去送信,不会引起别人注意?也许,只是出于无奈,他想以此来推卸自己的责任?"

"可是……我妈为什么要出去和他约会?我妈为什么要相信他!"

"你妈的事,你知道多少?有些话,我也不知当讲不当讲。"

"你讲。"

"你妈和陆家良是情人关系。这是后来我才逐步了解到的。他们应该早就认识,两人互有好感。只是当时,各有家室。老婆死后,陆家良成了自由身,他和好几个女人同时交往。你还记得你妈和你爸闹过一阵离婚吗?那都是因为陆家良。他和你妈订下誓约,她离婚,他就娶她,两人从此白头偕老。你妈动了念头。到头来,这个陆家良却辜负了她。他说是被另外一个女人要挟,其实是贪图那女人家里的权势。他娶了那个女人,才从一个文化馆的普通职员,摇身一变成为商业局的干部。可怜你妈,一片真情被辜负了。你爸也可怜,他一直被蒙在鼓里。他太宠你妈了,唯恐失去她。物质上百般满足,花钱如流水,挪用单位的钱,捅出窟窿,这才开始染上赌瘾。伙同他人动了盗取钢材的念头,最终惹祸上身。"

"怎么会这样!"

"不管怎样,那个男孩儿还是在你家门口出现了。你抢先去开门,迎来的不是你爸,而是将要降临的厄运。据你所说,那天,你穿了一条表演节目时穿的红裙子,那个男孩儿一眼便认出了你……他手足无措,并不知道自己的到来意味着什么。就这样,他改变了你们一家人的命运,改变了你的命运。他的命运,也将会随之改变。"

"他是一个坏人,是一个魔鬼!"

"不,他不是坏人,也不是魔鬼。他只是一个被蒙在鼓里的孩子,一个被大人差遣递送消息的人。"

"那么,又是为了什么,过了那么多年,他还会在我身边出现?"

"初中毕业以后,这孩子就很少在黑山镇露面了,我就没特别注意过他。今天,听他姑姑说,后来他去了双鸡山,当了一名合同制民警,后来出事了……具体出了啥事,想弄清楚却也不难。我以前的一个同事姓马他现在就在双鸡山公安局,也该退休了。等我晚上回去给他打个电话,很快就能弄清楚……至于,他怎么会出现在你身边,我实在,实在搞不明白。"

"他跟踪我,在树上刻我的名字,偷我的照片……简直就是变态。他隐姓埋名地接近我,肯定怀有不可告人的目的。他为什么这样对我,他太恶毒了。"

"我猜,他出现在你身边,或许另有隐情……他这样对待你,不会是出于恨,应该是出于喜欢。他偷偷地喜欢你,欲罢不能……"

信使

第四章　鱼塘风波

一

　　晚上和当年的小马,如今仍被他称作老马的前同事通完电话,曹河运还是暗暗地吃了一惊。

　　他愣着。听到话筒中传来小马的叮嘱声:"老领导,还在纠结那件事吗? 放下吧,该省省心了。年纪大了,禁不起这么折腾,好好享几年福吧。"

　　他忘了应声,愣怔间挂断了电话。

　　他最终理出一点儿头绪,为江一妍近些年来的遭遇感到唏嘘。震惊与感叹之余,心有不甘,迅速拿定一个主意:明天,他要带江一妍去一个地方。他要带她去见一见那个男孩儿的父亲——那个"风河谷命案"的直接参与者，那个漏网的帮凶——陆家良。

他要将江一妍作为一份呈堂证供。他要让陆家良知道，在他对女孩儿的妈妈犯下不可饶恕的罪过之后，他的儿子，又对受害者的女儿做了些什么——他要让他良心不安，并希望借此机会，解开几个令他感到困惑的谜团。即便起不到这样的作用，也要以此为契机向他发起一次挑战。

他有这样冒失的想法，只因两年前，他与陆家良有过一次接触。那是自"风河谷命案"结案之后，他与陆家良的唯一一次碰面。算是挑战，也算交锋。而无论交锋或挑战，他都败给了陆家良。陆家良让他人到暮年，再次尝到被羞辱的滋味儿。

曹河运的老家叫龙门村。村子不大，三百多口人，地处偏僻，也算一处肥美之乡。村外的一口池塘，蓄有不竭的泉眼。夏天雨水繁盛时，泉眼同河道串并，连成一条水系。水系与跨越县界的另一条河交汇，处于风河谷上游。因此，泉眼被讹传为风河谷的源头。村名虽被赋予"鲤鱼跳龙门"的寓意，村里人却大多活得平庸。纵观村史上百年，有出息的人屈指可数。曹河运，熬到头的这个副局长，已算人中龙凤，马中良驹……他在退休后的最初几年里很少回老家，直至母亲病逝，这才重拾起对老家的眷念。他每年往返几次，大多是到父母的坟上烧烧纸,心情闲适或烦闷时,也会骑上自行车去村里转转。后来,为了方便,干脆重修了老房子,以便自己多个落脚之处。那年同邻居发生口角,他干脆在村里长住下来。

他接受叔伯兄弟的馈赠,养了几只鸭子,在他承包的鱼塘放养。又在接近河口的地段开了几畦菜地。但生态环境的改变,若非亲身体验,真的很难体会到。

村里每家每户都打了深井。井水颜色泛黄,味道微苦。有时夜半,若遇北风,还会嗅到一股刺鼻的气味,令人无法安眠。

他跟村主任打听。村主任说:"井水被河水污染。枯水季,河道里的水全部是工厂排放的污水。上游水库开闸放水,会把污水冲到更远的下游,循环往复。这种状况已持续多年。夜里闻到的臭鸡蛋味,是工厂半夜偷偷排放的化学废气……我们找过镇领导,镇里通过县里,找过那些工厂进行交涉。但工厂所在的区域属于邻县管辖,交涉起来比较麻烦。我们联系下游的两个村子,到市里告状。可你知道,现在打官司告状,比登天还难……找这家工厂,这家工厂说跟自己没什么关系;找那家工厂,那家工厂说自己证件齐全,排污完全符合国家标准。经管这一摊的官员说,没有证据,他们也拿工厂没办法。即便有证据,又能怎么样呢?他们吃人家,拿人家,端公家碗,吃公家饭,大家穿一条裤子,自然会揣着明白装糊涂。前年,我妈得癌症死了。今年,你叔伯兄弟也查出了癌症。村子里的人,能走的没有一个留下。唯一一个愿意回来的,便是曹叔你。曹叔,你当过局长,也算个人物。你能不能想想办法,救救咱这个村子。"

在这个村子里,曹河运同叔伯兄弟关系最好。听他得了绝症,不禁心悸:"我兄弟得了癌症?我咋不知道啊!"

村主任说:"那是他故意瞒着,怕家里人担心。"

"瞒着总归不是办法,得去医院赶紧治病。"

"治病?拿啥治?他今年在鱼塘里投下老本,还从银行借了不少贷款。一没钱,二没利,哪顾得上治病。他是条汉子,那天喝酒跟我说,死了算了,只怕要给儿子拉下一屁股饥荒。"

曹河运深谙世事艰难,觉得自己有心无力。况且已退休,凭一己之力,很难帮村人做出什么改变。

七月里的一天,骇人的事情接连发生。不下雨的日子,河里也开始涨水。通常在夜里发生。水量最大时,河水漫过池塘与河道之间筑起的堤坝。等到天亮,水量消退,坝顶上就会留下明显的水痕。离河道最近的一口鱼塘开始出现状况,死鱼的数量与日俱增。厄运降临,引发了所有养鱼人的恐慌。

曹河运更为担心他的叔伯兄弟,一种责任感驱使着他,觉得即便扭转不了局面,也该弄清事态的缘由。他沿河出发,朝上游行进。一路所见,触目惊心。一段狭窄的河床上,淤满红、黄两色淤泥,明显是冲积形成的工业废渣;一处较为宽阔的河段上,水色深绿,冒着可疑的气泡。沿岸数十米范围内,寸草不生。碗口粗细的树木也都枯卷了叶子。整个河段死气沉沉,犹如末世景象……他跨上一道人工修筑的堤坝,看到一块界碑。界碑对面,一个怪异场景横亘眼前:高耸的烟囱,直入苍穹。烟囱里冒出的白烟加剧了天空的阴郁。错落参差在铅灰色厂房间,蓝色标牌和红色安全警戒标志变得越发醒目。

稍作歇息,他继续向前。雨水打在他的脸上,脚下的河坡更加湿滑。他连滚带爬,来到一堵高墙之下,见几根直径约六十厘米的塑料管道从墙内伸出。有的埋在水下,水面上形成一股暗潮似的涌浪;有的直接暴露在岸边,黑褐色的污水将坚硬的河坡冲刷出一道深深的沟渠。他攀上沟沿,左拐右拐,沿高墙走上一条大路,找到那家工厂的正门,将门牌上的厂名记在心里。

随后,他回了一趟县城,四处跟人打听。有人告诉他:"污染是最大的犯罪,必须诉诸法律。你也懂得,诉诸法律的前提,必须要有证据。如果走正常渠道不能解决,那就传到网上。很多事只要关注度够了,就能引起有关部门的重视。有人重视,也就没有解决不了的问题。"

一番话将他惊醒。凭着一个老警察多年养成的职业素养,他坚信,即便暂时解决不了问题,事先的取证,也是极为关键的一步。他想弄一台相机。筹借无门,万般无奈,只能打电话向女儿求助。女儿从同学那里为他借来一台索尼相机。电话里嘱咐他："爸，镜头可贵了，你可千万别把人家的宝贝弄坏。"他知道镜头的昂贵，因为上班时便接触过这玩意儿。只消几句提示，相机功能尽在掌握。他回到龙门村，拍下死鱼堆叠的惨状，拍下鸡鸭垂死的画面，拍下愁苦的人唾骂和诅咒的表情……随后，溯河北上，沿途拍下河流被污染的现状。最后，来到那家工厂的排污口，一次次按动快门。他在河堤上爬上爬下，一个不慎，扭伤脚踝，走起路来一瘸一拐。狼狈的样子，看上去不像一个出游到此的摄影爱好者，纯粹是一个秘密搜集证据的人。他心怀坦荡，即便有人站在远远的地方观察他，也不避讳。他再次转到工厂的正门，对着大门上悬挂的牌匾拍下几张远景。又走近，拍下几张近景。直到三个穿保安制服的人，迅速将他围住，他也并未在意。保安连哄带骗，将他拖到工厂大门的里边，关了大门，唯恐他跑掉似的。

"你想干吗？对着我们厂子瞎拍啥？"

一个三十岁左右的年轻人，用指头捅着他的背，动作轻薄，带有挑衅意味。

"你干吗？给我放尊重点儿。"

他被戳得连连倒退，自然愤慨。却临危不乱，闪身避开，举起相机，对着三名表情各异的保安，按了一下快门。而后，盖好镜头，将相机放进机身罩里。

"又来一个讹钱的。这么大岁数了还吃这碗饭。你到底是记者,还是骗子？"

一个瘦高个儿的保安,笑嘻嘻地问他。

"讹钱？我不是记者,也不是骗子。就是顺便拍几张照片。怎么了？这也违法吗？你别拦着我……"

曹河运不想与保安过多纠缠,他只想体面地走掉。

"不违法,但是违规了。我们厂里规定,凡是碰到照相的一律拿下。你拍的那些照片得让我们领导审查,看是不是侵犯了我们厂子的利益。"

一个看上去老实巴交的胖保安,说起话来倒也有板有眼。

"你们领导审查？你们领导有啥资格审查？"

"你别吃硬不吃软。快点儿把相机交出来。省得我们动手。"

"你敢！"

"你看我们敢不敢……你不但拍我们厂子的大门,还对着我们瞎拍,这是侵犯我们的肖像权……"

年轻的保安出其不意,劈手从曹河运手中抢走相机。

曹河运上前争夺。年轻的保安闪身躲开。他低头摆弄着机身罩,想打开相机看个究竟。嘴里嘀咕:"这玩意儿,咱也不会弄啊。"

曹河运一声断喝,他从未遭遇过这样的冒犯,显得怒不可遏:"敢抢老子东西,你吃了豹子胆！"

说着，扑身过去。他的气势，令年轻的保安有所顾忌。看他一眼，来不及闪避，慌忙将相机隔空抛给瘦高个儿保安，随后敏捷地跳开。

　　瘦高个儿保安措手不及，勉强将相机接在手里。见曹河运朝自己扑过来，又将相机抛了回去。

　　击鼓传花似的抛掷，成了对曹河运无情的戏弄。往返几次，他便再也无法保持冷静。大脑充血，本想依照擒拿套路，首先制服一人，便能控制住全局。怎奈他年老体衰，有心无力。脚下稍一发力，扭伤的脚踝便会卸掉全身的力气。如是几次，注意力已被分散，唯恐相机有什么闪失，没法儿跟女儿交代。动作随之缓慢下来，张着两手，看上去更像求饶。一瘸一拐，在两名保安中间来回折腾。想说点儿什么，气喘吁吁，又说不出话来。

　　年轻的保安有些厌烦，又有些害怕。他看胖保安一直站在一旁，置身事外的样子，想将对方也拉入这个"游戏"，便吆喝一声，忽然将相机抛了过去。

　　胖保安毫无准备，相机随即落地。所有人都僵在那里。

二

　　他被强行带到一间办公室。

　　出面解决问题的年轻人穿一身西装，看上去更像一个办公室主任之类的角色。他低头摆弄相机,翻看液晶屏里显示的照片。翻看一张,便不动声色地删除一张。自说自话,像在安抚曹河运。

"镜头摔坏了,相机没事。"

曹河运心慌得厉害,一时也顾不上相机。闭着眼睛,仰头靠在椅背上,有气无力地说:"报案吧。"

"报了。派出所的民警一会儿就到。等查清楚,责任如果在那几个小子身上,公司会赔你一台相机。这种相机,大路货,值不了几个钱。你的脚咋了?是他们弄的,公司会给你报销医药费。这么大岁数了,也不容易。你到底干吗的?拍这些照片,究竟想干吗啊?"

"我的脚,自个儿崴的,跟他们无关。相机是他们摔坏的,必须得给我赔。你甭管我干吗的。不触犯法律的前提下,我想干吗干吗。另外,我想问你,你不让我走,强行把我扣在这儿,知不知道这是非法拘禁。是违法的,你知道吗?"

"你怎么这么说话呀。相机摔坏了,你不想解决问题了?就这么算了?那你现在就可以走。"

曹河运无力辩驳,喉结耸动,问:"你们这儿,属于哪个派出所管辖?"

"你是从龙门村那边过来的吧?我一猜就是。我们这儿,不属于黑山县管辖。"

他不想道明自己的身份,那样会使自己更觉得屈辱。心里忽地涌起一种无法言说的悲凉。

年轻人的手机响了。他走到外面去接电话，随手关了屋门。

曹河运安静地坐了一会儿，慢慢缓过劲儿来。睁开眼睛，四下顾盼。见旁边的储物架上，放有一摞公司内部印刷的画册。脑子转转，竟然想不起这家工厂的名称。随手拿过一本，草草翻看起来。

"立新日用化工集团有限公司"——他看了一眼内页上的照片，又看了几页里面的内容。待到将薄薄的画册翻了个遍，想要放归原处，眉头忽地一皱，愣住了。再次将画册打开，动作有些遽然。

通常情况下，每一家企业，若要印制一本宣传自己的画册，往往会将负责人的照片放在突出位置。这一本自然也不例外。略有不同的是，这位名叫"杜立新"的公司老总，并非以宽大的、插有小红旗的办公桌作为布景；也没有摆出一副接听电话、批阅文件的姿势；更不是站在高处，指点江山，展现自己的雄韬伟略——他只是随意地坐着。暗黑的布景，显然做过专业处理，更接近于某种艺术的范畴。淡弱的光线打在他的脸上，更加突出了他的面部，或者说是面部一丝不易察觉的表情。在曹河运老眼昏花的盯视下，那张瘦削、漠然的脸，忽然动了一下，渐渐变得逼真起来……他盯着画册看了好久。又将画册慢慢拉进、推远。终于，从眼神的一丝阴郁中看出了某些异样。

当时，曹河运面朝房门而坐。惊骇、木然的表情，令门外进来的年轻人感到诧异。他认真地看曹河运一眼又回头看了看随后进来的两位民警，想说点儿什么，却听曹河运惊讶地问道：

"你们老板，他，他是谁？"

"我们公司经理吗？是陆总。"

"陆总？他叫啥名？"

"陆家良。"

他又是一愣。俯身在办公桌上，将画册推到年轻人跟前，抬起颤巍巍的指头，指定内页中的那幅肖像，咽一口唾沫问：

"我说的是这，这位，我说的是这位。他是谁？"

"这是我们集团董事长……好了，派出所的同志来了。我们还是赶紧说说你到底怎么回事吧。"

两位民警穿便衣，坐在他对面。其中的一位，咳嗽一声，笑眯眯地看着他。他却置身事外，只顾低头认真地翻弄那本画册，意乱神迷，引得民警脸色一变，曲指，磕打着桌面。

"喂，我说……"

并非他故意怠慢，置若罔闻。他没有任何反应，目光落定在公司简介那一页。因先前翻看时，曾留下一点儿印象，此时，脑子又变得糊涂起来。指尖抵住一行黑色字体，磕磕绊绊地读出声来："公司创建于一九九二年……一九九二年？"他抬头,疑惑不解地看着对面的民警。

"一九九二年,他是公司的创始人,一九九二年……怎么会这样?"

民警险些笑起来。模仿他的表情和口气:"一九九二年,一九九二年又怎么了?"

一九九二年,如果从正式服刑的日期开始算起,应该是"风河谷命案"从案犯谢战旗在监狱服刑的第四个年头。他被判了十三年有期徒刑,那应该是他整个刑期中,度过的一个零头还不到。曹河运确切地记得,一九八七年年底,谢战旗被正式宣判。一九八八年二月,从当地一所监狱转走,转到外地一所监狱。如果,他在那里有立功表现会获得减刑,但十三年的刑期,也不至于减掉这么多。就算破天荒提早出了监狱,尚且需要修整和喘息,怎么竟会摇身一变,名字变成"杜立新",成了立新日用化工集团有限公司的董事长。如此看来,他应该是在一九九二年之前,便已成了自由身。满打满算,他在监狱里待的时间也不超过三年。

即便谢战旗服满整个刑期,也无法洗脱罪责。而他却用了那么短的时间,跃出高墙,步入社会,成了一名引领时代潮流的人物……这是令曹河运根本无法接受的。他觉得今日种种,都是因自己断案时犯下的错误所致。这令他深感不安,却又不得不面对这样的事实。

他完全乱了方寸，放下手头儿所有的事情，开始四处打探，就像当年对"风河谷命案"的调查。他需要对谢战旗的家庭背景做一番详细的梳理。

谢战旗的母亲，也就是当年的谢主任，是黑山县第一任县委书记的独生女。往上追溯，她的祖父和曾祖父，在当地也颇有名望。生在这样一个家庭，无疑是令人仰慕的。而做姑娘时的谢主任，却接受了一位杜姓寒门子弟的追求，与他结婚，先后生下一双儿女，取名为谢战樱、谢战旗。

姓氏随母，在外人看来，应是一个家庭开明的表现。但男人在这个家庭中的地位，却颇可玩味，这便成了黑山县某个阶层茶余饭后的谈资。有人见过他给老婆下跪，也有人见过他给老婆洗内裤；当着同事的面，被老婆扇耳光更是令他颜面扫地。好在，他的岳父岳母对他宽仁以待。岳父赏识的，是他的学识和才能，便处处严格要求他，将他当作可塑之才；岳母慈悲，体恤他出身贫寒，更是处处成全他的敏感和自卑。反倒是他们的女儿，他名义上的妻子，成了门第与家世的捍卫者。实则，她能接受他的名分，却会轻视他的灵魂和肉体。又好像，她是一个自私的小姑娘，父母越是待见她的丈夫，她就越要刻薄地待他。

毕竟是那个年代读过师范类学校的人，他胸有韬略，腹有良谋，懂得能屈能伸的道理。凭借岳父的人脉，工作上不断取得进步，从一名普通的乡镇干部，很快成了县委领导班子成员。完成身份的转换之后,更是一发不可收,很快被抽调到市里工作……此时此刻,他好像终于完成了使命,在没有任何征兆的情况下,提出和谢主任离婚的要求,而非请求——因为当时,他已和另外一个女人同居。虽然这女人是个中年丧偶的寡妇,却有着极为特殊的身份……至此,发生在这个政治世家的悲喜剧,别人议论起来,大多抱着莫衷一是的态度。有人说,当初他是"嫁"给了谢主任,而非"娶"了谢主任。怀着不可告人的目的,忍辱负重,只把谢主任当成跳板。也有人说,谢主任完全是咎由自取。但凡有一点儿骨气的男人,也受不了这女人的飞扬跋扈。

不管怎样,谢主任最终在一场婚姻变局中,一夜白头。迫于压力,她只能在离婚协议书上签字,却将一双儿女的抚养权牢牢抓在手中。据说,她的丈夫非常喜欢儿子谢战旗,不惜答应谢主任提出的各种条件,只为得到谢战旗的抚养权。谢主任却寸步不让,守住了最后的体面,也算回击了她曾经的丈夫。

她是一个被愤怒扰乱心智的女人,一个刻薄、自私的母亲。她在抚养一双儿女长大成人期间,断绝了同任何男人的来往,将全部的精力倾注在他们身上。他们成了她最心爱的玩具,任意地拆散,任意地组装。他们是她手中仅存的武器,保护自己的同时,往往也会将自己弄得遍体鳞伤。她爱他们。她的爱,更像一道绳索,无形中将他们牢牢捆缚。她在物质上尽力满足和纵容,却在精神上牢牢地控制。待到实在无力掌控时,便以赴汤蹈火之势,尽力去扑救。

谢战旗便是在这样一种畸形的母爱中慢慢长大。每一层所谓爱的捆缚,都会加剧他挣脱的渴望。捆缚一层,便会挣断一层。最终,成了一匹脱缰的野马。犯下重罪之后,他便成了母亲手中重新试炼的一把利器,以复仇的姿态,毫不犹豫地抛给了他的生身父亲。

三

一场大雨过后,曹河运骑车走在通往龙门村的一条土路上。行至半路,轮毂被烂泥缠住,根本无法动弹。他便将它丢弃在一个途经的村子里,步行走完了余下的路程。

那天早上,他从浑噩中醒来,接听了村主任打来的电话。"曹叔,你忙啥呢?你叔伯兄弟出事了,你赶紧回来看看吧。"

前夜大雨,河水暴涨。上游水库开闸泄洪,河水漫灌,导致龙门村的所有鱼塘全被河水淹没。水位消退之后,鱼塘乱了秩序。鱼群浮出水面,鱼唇开阖,集体向天发出呼救,鱼须密密麻麻,像一片细弱而衰败的丛林。平日里难得一见的大鱼,在浅水中游弋,成了一艘艘无力下沉的潜艇。随后,成片的死鱼在岸边堆积起来。一口鱼塘,便是鱼类的一个坟场。腥臭味儿铺天盖地。村人养的鸭子,以及无数猫狗,不知是吃了死鱼还是有其他的缘故,或暴尸岸边,或悄悄死在村子里的某个角落。曹河运养的那几只鸭子,也未能幸免。更为不幸的是,他的叔伯兄弟,见鱼塘遭此厄运,当场吐血。一头栽进鱼塘,溺水而亡。

遗体停放在院里。当他满身泥泞,现身在院门口,院内忽地爆出一片响亮的哭声。他弓腰曲背,想快步抵近简陋的灵床,脚下却打滑,摔倒在泥泞之中。

有人快步上前,将他扶坐到屋檐下的一块石头上。搀扶他的不是别人,正是叔伯兄弟上高中的小儿子。他曾在县城见过这孩子几面。见这孩子一身缟素,稚嫩的脸上布满哀戚,再不见往日的机灵,不禁悲从中来,一声哀叹,忍不住老泪横流。只待村主任和其他几个村人将他团团围住,他话也不多说一句,只顾呆呆地坐着。坐了半晌,愤而起身,埋头朝院外走去。

他被愤怒驱使,新恨旧怨沉渣泛起。急火攻心,便有些意气用事,决计要帮村人讨回公道。

龙门村与邻县工业区之间,有一条铺了矿渣的村路,他却只顾沿着小路前行。一路上跌跌撞撞,他并不知道身后又跟来了几位村民。

他走进立新日用化工集团有限公司的大门,先前的那三名保安仍在。见他一脸杀气,不禁畏怯,赶忙将年轻的主任喊了出来。

主任笑脸相迎,谦卑的样子出人意料。

"您老先到办公室坐会儿。相机前天刚刚到货,本想今天亲自给您送去。您稍等,我这就打电话,叫他们把相机送到这儿来。"

他摆手,不肯接受对方的殷勤,挺身站立在宽阔的厂院里。抬头,环视着周遭的厂房和办公楼,义正词严地说道:"今天的事,你不要掺和。你解决不了任何问题,你也没这个本事。你把你们董事长给我叫出来,叫他出来,我有事跟他说。"

年轻人眉头一皱,嬉皮笑脸地问道:"我们董事长吗?你是说我们杜董吗?"

"嗯,就是你们杜董,杜立新……"

年轻人忍俊不禁:"我们集团下属好几家公司,分布全国各地。集团总部设在省城。咱们这儿只是公司下属的一家生产基地。刚刚开业那会儿,董事长剪彩来过一次,平常谁又能见到他的面呀!"

他皱着眉头,思忖一番。想到此话也说得在理。

"那就让你们陆总,陆家良出来。"

"我们陆总……好像去县城办事了。"年轻人吞吞吐吐地说。

他挥手道:"那就赶紧给他打电话。告诉他,出大事了。"

阳光暴晒之下,院地很快变得干爽,空气也开始燥热起来。门口的旗杆上，一面红旗和一面浅蓝色的厂旗，起初像一双被雨淋湿的翅膀，湿答答地坠挂。此刻，变得抖擞，偶见它们在风中战栗般舒卷。一个小时很快过去，曹河运始终保持着沉默。有时，他会不由得想到接下来将会发生的情形，却对自己所要扮演的角色，充满了疑虑。愤怒，是保持情绪最好的催化剂，他必须保持并酝酿这种情绪，不让悄悄流走的时间使自己丧失斗志。听到身边村民们七嘴八舌的议论，难免会感到无奈和焦虑，却只能严阵以待，继续沉默下去。在他沉默的感召下，随他而来的那些村民们也集体沉默下来。

他掐算了一下时间。觉得陆家良若真的去了县城，得到通知，这个时间点也能赶回来了。还不见他露面，便是故意躲着不见。他想做最后的通牒，却又发现先前那个应付他的年轻人，以及另外两个领导模样的人早已不见踪影。不由暗自冷笑，瞥了眼站在身边的村民，见他们一副呆滞的模样。他的目光恰好与村主任相对，村主任无奈地垂下头去，骂了一声，愤而出了厂区。

他头昏脑胀。抬脚跨上旗杆下大理石镶嵌的台面。中午下班的时间到了。高大的厂房内渐渐停止了喧器，却仍旧隐有机器的噪鸣。一群神色倦怠的工人，从他们面前经过，不禁停下脚步，好奇地看上一眼。有认识他们的邻村人，还会凑过来小心翼翼地打声招呼，但很快遭到保安呵斥，迅速避走……他仰头环视，见厂房巨大的阴影中，一扇扇狭小的窗口内，隐

信使

伏着无数双窥探的眼睛。他终于意识到,沉默无用。实际上,他在同一个无形的巨人对峙。就是这样一个巨人,使他的半生,在压抑、困顿中备受煎熬;就是这样一个巨人,无数次挫败他的尊严和勇气……他再也无法忍受,决计要同它决一死战。

"喂——"他忽然拉长声,高声叫道,"你们都给我听着……"像是为了校准音响的效果,他又止住了话头儿,不动声色地侧耳,听着喊话的尾音,在厂房与办公楼之间轰鸣、扩散,拖着细弱的回旋,瞬间消弭。他便再度提高声量,重复了一遍方才的喊话:"喂——你们都给我听着。"

"我是黑山县公安局副局长,黑山县刑警大队大队长曹河运!我现在已经退休了,但我,以一个老警察的身份,跟你们说一件事。一件和你们董事长有关的事。一九八六年,不知道你们还有没有人记得,黑山县发生过一宗杀人案。你们董事长,那时他不叫杜立新,他叫谢战旗,他就是那宗杀人案的主犯!我以我的人格、以我当了半辈子刑警的声誉保证,他就是那宗杀人案的主犯!当时是我经手办的这宗案子。可是,由于我工作上的失误,让他逃脱了法律的制裁。他只被判了十三年的刑期。可没想到,就是这十三年,也不知他用了什么不可告人的手段,逃脱了。他在监狱里,只待了不到三年,出来后成了你们立新日用化工集团有限公司的董事长。本来一个人身有重罪,应该洗心革面,不再做那些伤天害理的事。可你们这家公司都做了什么呢？排放的污水,不仅让下游百姓吃不成饭,就在前天,还将我们龙门村五口鱼塘里的鱼全给毒死了。这简直就是罪恶滔天！你们都给我听着,今天,我曹河运,就是豁出一条命来,也要和他新账旧账一块儿算算清楚。"

他声嘶力竭,喊得口干舌燥。瘦长的身子在旗杆旁投下短短的影子。影子忽而变形,蠢蠢欲动,一手叉着腰杆,一手在空中挥舞;忽而在方寸之地腾挪移走;忽而止步,仰头朝高大的办公楼和厂区张望,仿佛在寻觅自己声音的回响。此刻他的声音压制了所有的噪声,变得清晰、洪亮。震慑的效果,却仍是需要他不间断地抛出更多真相。

楼门口很快传来一阵躁动。只见那个年轻人,快步从阴影里跑出来,惊慌失措,扑到他身前,拖住他的胳膊,不是拖拽,而是搀扶。

"您老快别喊了……先歇歇,喘口气。我们陆总,这就,他马上就到。"

他甩手,情绪亢奋,不依不饶地说:"想堵我的嘴？晚了！你们陆总,我还没说到他干的那些好事呢。他,你们陆总,陆家良,更是一个见利忘义的小人,一个罪该万死的帮凶！"

一辆黑色轿车从厂门口驶入,刹车声刺耳,停在旗杆旁。旋即,他口中的帮凶、小人——陆家良从车子右侧钻了出来。他像一只无头苍蝇,先是跑向车的后侧,发现有些绕远,又跑向车头的方向。

曹河运站在高高的平台上,傲然俯视他。发现他胖了,体态臃肿,却仍有当年的派头。脸上堆满尴尬而无奈的笑容。镜片儿后闪烁的目光,有着难以掩饰的恼怒与焦虑。

"曹,曹局长,你来啦。快,快楼上请。你看这事弄的,我真的去县城了。接到电话,马上往回赶,还是晚了一步。"

他岿然不动,轻蔑地看着他。发现他短袖衬衣的第一个扣子扣错,证明他在撒谎。拨开他伸过来准备相握的手,还想继续发泄,终究觉得尴尬。沉默了一瞬,挥一下手,带领几个村里人,跟着陆家良朝办公楼走去。

不需辞让,大家围坐在办公桌旁,摆出一副谈判的架势。有人给大家分发了矿泉水。陆家良仍在客套:"到饭点了,曹局长肯定还饿着肚子。赶紧让食堂准备午饭,多弄点儿好吃的。"

一位村民一口气喝光一瓶矿泉水,缓过劲儿来,不错时机地调侃道:"吃啥饭哪!出了人命,我们还能吃得下饭?"

陆家良一惊,很快稳住心绪,耐心听着村民们的声讨,态度谦卑。直到说到鱼塘发生的变故,却又面露难色。抬眼看曹河运,不卑不亢地说道:"曹局长,咱都不是外人,不说外道话。你们龙门村,如果有实际困难,找到我头上,有你在,我没话说。况且我们每年花在地方上的钱也不在少数……可这河里排污的事,也不能指定赖我们公司一家。工业区的厂子大大小小总共十多家,要说排放,大家谁没排放?要说达标,我们公司可是按照政府要求,环保这一块投入的最多……"

不待说完,一位村民将他打断。看着曹河运,仿佛面对判官,负气地说:"你看你看,和以前一样,他们就是这么一套说法。这家推那家,那家推这家。"

陆家良摆手,显得不急不躁:"你先听我把话说完好不好?"

那位村民不肯输嘴,曹河运摆手制止。

陆家良又说:"你们龙门村现在有难处,既然找到我了,我作为经理,肯定要倾力相助。我能做得了这个主。不就是钱的事吗,你们想要多少钱?咱们得商量个数儿……我方才的意思,说的是整个大环境,那就必须要让政府出面解决。但是有一宗,话可要说到明处,我们这么做,不是因为害怕什么,也不是忌讳什么,我是看在曹局长的面子上,想凭良心办事。"

此时,曹河运冷静下来。刚想就陆家良的表态,进行进一步商讨。却见那位年轻的主任,慌里慌张从外面进来,俯在陆家良耳边说了一番话。

陆家良闻听,脸色陡变,愤然瞪了曹河运一眼。起身快步走到窗口,伸头探看。一阵嘈杂的声浪,随即将大家的注意力全部吸引过去。

烈日之下,白花花的死鱼格外刺目,堆积在厂子门口。一辆翻斗车砰砰响着,挡板打开,死鱼呈黏稠状,一股脑儿倾泻而下。一群村民聚集在旗杆旁的平台上,黄色纸钱堆成坟冢模样,划火点燃。一个披麻戴孝的少年经人唆使,沉默地跪在那里。

"哭,给我大声哭。你爸就是被他们给害死的。待会儿,咱把死人也给他抬过来。看看这事到底有没有人管。"

说这话的正是村主任。原来,他中途离开,是回村去搬奇兵了。

陆家良慢慢扭头,看定曹河运,脸上似笑非笑。

"我说曹局长,有事好商量。咋,咋还,背后整这个。咱先不管谁对谁错,就说我,诚心实意,想帮你解决问题。可你……这不是胡搅蛮缠,背后捅刀子吗?你这也太过分了吧!"

曹河运尴尬极了,不免烦躁。刚想吩咐村民下楼劝止,却见陆家良挥手,气急败坏地冲手下嚷道:"还愣着干啥!没王法了。报警,赶紧给我报警。"

楼下顿时乱作一团。数名保安不知从哪里冲出,开始围堵村民。冥纸扬天而起,黑色尘烟蒸腾。披麻戴孝的少年被人挤倒在地。哭喊声、叫骂声,转瞬化作一片嘶吼。

"曹局长,你身为一名公安局的退休干部,难道不知道聚众闹事,没有好下场吗?啥事,都得有个度。我以前敬重你的为人，却没想到，你在大庭广众之下，随便说出那样的话。你怎么能说那样的话呢？你这么冒失，知不知道，会给自己惹麻烦。"

曹河运垂头，失望与懊恼的情绪令他感到汗颜。心有不甘，只是静默了一瞬，忽地抬头。他眼神犀利，盯着陆家良。

"你，这算是威胁我吗？"

陆家良冷笑一声："威胁？我哪敢。我只想奉劝你，毕竟，那件事已经过去这么多年，你别不知道深浅，说话要有分寸……什么小人？什么帮凶？你说的那些话，我可是听得明明白白。"

曹河运虽然尴尬，仍反唇相讥道："我说得有错？我问你，当年，你和李思蜜私订终身，她轻信了你的承诺，和丈夫打离婚。你呢，你又做了什么？你背信弃义，娶了谢战樱——你说你这样的人，算不算是一个地地道道的小人？"

陆家良有些羞恼，却也无力辩驳。推了推鼻梁上的眼镜，搪塞道："这，这是我个人感情上的事，不用你来说三道四。"

"我还要问你，一九八六年六月三十日下午，你写了一封信，让你儿子送到李思蜜家。目的，就是想利用李思蜜对你的信任，把她约出来，骗到凤河谷，再由谢战旗将她残忍杀害——这，算不算帮凶！"

陆家良脸色陡变，张大嘴，惊讶地看着他，忽而咆哮："这，这是你的妄加猜测。不管咋样，我也算对得起她，对得起自个儿的良心。"

"良心？我还问你,谢战旗本该枪毙,却因断案失误,只判了他十三年。就是这十三年,也被他生父利用手中的权力,不到三年就从监狱放了出来。又靠着他生父的关系,开公司办工厂,利欲熏心,坑害乡民。你不离他远点儿,反倒为虎作伥。你还说啥良心？你还有啥资格,跟我提'良心'俩字。"

陆家良的脸,青红莫辨,镜片后的目光闪烁不定。转转眼珠,见屋内无人,只有二人对峙。便放肆起来,促狭地一笑,低声道:"你别光说我,也说说你自个儿。你也敢说,对得起自己的良心吗？你说得轻巧,断案出现错误,那么明显的错误,难道,你当时就没有一点儿察觉？你早就察觉到了,只是故意不去纠正。你怕丢了自个儿的饭碗,还怕错失出人头地的机会。这才将错就错,冤死李向东,放过真正的凶手。靠着一桩错误的命案,坐上了刑警队的第一把交椅。我说曹河运,李向东的死,你敢说跟你没一点儿关系吗？人活一世,谁敢保证不犯一点儿错误？但我敢保证,我敢摸着自个儿的良心说话——我陆家良,没坑害过任何人。李思蜜的死跟我没半点儿瓜葛。我对得起她。你别倚老卖老,打着正义的旗号,跑到这里来血口喷人。你别以为,谢战旗提早出狱,被你抓到了什么把柄。立新日用化工集团不是软柿子,想捏就捏。我们是合理合法的正规企业,是这个县的纳税大户。"

"你,你……"曹河运怒目圆睁,伸手指着陆家良,却说不出话来,紧接着手杵椅背,僵在原地,双腿一软,忽地瘫坐在地。

一场风波,最终以曹河运突发脑梗草草收场。这起事件中,多位闹事的村民被警方拘留,后又很快得到释放。曹河运住院期间,每天都会有村民赶到医院探望,即便回家休养,探望的人仍旧络绎不绝。经过老伴儿的精心照料,曹河运的身体慢慢复原。值得庆幸的是,没留下任何残疾。只是精神欠佳,反应迟钝。每日里郁郁寡欢,也算伤了元气。到了第二年夏季,村主任带叔伯兄弟的儿子过来拜望,告知他两则好消息,这才使他觉得扬眉吐气。

一则消息是:这孩子,如愿考上了一所不错的大学,也算满足了他已故父亲的愿望。

另一则消息是:就在前些日子,立新日用化工集团有限公司忽然发生爆炸,引发一场大火。直到现在,一直处于停产状态。看来,注定要关门歇业。而其他的工厂,照常运转。流经龙门村的河水仍旧是臭气熏天的工业废水。

村主任说起这样的话,难免沮丧,最后叹口气道:"爆炸、大火,都是报应。只盼这些该死的工厂,早晚都得到这样的报应。"

信使

第五章　幸福花园

一

　　翌日。曹河运来到江一妍下榻的宾馆。敲开房门,开门的竟然是一位三十多岁的男青年。

　　他愣着。听到正在洗漱的江一妍隔着门说:"大爷,你先坐,我这就捯饬完了。"

　　曹河运有些不自在。那位男青年显然不擅应酬,只是望着他笑。好在江一妍很快从卫生间出来,为他介绍。

　　"大爷,这是李汉青。我朋友。也算我的未婚夫。"

　　这位名叫李汉青的青年,中等个儿,肤色微黑,面相淳朴,瞪眼打趣道:"怎么'也算'啊? 就是正经的未婚夫嘛!"

江一妍好像要刁难他,故意不接他的话茬。

李汉青摊手,求助似的望着曹河运,抱屈道:"结婚证领了一个多月了,再有一个礼拜,该办婚礼了。可好,招呼也不打一声,就跑这儿来了。大爷,您说,任不任性?您给评评理,我该拿她怎么办?"

曹河运不予置评,只是笑着问:"啥时候到的?"

"昨晚,大半夜了。我先坐飞机,从贵州往回赶,又倒了一趟火车。到了阳城,客车停运,只能打出租赶过来。"李汉青边说边叹气,显得负气又委屈。

曹河运只能当和事佬:"真是挺累的。可为了娶到媳妇,累也值啊。"

李汉青笑了。一旁的江一妍忍不住也笑了:"嫌累,别来呀!我又没让你上赶着跑过来。"

李汉青摊手:"我不上赶着过来能放心吗?"

两人虽仍在拌嘴,显然冰释前嫌。曹河运不禁感到欣慰。待到李汉青不得不服软,假作去收拾行李,故意避开之后,这才压低声音,以长辈的口吻劝诫道:"小伙子人挺不错的。你可别难为人家。赶紧回去跟人家结婚。"

江一妍刚洗了头发,看上去神清气爽,只笑不答。坐在曹河运对面,目光有所期待。见曹河运踌躇,问:"大爷,昨天打电话了吗?"

收拾行李箱的李汉青一直在眼前晃来晃去,令曹河运说话多了些顾虑。

"说吧大爷，没事，他啥都知道。昨晚我俩摊牌了，我啥都跟他讲了。"

听了此话，李汉青知趣，转身去了卫生间。

"昨晚，我给小马打了电话，他帮我问清楚了。"曹河运说。

"当年，他到底出啥事了？"

"当年，他在双鸡山抢了一对倒卖外汇券的老两口。"

"抢了人家的钱？"

"嗯。案底到现在还挂着呢。因为摊上了人命，给他的定罪很重。"

"他，他竟然是个抢劫犯……"

"小马说了，他在单位，给人的印象一直老实本分。后来出了这么大的事，大家都觉得，那不应该是他干的。可他确实就那么干了，他把人家老两口绑了，那个男的，因为有心脏病，当场病发，死了。警方要抓他，因为连着下了好几天大雪，没抓到，让他跑了……现在想想，他应该是跑到你读大学的城市，躲了起来。后来，弄了张假身份证，化名黄斌峰，开始跟你接触……"

江一妍脸色苍白，嘴唇抖动，半晌说不出话来。忽然大叫一声，引得李汉青从卫生间探头，看着他们二人。

"那，那个给我汇款和写信的人，会不会是他？"

"应该就是他。我听小马说了,他在双鸡山当合同制警察那会儿,隔三岔五就会消失几天,谁也不知道他去了哪儿。偶尔跟单位请个假,有时连个招呼也不打。每次请假,都说回黑山镇老家。可犯事后,警察调查他的行踪,发现他一次也没回过老家。他坐火车能去哪儿呢? 他外地连个亲戚都没有。况且,生活中也没什么朋友。你说,他能去哪儿?我猜,他就是去了你读书的城市。现在,把所有事情联系起来分析,就能理出一个大概的头绪。他经常坐火车,悄悄去看你……他抢劫,也是事先有预谋,并非临时起意。我猜,这都跟你有关。他可能担心你生活上没有着落,这才策划了那次抢劫。而后每个月,以匿名的方式给你寄一笔生活费。"

江一妍愕然的面庞松弛下来,垂下头去。

"那,他和她接触之后,都准备结婚了,咋还会失踪呢? 他现在活着,还是死了? "李汉青从卫生间出来,坐在江一妍身边,不无忧虑地问道。

曹河运说:"他失踪的时间,应该是在铁路部门实行实名制购票以后,他怕暴露身份,自己难堪不说,也会让她伤心。你看现在,他的担心一点儿没错,身份证变得越来越重要了。没有身份证,你哪儿也去不了。至于他究竟是死了,还是活着,又有谁知道呢。"

"他死了……"江一妍低声说,声音听上去凄楚而悲凉,"他在我心里彻底死了。从知道他爸对我妈做的那件事以后,我就没法接受他了。我就只当他是黄斌峰，是另外一个人。他不是陆小斌，他们不是同一个人。陆小斌做的一切跟我无关。"

曹河运叹了一声，心里暗想：怎么会无关呢。嘴上却说："嗯，忘了他吧。回去，你俩结婚，好好过日子。"

江一妍点头。微笑的脸庞，忽然泪珠飞溅。

李汉青不禁心疼，笨拙地握住她的手，揽住她的肩膀。

江一妍忽然站起身来，迫不及待地说："走。咱们回去。"

李汉青一愣，问："现在？"

江一妍说："就现在。"

李汉青说："现在走，没有合适的车。要不我们多待会儿，中午请大爷吃顿饭，也算感谢大爷替你费心。下午咱坐汽车到阳城，晚上有直达的火车，时间上完全来得及。"

江一妍犹豫了片刻，最后说："那也行。"扭头看向曹河运。见老头儿失神地坐在一旁，一脸惆惕，心中不禁恻然。俯身蹲在他膝前："大爷，正像您劝我的那样，您也忘了那些事吧。别再去想它了。以后，多多保重身体。等有空了，我就回来看您。"

曹河运抬手，下意识地想要抚摸一下她的额发，却又放下。苦笑道："丫头，你还年轻，接下来的日子还长着呢。有些事就应该忘掉，也必须得忘掉。可大爷，唉……"他叹口气，拍了一下大腿，"该怎么说呢，大爷很久没跟人交过心了。平时憋屈，只能忍着。今儿个，大爷想跟你说说心里话……当年的那些事，弄不明白，大爷真的不甘心。就是躺到棺材里，也会死不瞑目。本来，我是想让你跟我……"话到此处，自知失言，赶忙将话头儿打住。

"想让我干吗？大爷，有用得着我的地方，您尽管说就是了。"

曹河运一脸悲怆："大爷虽然老了，可心里的想法多着呢！我想，去找那个杀人凶手谢战旗，跟他好好辩扯辩扯，跟他算算旧账，让他得到应有的惩罚——可就是有心无力。可那个陆家良，我却怎么也不能放过他，我还是要去找他。本来，我想让你跟我去一趟幸福花园。有些话，我要当面跟他说。"

江一妍不禁面露畏怯之色。

曹河运赶忙说："算了，不能难为你。我想的，可是真有点儿简单。"

"您想找他干吗？是想问他，那天晚上，他给我妈递的那张字条吗？"

"这是一个重要的环节。如果是在当年，不把这件事捋清楚，案子就没办法往下查办。我现在找他，有自个儿的私心……他的儿子因为他成了现在这个样子，他还口口声声说什么对得起自己的良心。我想问问他，他要知道自己儿子做过的这些事，他还有勇气跟我提'良心'俩字吗？他的良心能安吗？"

信使

江一妍不禁哑然，却又被鼓动了一种情绪。

曹河运陷在自己的情绪中，声音变得嘶哑起来："他儿子和你之间的事，我觉得，应该让他知道……那个孩子，想一想，实在让人心疼。"

江一妍仍在犹豫。

李汉青在一旁怂恿道："那就去吧，跟大爷走一趟。好不容易来了，如果心里的疙瘩解不开，我看回去，你也踏实不了。"

二

所谓幸福花园，正是江一妍曾经栖身过的那家敬老院。

只不过当年的敬老院，在市场经济大潮的冲击下，早已不复存在。早几年，由陆家良牵头，立新日用化工集团有限公司投资，民政局某位领导入股，改头换面，建成一家半福利、半经营性质的养老机构。旧名不改，或许有某种美好的寓意。据小道消息说，是谢战旗为了他妈——患美尼尔氏综合征的谢主任——特意创办的。早在五年前已投入使用。最初，由他的姐姐谢战樱负责管理。自从工厂发生火灾后，陆家良不再在工厂那边任职，全面接管了养老院的工作——这些消息，是在"鱼塘风波"之后，曹河运有意无意留心打听到的。

一行人打车赶到那里。

现实中的幸福花园早已不见旧日模样。破旧的砖房，被一排排红墙绿瓦的房屋取代。恰逢一对中年夫妇来此了解情况。一位身穿浅蓝色西装，胸前佩有"幸福花园"胸牌的女工作人员负责接待。女工作人员错把他们三人当成来这里咨询的客户。将错就错，三人尾随其后跟了进去。

"我们这儿的宿舍干净、宽敞。设有单人间、双人间。家里有两位老人的，一般会选择双人间。像您二位，只有这一位老人，如果喜欢清静，可以选择单人间，也可以选择双人间。可由我们调配住宿，也可以自己选择同伴儿。毕竟年纪大了，有个伴儿说说话，相互有个照应。来，我们随便进个房间看看……这里铺的地板，都是防滑的。房间里的这些家具，可以随意挪动，便于老人灵活使用。每个房间都是这样，光照充足，配备紧急求助器。床单被褥会定期清洗、更换。我们养老院非常注重老人们的业余文化生活，建有娱乐室和活动场地。手脚灵活的老人，可以适当做做运动，比如扭扭秧歌啥的。不爱动的老人，可以玩玩儿游戏，打打牌，下下棋……走，我带你们去那些地方看看。今天正好有一家小学和我们结对子，组织学生来慰问演出，联欢会马上就要开始了。"

窗外传来一阵悠扬的乐曲声，和着抑扬顿挫的讲话，被麦克风粗粝地放大。

曹河运沉不住气，问女工作人员："陆家良在吗？"

女工作人员看他一眼："您认识我们陆院长？那您来这儿

养老可就来对了。能享受亲友待遇,打个八折。"

曹河运暗自嘀咕一声。

女工作人员赶忙补充说:"陆院长应该在广场那边。别急,我这就带你们去。"

记忆中阔大的场院,被分割成数块零散区域。几畦实用的菜园长着过季菜蔬。其余部分全都做了绿化。一些今春栽植的花草,尚没缓过秧来,虽未形成枝叶扶疏的园林模式,倒也蔚为可观。一条用原木搭建的游廊,贯穿南北,曲折回环,延伸到广场中心。时令近十月,阳光依旧灼人。坐轮椅或腿脚利落的老人们,三三两两,坐在疏淡的阴凉里,朝广场上张望。

广场中心的花圃前,设有一处临时演出场地。几名小学生表演完一档舞蹈节目,闪身退场。一位瘦高个儿女人登台,说了一番客套话,显然是代表院方。因为是联欢会,自然要有互动。学生们表演一个节目,便由敬老院这边出一个节目。女人当仁不让,开口便唱。是一首老掉牙的粤语歌。

"莫说青山多障碍,风也急风也劲,白云过山峰也可传情。莫说水中多变幻,水也清水也静,柔情似水爱共永。未怕罡风吹散了热爱,万水千山总是情。"

她唱歌水平一般,状态却很投入。一首歌唱完,意犹未尽,模仿歌星做派,连声说着"谢谢"。双手握话筒,凑在嘴前:"接下来,我再给大家演唱一首《妈妈的吻》,献给在座的咱们幸福花园的所有妈妈们。"

直到走近,江一妍这才看清女人的长相,不由一愣。只见一张瘦长、呆板的脸,洋溢着造作的热情,更像一张失真的面具。时间砥砺下,过于苍白的肤色,附着一层混沌的暗黄,更像一张薄脆的纸。加之她在舞台上的表现,完全就是一副自我陶醉的做派,便让人觉得更加怪异了。一身黑色正装,倒也无可指摘,被她枯瘦身材穿出几分飘逸感。较为怪异的是她的发型,五十多岁的年纪,发量浓密、蓬松。不是常见的那种短发或长发,而是梳了两条齐肩的辫子,虽是符合某个年代的审美,却在当下多了一种邪魅之感……江一妍暗暗地叫了一声。忽地想起当年,那个在文化馆大院儿被人围观,像表演舞蹈一样,瘫倒在地上抽搐的女人。

她愣着,刚想问点儿什么,忽觉衣襟被人扯动。低头一看,见一位身材肥胖的老妇人坐一辆轮椅,口眼歪斜,唇角流着口涎,抬着蜷曲的右手,眼巴巴地望着她,嘴里叫道:"燕儿,小,小燕……"

江一妍吓了一跳,这才听清老妇人口齿不清的嘀咕:"我,我是……你大姨呀。"

"大姨……大姨!您咋在这儿?"江一妍蹲身下去,两手抓住女人的胳膊。

江一妍同大姨寒暄之际,谢战樱已结束了她的演唱。

222

从这个方向看去,只见她走到观众席的前排,俯身在一位坐轮椅的老太太身前,掩了掩搭在她膝上的毯子,而后乖顺地坐在一旁。从老太太那一头银发来判断,曹河运心里明白,那正是多年前与自己打过一次照面的谢主任。

　　这真是奇妙的一刻。时光仿佛瞬间轮转,所有与他有过交集的人,都在这特殊场域中竞相登场。令他更为吃惊的是,此刻,站在花圃前准备表演的,是一位身穿红色连衣裙的小女孩儿。这样的场景,并非幻象,却使他有了一种置身幻境之感。他猜谜似的,想着女孩儿接下来会表演什么节目。只见那女孩儿落落大方,朝观众深鞠一躬。开口所唱,果不其然,正是那首被他猜中的歌曲《我们的祖国是花园》。

　　曹河运险些泪湿眼眶。他觉得,就在今天,一些不可思议的事情将注定要发生,一时间,竟然忘了自己来这里的初衷。他悄悄地离开原地,选了一个更为合适的位置。环顾左右,临近中午的阳光,使整个场景变得更为虚幻。在他旋转、拉长的视线中,时空交叠错落,他觉得自己仿佛置身于多年前少年宫的小礼堂,再次邂逅了中年的自己。胡子拉碴,一脸落魄,却又瞬间苍老,隐身在一群老年观众中间。他所看到的江一妍和李汉青,更像一对熟悉的陌生人。此刻,他们倚着游廊栏杆,正在和大姨交谈。游廊的尽头,忽然出现一个模糊的身影。由于逆光的缘故,这身影看上去虽然高大,却佝偻、变形。随着视线的缓慢游移,光线逐渐减弱,一丛绿色植物作了背景,更加突出了此人的面部。不,是突出了戴在他脸上的一张面具,一张白色的面具。

　　呆滞而空泛的眼洞,鼻孔外露,微微开阖的嘴形。在光照的作用下,凝固成一种特定表情。是一个戴面具的人,一个甘愿扮作小丑的人。

　　曹河运从面具凝固的表情中,感受到戴面具之人内心释放出的一种情绪,一种慌乱、惊愕、忧伤交错的情绪。透过面具周围留出的孔隙,他隐隐看清了少有头发的颅顶、颈窝处堆叠的红色疤痕,以及端在胸前的左臂,如一截弯曲的树桩。由此做出推断,这应该是一个伤残严重的烧伤病人。

　　眨眼工夫,小丑不见了。

　　他愣了一瞬。移开视线,终于看到了陆家良。他正站在表演场地旁边同两位老师模样的人说话。曹河运毫不迟疑,迈步走了过去。

　　陆家良抬头的瞬间,也看到了曹河运,不禁一愣,面露畏怯。想要躲开,稍有犹豫,也快步迎面走了过来。

　　曹河运胜券在握,迎着陆家良。这二人看上去更像一对仗剑对冲的决斗者,无所顾忌,舍了性命也要一决雌雄。眼神交错之间,曹河运发现对方瘦了,神情极度憔悴。周正的面相,看上去竟有几分落魄……直到近身,电光石火般的一刻,却被陆家良抢得先机,一把薅住他的手腕。像相握,又像角

　　　　　　　　　　　　　　　　　　信使

力,将他拉拽到自己身前,脸对脸,呼吸几乎喷到脸上,小声且愤懑地问道:"你,你又来这儿干吗?"

曹河运的嘴角浮出一丝得意、轻蔑的微笑。刚想说话,被陆家良拽着,朝僻静的角落处走。

"龙门村的那些麻烦,我不都给你想办法解决了吗?给他们打了一眼一百多米的深井。每家每户还给安了自来水。难道,你还不满意?你还想怎么样呢!"陆家良边走边说,语气充满胁迫。

"知道,这些我都知道。我们龙门村的人,看来还得敲锣打鼓,来给你送面锦旗。"曹河运回应,语调阴阳怪气。

"你叔伯兄弟和那些毁了鱼塘的人家,我们都给了一笔赔偿金,他们也都接受了,你还想怎么样?我还承诺,你叔伯兄弟的孩子,上大学遇到困难,我们能帮就尽力帮。以后毕业找不到工作,我们也可以帮……"

"嗯,嗯,这些,他们都跟我说了。"

"那你还想怎么样!你这么不依不饶,非要闹出事来?我可告诉你,今天这个场合,可不是那天在工厂。怎么着,你也得给我留点儿面子。如果你敢乱说乱动,真要撕破脸,我就是拼了命,也不能让你在这儿瞎搅和。"

曹河运几番挣脱,这才甩开陆家良的拉扯。原地站住,揉着手腕,却又不禁笑了:"你说你,把我看成什么人了?我是那种胡搅蛮缠的人吗?"

"你,你不是胡搅蛮缠的人……那你来这儿干吗? 老曹,就算我求你,别再跟我闹了。"

曹河运看他一眼,动了恻隐之心。想到临来时的决断,却又有些不甘。抬眼看向几米开外的演出场地,见两名身穿白衬衫的胖男孩儿正在一板一眼说着相声。惹得台下的观众发出阵阵连咳带喘的笑声。

他拿定了主意,觉得不该将气氛搞得过于紧张。于是眯眼,故作高深地说道:"陆家良,看来你是注定不会欢迎我。如果我想来这儿养老,花再高的价,也得被你轰出去。可是别价呀! 别这样陆家良,我就是想找你聊聊,跟你说几句话。"他说着,反手将陆家良的手腕攥住,拖着他,走到游廊旁的一个宣传牌后面。伸出脑袋,先朝对面看了看,随后将陆家良往前一带,伸手指着对面,神秘兮兮道:"你看,好好看看。那个人,你认不认识? "

从这个角度看去,在一群老太太的簇拥下,正在同大姨说话的江一妍显得非常惹眼。

陆家良推了推眼镜,眯眼打望一番。忍不住回头,看着曹河运,疑惑地摇头。

"不认识?真的不认识?难道,她跟她妈长得一点儿不像?"

"她妈? 她妈是谁? "

陆家良气急败坏,认定自己成了恶作剧的对象,推了曹河运一把。

信使

"我可告诉你,你可得沉住气。她妈,可不是别人,是你当年的老熟人,李思蜜。"

陆家良大吃一惊,倒退数步,又被曹河运拽至身前。他不想再看,却忍不住好奇,只能乖乖就范。瞬时,陆家良便安静下来,痴痴地说道:"有点儿像,又不完全像……"这样说着,猛地醒悟,勃然作色道:"老曹,你太过分了!你把她闺女带到这儿干吗?"

曹河运的目的显然已达到,他松开陆家良的手。

"我带她来,就是想让你看看。就算一份呈堂证供,就算对当年'风河谷命案'的重审。首先,我问你,发生在这姑娘与你儿子两个人之间的事你知道吗?不知道的话,我就原原本本告诉你。我再问你,当年,你让你儿子送到李思蜜家的那张字条,到底写了什么内容?今天,你能把这两件事说清楚,咱们就算结了案子。"

江一妍坐在大姨的身旁。过往睚眦烟消云散,忽地感受到一种久违的亲情。她更为关心的,是大姨现在的生活状况。问答起来,虽然吃力,但有旁边的老人们帮腔,很快便也了解清楚。多年前,大姨父遭遇了矿难。儿子现在做生意,根本没空管她。大姨用大姨父的抚恤金,来此打发残生,也算一个不错的归宿……大姨忽然呜呜哭了起来。旁边的一位老太太不耐烦,推她一把,像是唯恐她败了兴致。大姨很快破涕为笑。

指了指李汉青,用含混的话语,探问江一妍的近况。

李汉青虽有些尴尬,却尽力配合,面带微笑,听着老太太们的夸赞。忽然伸手,暗中捅了捅江一妍,朝对面指了指。

江一妍抬头,发现游廊的对面,一个戴面具的人隐身在一群或坐或站的老头儿老太太中间,正在凝神朝这边张望。

面具吸引了她,而非戴面具之人。只因江一妍认出那并非一张普通的面具,而是仿照日本部落民所信仰的水蛭子神制作的一种面具。江一妍曾在偶然的情况下,上网查证过这种面具的出处。网络上的解读大多语焉不详,甚至有些词不达意。通常的说法是用来渲染快乐的心情。

单看那张面具,以纯白色做底,更突出了孔隙间的深度。两只眼睛下弯,更像经过墨汁的渲染。面具间没有衍生的鼻孔,只有一张上翘的嘴巴,夸张地占据了整张面具将近一半的空间。

对视只发生在短短一瞬。江一妍所感受到的,是面具流露出的一种善意而欣慰的表达。在这种欢快而凝固的表情感召下,李汉青也挥了挥手,冲对方示意。

戴面具的人显得无动于衷,只有面具传达出一种更为夸张的表情。

旁边一位老太太不耐烦道:"就喜欢戴这玩意儿,招人硌硬。"

另一位老太太说:"这有啥硌硬的,这俩孩子多可怜。"

"一个还是俩？他们啥时候来的？"这位问话的老太太，显然刚来，不太熟悉这里的情况。

"去年就来了。一个还是俩，我也搞不清楚。反正，出门就戴这玩意儿。跟个鬼似的。分不清谁是谁。"

一位神情严肃的老头儿站在一旁插话，他始终黏着另一位老太太："硌硬？不戴这玩意儿，让你看看他的那张脸，准会吓死你。"

江一妍忽然感到一阵不安，握住李汉青的手，左顾右盼，悄声问："大爷呢？大爷去哪儿了？咱们可别误了下午的火车。"

宣传牌的后面，两个人仍在纠缠。

陆家良想要摆脱曹河运，却被曹河运的气势牢牢控制，不得脱身。只能屈身，半蹲在地，身子前扑，抱住曹河运的手腕，头抵在他身前，样子看上去更像告饶。

"老曹，别讲了，我啥都知道……求求你，别再讲了，就算我求你还不成吗？我落到这地步，你还要往我伤口上撒盐吗？我摊上的这些事，就算当年辜负李思蜜，老天对我的报应。可是，你老说她的死跟我有关……这可真的是冤枉我呀。"

曹河运停止了他咒语般的诘问，凛然一笑："你还说她的死跟你无关？如果你不给她传信，李思蜜怎么会轻易相信了谢战旗，跟他去了风河谷，最后死在那儿？"

"我让孩子去传信，不是想害她，是想救她。我不想让她

229

死！"陆家良顿足捶胸地说道。

曹河运听得疑惑，不由瞪大眼睛："啥，你说啥？你说让你家孩子去给她传信，是想救她？"

陆家良认真点头，动作忽地凝滞。还想再说点儿什么，眼神定住，看着曹河运的身后。

只见曹河运的身后，江一妍和李汉青正朝这边走来。见了他们二人的情状，不由停下脚步，一脸惊讶，远远地看着。

此时，曹河运也消停下来，伸头朝着游廊的拐角处张望。在他的注视下，谢战樱从演出场地那边走了过来。在游廊入口，见到他们二人，也愣住了。

几个人，不约而同全部呆站在原地。

很快，谢战樱气恼地喊话打破僵局："老陆，你在这儿干吗？马上该轮到你上台了。"

陆家良扭头，神情委顿："你让别人先上，我跟老曹说几句话，马上就过去。"

谢战樱站着不动："别人都唱完了，你是最后一个。"

陆家良仰头，乞求般看了曹河运一眼，小声说："老曹，今儿个就到这儿，有啥话，咱们改天私下里说。"

曹河运慢慢松手，挺身站着，面无表情地看着陆家良从地上爬起来，整了整衣冠，尾随在谢战樱身后朝演出场地走去。

三人离开幸福花园时，听到身后传来一阵歌声。

"在那桃花盛开的地方,有我可爱的故乡。桃树倒映在明净的水面,桃林环抱着秀丽的村庄……"

本来一首悠扬、婉转的歌曲,却被演唱者唱得声息滞涩,宛若哀歌。

曹河运走在前面,失魂落魄。江一妍和李汉青尾随其后。李汉青忽然暗中捅了捅江一妍,向身后示意。江一妍停下脚步,扭头看了过去。

走廊出口处,拥簇着几位老人,其中有她的大姨。大家呆呆地站在那里,没有任何表示,似在用目光为他们送行。

一个戴面具的人出现在老人们的身后。身影模糊,面具却在秋日的阳光下显得分外惹眼。

那是一张因电影《V 字仇杀队》而走红的面具。涂了黑色胡子的小丑,因为没佩戴黑色斗篷和礼帽,看上去并不像一名斗士,更像一个无所适从的小丑。

江一妍抬起手臂,冲着众人挥了挥。

三

几天之后,曹河运在家里接听了一个电话,是陆家良打给他的。

陆家良在电话里说:"老曹,我知道你的性格。如果不把那件事跟你讲清楚,这辈子,恐怕你都不会放过我。我也知道,如果不把这件事跟你讲清楚,我这杀人帮凶的罪名一辈子也洗不掉。我倒没啥,我认命,我愿意背这黑锅。毕竟我辜负了李思蜜,我对不起她……可是,我不能让我孩子搅和进来。他不能被人误解。我以前对不起他,现在更对不起他。因为我,他吃了太多苦头……"

曹河运不敢插话,任由他说下去。

多年前的那个下午,陆家良正在院子里洗衣服。

他洗衣服,并非代表家庭地位的低下。平常大部分家务,都会由他和谢战樱共同分担。那天,谢战樱来例假不能沾凉。况且,随着儿子搬来跟他们同住,他唯恐谢战樱嫌弃,平常的家务活儿总会抢着干。

他将衣服洗完,晾晒在房后。又去菜园里拔草,而后开始清理厨房。当时,他们借住在谢战樱姥爷闲置的一套平房里。独门独院,南北通透。他在厨房,所以,并不知道谢战旗何时来的,只听到谢战旗和他的姐姐在卧室说话。卧室与厨房之间,隔着饭厅。中间有一道隔墙,形成一个死角。墙上凿开一扇窗户。大概卧室的门没关,便能隐隐地听到他们说话的声音。

平时,若他们姐弟俩独处,他总会故意避开。因为他们在一起,要么拌嘴,要么沉默。而像今天这样,小声且迫切地说着什么,好像还是头一遭。他没有在意,知道这姐弟俩的关系……在这样一个特殊的家庭里,谢战旗越来越不服从他妈妈的管教,却总是会听姐姐的话。姐弟俩吵归吵,闹归闹,关系却非常亲近。给他的感觉更像相依为命,或像私下结盟,共同来对付他们那独断专行的母亲。

陆家良归拢完饭桌,开始刷洗碗筷,磨磨蹭蹭,不想在他们面前露脸。谢战旗的桀骜令他感到不适。他有点儿烦他,又有点儿怵他。他把自来水的水流开得很小,细弱的流水声中,听到谢战樱惊恐地叫了一声,他不由竖起耳朵。碗中的水逐渐漫溢,水流的声响几乎消失了。接下来,卧室里二人的对话忽隐忽现,听起来让他更糊涂。他便移步,将身子靠近了窗户。

"不杀了她,倒卖钢筋的事,江明贵都跟他老婆说了……等过几天,他老婆肯定要找男人。找不到,就啥都瞒不住了,只能堵住她的嘴。"这是谢战旗的声音,带有一股阴狠的劲头。"江明贵呢?你把江明贵咋的了?"谢战樱在问,战战兢兢。"你别管,管那么多干吗?"谢战旗不耐烦地说。"我不管。你那些乱七八糟的事我才懒得管。别来跟我说呀,你去跟妈说……钱我可以借给你,你姐夫的工资,也都给你搭进去了,你这是成心不想让我好好过日子……说你多少回了,学点儿好,就是不听。捅了娄子,就知道往我这儿跑。"谢战樱的声音显得气愤而压抑,有些神经兮兮。"姐,不是我想捅娄子,是他江明贵主动找上我,拉我下水。我只想弄俩钱儿花花。谁

233

知道，一步错，步步错，就走到这一步。全完了。我死定了。姐，实话跟你说，前天晚上，我一时冲动，把江明贵给砸死了。"

谢战樱发出一声惊叫。卧室那边，死寂般安静下来。

陆家良慌了手脚，赶忙离开窗户。他想尽量躲远一点儿。缩在墙角，呆站了片刻，手忙脚乱地关了水龙头，唯恐被卧室里的人发现。他大口喘气，心跳如鼓。胳膊杵着水盆沿儿，微微颤动的指尖往下滴淌着水珠。他想迅速离开这是非之地，却又忍不住，再次凑近了窗户。

"你就作吧！闹出人命，谁还能帮得了你。"谢战樱的声音听起来非常绝望，"你们盗卖钢筋，已经闯了大祸，怎么还会弄出人命……那个李向东呢？你还能堵他的嘴吗？""李向东，他肯定不敢乱说。昨晚，我们仨一块儿喝酒，我砸了江明贵之后，他还没死，我就让李向东也砸了一下。他想逃，也逃不了干系。姐，你说，如果把那个女人弄死，是不是就能搪过这一阵？真的想不出别的办法了，只能走一步算一步。"谢战旗的问话，单纯又邪恶。谢战樱显然受了惊吓，嘤嘤啼哭起来："你别跟姐说这些事，你是想吓死我。别的事，姐还能帮你。伤人害命的事，你想都别想。要不，你放过那个女人吧，去找咱爸想想办法。""来不及了，姐，真的来不及了。况且，我才不想找他。就想跟你商量商量，也算临别的交代。姐，如果我这条命保不住了，挨枪子儿的那天，你就去给我收尸，可别让咱妈插手。我的事,到死也不用他们管。""你等等……你真的想好了?""想好了,真的。今儿上午,我在街上碰见她,跟她约了。我说今天晚上,带她去和她丈夫见面,她信了……"

陆家良从后门跑了出来。头发孛立,六神无主。看他的样子,就像厨房着火。他想快些跑出门去,将这不祥的信息传递给他曾经的恋人李思蜜。若他家所住的宅院有一扇后门就好了,他便可以直接从后门出去,将李思蜜顺利搭救。可这座院落,只有前门,没留后门。他穿一件跨栏背心,一条肥大的短裤,衣衫不整,在房后瞎马般乱闯。他想径直走到前门,又唯恐将卧室里的人惊扰……一时不知如何是好。双手交叠,压住胸口,蹲在地上。耳郭里蝉声聒噪,空气中充斥了一股焦煳的味道。只过了几分钟的时间,他便忘了所有忌惮,慌里慌张,转过山墙,朝着正对大门的一条甬道走去——那是他走出这院子的唯一通道。却见谢战旗,大摇大摆走在他前面。他下意识闪身,蹲在黄瓜秧架下,假装拔草,瞄着谢战旗的背影。

谢战旗不慌不忙,踢开自行车支架,抬腿跨了上去。一脚踩空,歪头查看。原来,自行车链条脱落。他霸占了院门口的一小块阴凉,俯身摆弄起来,俨然成了一道无法跨越的屏障。

陆家良再也无法顾及,心怦怦乱跳,一步步走了过去。经过谢战旗身边,故作轻松,说了一句:"哟,车子坏啦?"

谢战旗仰头,见他神色异样,皱眉问道:"你咋了?"

他慌乱地摇头，苦笑着，迈了一步，跨出院门洞。如释重负，刚想放开脚步，忽听谢战旗在背后喊了一声。

谢战旗歪头朝院内示意，恶狠狠地瞪着他，嘟嘴吹一下额发："还走！没听见我姐叫你呀？"

他僵在原地，慢慢转身。看见谢战樱那张苍白的脸，影影绰绰浮现在窗口，有气无力地冲他打着招呼。

谢战樱说自己心慌得厉害，要他给她找些药吃。

他去橱柜里翻找，时刻留意谢战旗的动向。只见谢战旗将自己骑过来的那辆自行车丢在一旁，踹了一脚，反身从西边的棚屋里推出来一辆自行车，扬长而去。

陆家良将药拿给谢战樱，只想快快出门。不料谢战樱吃完了药，瘫倒在床上，要他帮她揉捏不停抽搐的双手。他心急如焚，敷衍了事，说自己有事，必须出门一趟。他慌乱而怪异的神色并未引起谢战樱的怀疑。谢战樱也并非撒娇，而是在这心神不定的时刻，确实需要有人陪在她的身旁。她懊恼而可怜地嗔怪他道："我好难受，你就不能陪陪我。有啥要紧的事，偏要这会儿赶着出去。天也晚了。等我缓缓劲儿，你驮着我到我妈那儿去一趟。"

他了解她的脾气，若扔下她不管，她定会不依不饶，说不定会撵在身后。最终无计可施，这才想出一条妙计。他溜出卧室，来到客厅，翻出纸笔，就着书桌，准备起草一封书信。所写内容毕竟意义重大，竟然在措辞上费了一番斟酌。他本来想写"今晚千万不要出门,谢战旗会杀了你",却心有顾虑,想到将如此凶险的内容澄清在纸上,若被旁人发现,定会留下后患。他便这样婉转地写道:"今天晚上,你千万不要出门。有危险。切记切记。"待他一择而就,犹豫是否留下自己的署名,忽觉背后生风,猛地回头。只见谢战樱一张苍白如纸的脸,鬼魅般浮现在身后,探头朝桌上看。

"你在干吗?你写啥呢?"

他慌作一团,缩紧身子,又挺直腰杆,意图遮挡她的视线。慌乱中,将那封十万火急的信团紧在手里。

"你写的啥呀?给我看看。"谢战樱觉得蹊跷,自然不会善罢甘休。

他反身将她撞开,顺势将纸张撕得稀烂。谢战樱见他如此,更为生疑,弯腰准备去捡丢在地上的纸片,被他狠狠推了一把。谢战樱叫了一声,身子踉跄,撞翻茶几上的水杯,伸出手指戳他,刚想开骂,动作忽地凝滞,身子像触电,怪异地抽搐起来。

他见识过她癫痫病发作。而这次发病的态势却远超他的承受能力。先是听到一声类似羔羊般的叫唤。身体忽地绷直,一个后仰,直挺挺摔翻在地。一只拖鞋凌空飞落,倒扣在身边。他想拦腰将她抱住,为时已晚。身子扑空,整个人随之扑落在地。他顾不得疼痛,跪爬起来,挪到谢战樱身边。只见她瞳孔散大,口沫和着鲜血从嘴角一股脑儿涌出。他赶紧将她抱在怀里，抬手试了试鼻息，无任何感触，被吓得半死。他想将她抱着，放到卧室的床上，却没有一丝力气，只能连拖带拽，像拖动一具死尸。他并未发现，谢战樱已小便失禁，身后的水泥地上洇出一摊清晰的尿迹。

在这万分危急的时刻，他仍旧想着那件人命关天的事。将谢战樱在床上放平之后，发现她像一台重新启动的马达，开始了轻微抽搐。定住心神，暂且丢下她不管，跑到客厅，草就一张字条，朝儿子的房间走去。

讲到这儿，电话中忽然传来一阵杂音。陆家良赶忙放低声音，以无奈的口吻道："老曹，我也算尽到了责任，敢说对得起自个儿的良心。只是，谁又能想到，到末了，她还是落得如此下场。我后来问儿子，那张字条是不是顺利交到李思蜜手中了？儿子告诉我，那封信，他亲手交给了她。只是，她再不肯相信我。还让孩子捎话，说她家的事不用我操心，不要再烦她。你说，这让我说啥好呢？"

陆家良发出一声慨叹，似乎说累了，打住话头儿。

曹河运刚想再问点什么，那头电话却挂断了。

第六章　男孩儿与信使

一

男孩儿在夜色中奔跑。没有人会看到他。

他累极了,汗水湿透衣背。黑山镇已被他远远甩在身后,他却不敢停下脚步。一种逃离的意识驱使着他,使他觉得离黑山镇越远,越多一份安全感。

镇上有人被杀的事,早些日子他便听说了。还曾和同伴儿相约,两人共骑一辆自行车,会合一拨山呼海啸的同龄人去那里看个稀奇。当然,他们什么也不会看到。一场洪水,注定会将一切篡改……直到开学后的某一天,他从同学的嘴里听到了一些不祥的传言。

你们知道那个被杀的女的,是谁的妈吗?是江一妍的妈。江一妍是谁呀?就是"六一"儿童节,表演独唱节目的红裙子。你不是说,长大后想娶她当媳妇吗?

同学的话令他生厌,却让他猛然警醒:那个女孩儿的妈妈死了。她的妈妈被人杀了……他不由得感到一阵由衷的难过。就像当年,自己的妈妈去世时那样难过。这种难过,又掺杂了一点儿担心。后来,又过了一段日子,他又听到了另外一些传言。

我说李国栋咋没来上学呢,原来他死了,掉下水道淹死了。他就是那个去江一妍家送信的人。因为他,江一妍的妈才死了。听说,李国栋的爸爸是杀人凶手,也被抓起来了。

这样的话,令他深感震惊的同时,也感到不安。他虽一时难以判断传言的真伪,却清醒地意识到,这些传言的指向有着非常凶险的意味。他不由想起了这样的一幕。

那天下午,他在自己的房间里待着,无聊地玩着布袋里的玻璃球。听到客厅里传来一阵争吵声。压抑而隐秘,好像唯恐被别人听到。他不以为意,因为爸爸每次和继母吵架都会在这样一种氛围中展开。莫名地爆发,又会莫名地结束。后来,又从客厅里传来一记尖利而沉闷的声响,像有人重重摔倒在地,伴着器皿碎裂的声音,随后,便结束了。他轻轻地叹气,仍旧不以为意。只过了片刻,屋门被猛地推开,他的爸爸从门外走进来,手上捏着一张纸,边走边将纸叠成一个方形的纸块。那是一种奇怪的叠法,类似男孩儿经常玩的那种"纸斗"的叠法。只不过,"纸斗"是用两张纸交叉叠成,而爸爸手里只有一张纸,看也不看,左叠右折,便成了最后那种样子。他好奇地看着他,见他的眼镜片上有一道清晰的裂纹,脖颈处的一道抓痕正在往外渗着红红的血丝,不由愣住。爸爸拽了他一把,动作急迫。他手中的布袋散开。五颜六色的玻璃球如水银泻地,在水泥地上发出弹跳的脆响。

"你把这个,给我送到福海路去。福海路知道吧?就是我带你吃过肉饼的饭店四部的斜对过儿,紧挨着修车铺的那户人家。那户人家的门口,有一棵海棠树。"爸爸将那个方形的纸块塞到他手里。语速极快,又小心翼翼地吩咐道。

他记得饭店四部,那里的肉饼特别香。他也记得那家修车铺,因为他曾经和伙伴,趁一脸胡楂的修车师傅不注意,从那里偷过自行车内胎,割成一条一条,用来做弹弓。至于门口长着一棵海棠树的人家,他却从未有过留意。

"记住了吗?"爸爸问。

他点头。

"快去。赶紧送过去,可不能耽误了。必须交到那家的女主人手上。"爸爸说完,匆忙走了出去。

他将小小的"纸斗"拿在手中,这才明白,那并非一种玩具,而是一张写了字的纸条。他忍不住想要拆开来瞧瞧,又想到爸爸之所以会叠成这种形状,想必是不想被人看到。他想到了鸡毛信,想到电影中种种传递情报的方法。作为一个"实诚"孩子,又被爸爸如此信任,他便再没有偷窥的理由了……他将皱巴巴的短袖上衣穿在身上,手里攥着那份"情报"。现在,他已确认那就是一份情报。

他经过客厅,见一地狼藉。一只杯子翻倒在茶几上,另一只杯子在地上摔得稀碎。一只粉红色塑料拖鞋倒扣,上面沾满沤烂的茶渣。茶水形似一摊尿迹,在水泥地上划出拖痕。一些纸张,散乱堆放在墙角的书桌上。随着电风扇的转动,微微地掀动。桌子下散落着一些撕碎的纸片。卧室的门虚掩,半截珠帘晃荡。从爸爸和继母的卧室里传出一种更为奇怪的声响。那是爸爸的喘息声,混合牙齿咯咯打战的声音。循声望去,他看到继母在床上躺着,两腿分得很开,身子不停抽搐。他趋前几步,凑到门边,见爸爸半跪在床头,膝盖抵住继母的上身,使她勉强能够坐着。她的嘴角不时有口沫溢出。双目紧闭,牙关紧咬。爸爸伸手,试图将一块毛巾塞进她的嘴里,好像唯恐她崩坏了牙齿;又好像要堵住她的嘴,使她不能呼吸。他害怕起来,刚想问一声,见爸爸抬头,羞恼地瞪着他,冲他做了一个走开的手势。

他不安地走在路上。脑海中时时浮现继母挣扎的惨状,以及爸爸仓皇的应对。在他的意识里,爸爸对继母做了一件不该做的事。他或是打了她,或是冲动之下,欲加害于她……到了后来,他就不再去想这些令人不安的事情了。他顺利地找到了饭店四部，却没能顺利找到那家修车铺。他并不知道，修车铺已在半个月前搬走。饭店四部的斜对过儿，分布着五六户人家，全都是高大阔气的砖房。他小小年纪，便已知住在这种房子里的人不会是贫贱之辈。断不敢随意打扰。况且，爸爸对他的差遣，在他的感受中有一种神秘的味道。他便觉得，更不能被人轻易识破……他心机不浅，不会盲目敲门。至于一棵树——他只能分辨杨树、柳树、槐树这些北方常见的树种，连苹果树和梨树也分不清楚，更何况海棠这种少见的树种了。那是一棵什么样的树呢？开啥样的花？又会结啥样的果？他这样想着，手抄裤兜儿，在一条行人稀少的街道上来来回回兜了两圈。就在这样的游逛中，天色慢慢暗了下来。好在，排除掉门口没有树的几户人家，只有两户人家的门口，长有两棵身份不明的树。他踢飞一颗硌脚的石子，喊住一个骑车经过的人，指着一棵树问："嗨，嗨，那是海棠树吗？"那是一个身材粗壮的中年男人，他叉腿停住自行车，奇怪地看男孩儿一眼，嘴角露出奇怪的笑容："小兔崽子，有这么跟人说话的吗？"骂完了他，抬头看看，"那不是一棵山楂树吗？哪来的海棠树。"男孩儿狡黠地笑了，目送骑车人离去。他聪明地排除了对一棵树的怀疑，从而确认了另一棵树的身份。当他站在那棵海棠树下，跳脚，从树的阴影中，捋下一串小小的青色果子，放在嘴里尝了尝。随即皱紧眉头，"呸呸"吐掉残渣。他抬手抹抹嘴角。从容不迫地站在那户人家的门口，好像即将完成一项重要的使命。抽出抄在裤兜儿里的左手,将那户人家的屋门敲响。

门廊里的灯亮了,晃了他的眼。屋门从里面快速打开。在他眨眼之际,就像经历了一个幻梦,他看见,那个曾经在舞台上见过的女孩儿,穿着同样一条粉红色的连衣裙,化着同样的妆容,站在他的面前。她审慎又骄傲地看着他,问了句什么。他竟然忘了回答。一只狸猫从两人脚下钻过,疯了似的窜到院子里。女孩儿娇嗔地骂了一声,闪身回屋。一个腰系围裙的女人来到门口,用围裙揩着手,和颜悦色地问他道:"你是谁呀?"

他这才如梦方醒,将手伸入左侧的裤兜儿。裤兜儿里有一枚一分钱的硬币。他眨了眨眼睛,将硬币放了回去。变魔术似的,他又将手伸入右侧的裤兜儿,摸出一个硬板板的"纸斗"。拘谨地笑着,低头看看,再次眨了眨眼睛。忽地发现,那并非爸爸交给他的所要递送之物。他倒了一下手。"纸斗"掉落在地。他再次伸手,去右侧的裤兜儿掏摸。除了一片纸屑,其他什么东西也没找见。这才慌张起来,将两个裤兜儿摸遍,兜布也翻弄出来。

他记得,出门之际,他先是将爸爸交给他的东西攥在手里,后又放入左侧的裤兜儿。又觉得,另一只"纸斗"有些碍手,唯恐混淆,他便将它放入右侧的裤兜儿。这样,他才感到踏实。而在其后的时间里,他抄着裤兜儿,无精打采地走上一阵儿,便会甩开双臂,蹦蹦跳跳,加快赶路的步伐……那个他所要递送的东西怎么就不见了呢?

女人耐心地看着他,最终不耐烦起来,问:"你到底谁家的? 来这儿干吗呀。"

他的额头浸出细汗。抬眼,闷声说:"我爸,叫陆家良。"

女人愣了一下。

"他让我,来给你送一样东西……"

"啥东西?"

"一张纸。或许,应该是一封信。他可能想告诉你点儿啥,写在了纸上。可咋就找不到了呢。"

女人的脸上划过一丝轻蔑的微笑。随即脸色一沉,不屑地说:"不用了,我知道了。回去跟你爸说,我家的事,不用他操心,不要再烦我了。"说完,转身回屋,"砰"一下关了屋门。

男孩儿慢慢走在回家的路上,心里充满惶惑和不安。他想,等回到家,如果爸爸问起来,自己又该如何应对呢? 是撒谎,还是将实情告诉他?

好在,那是一个值得庆幸的夜晚。家中无人。爸爸和继母都不在家。客厅里整洁如初,好像什么事情也没发生过。到了第二天,继母回家了。她神色憔悴,却保持了和以往同样的沉默与安然。傍晚时分,爸爸也下班回家了。见了他,低一低头,脸色虽有些难看,却并没向他问起过什么,甚至连平日里的一句玩笑都没有。随后,过了数天,也一直没有问过。这让男孩儿产生了一种错觉，觉得那天下午，真的什么事情也没有发生过。

可怎么说，在当时，这个男孩儿却心里明白：有些事情发生了就是发生了。沉默无法掩盖真相，也无法更改事情的结果，那天傍晚，出现在江一妍家门口的男孩儿，是自己，而非那个他曾经的同学李国栋。听着同学们乱纷纷的议论，他有时会忍不住想要辩解几句，想要纠正这明显的错误，却忽地，被一种巨大的恐惧感慑住。

他无法忽略这样一个事实：那个被杀的女人，那具传说中烧焦的尸体，应该和他、和被他弄丢的一封信有关。

男孩儿蔫蔫地打不起精神。他趴在课桌上，像是睡着了。讲台上的老师以为他又在偷懒，悄悄地走近他。这才发现，他脸颊通红，睁着眼睛，眼神空洞。老师吓了一跳。伸手摸摸他的额头，又贴了贴自己的额头。"没发烧啊。你咋了陆小斌？你可别吓唬我啊。你要是不舒服，就赶紧回家躺着。"他没吭声，身子动了动，将脸转向一旁，仍旧趴着。

放学的铃声响过，男孩儿疲沓地出了校门。他在离家不远的一条岔路口停下脚步。稍有犹豫，像一匹奔马撒腿朝相反的方向跑去。

现在，男孩儿跑上一个土坡，停在那儿，微微喘息。呆呆地朝坡下张望。星光弥漫，夜幕低垂。浩瀚植物静默如汪洋，显得深不可测。他觉得自己迷了路。在他数次往返黑山镇与长旗镇的路途中,好像从未经过这样一个土坡,也从未见过这样一片被月光浸泡的玉米地。他并不觉得害怕,顺势在一道土坎上坐了下来,揉着酸痛的小腿。看见玉米地中央,两条发白的小路如神迹,劈开月光的潮水,朝远处延伸。他嗅着鼻子,像一种忧伤的感叹。空气中弥漫着一股植物的清香。秋虫唧唧,汇成起伏的交响,忽而浩大,忽而低浅。他侧侧身子,将书包枕在头下。路面上的浮土依旧有着阳光的温热。他很快睡着了。

男孩儿敲开姑姑家的院门,那时天色已经放亮。姑姑披衣开门,见他浑身灰土,衣服都被夜露打湿,吓了一跳。男孩儿好像仍未从一场梦游中醒来,疲惫地对他的姑姑说:"姑,我困。我想睡觉。"

整个白天,他一直蜷缩在自己的小床上熟睡。直到夕照临窗,厢房里变得闷热。听到屋外传来姑姑和爸爸的争吵声。

"这孩子真的没法儿跟你过。你们对他做了啥?让他一个人跑了三十多里,蹚黑跑到我这儿来。"

"我整整找了他一宿。谁知道他跑你这儿来啦,把人都给急死了。"

"想带他回去,你得问问孩子愿不愿意。"

"不愿意也没办法,总不能跟你过一辈子吧。让我们爷儿俩单独说句话……他要真不愿意,就在这儿多住几天。"

那一晚,爸爸留宿姑姑家。父子二人同宿一室。男孩儿持续昏睡,始终没有说话。到了第二天早晨,爸爸急着要赶回黑山镇,只能将他叫醒。

"那天,啥事也没有……"爸爸尴尬且小声地说,又唯恐他听不懂,再次解释道,"那天,我让你给别人送的东西,你送到了吗? 但是,真的啥事也没有。"

男孩儿呆呆地坐着。嘴张了几张,忽然撒了个谎。

"我把东西交给她了。"

"交给她了……交给她了也没事。她都说啥了? "

男孩儿想了想,将女人当时对他说过的话,一字不差地转达给他的爸爸。

爸爸呆呆地听着,好似暗中松了口气,长长地叹息一声,将他搂在怀里:"我知道昨晚你为啥跑到这儿来。你别害怕,真的,啥事没有……记着,这件事,别说出去就成了。别跟任何人说,包括你大姑,你谢阿姨……说出去,咱们爷儿俩就会有麻烦。"

男孩儿的身子在发抖。他所遭受的恐惧,好像对爸爸没有任何触动。在男孩儿的意识里,爸爸所说的"咱们"二字,无疑给他带来无形的压力。承受这压力的同时,他还要独自承受撒谎所带来的痛苦。若将事情的真相告诉爸爸:他弄丢了那封信,并没有安全递交到那女人手中……又将会是一种怎样的结果呢？他张了张嘴，刚想说话，爸爸却松开了对他的搂抱。

"别想太多，真的没事。要不，今儿个跟我一块儿回去吧。"

他紧张起来，慌乱地摇头。

"好吧。不想回去，那就先在你姑家待两天。上学的事，过几天再说。"

爸爸走了。男孩儿怀揣双重的秘密，独自留在长旗镇。他在这里借读了半年。直到新学期开始之前，他提出愿意留级，重新回去读书。

他之所以会主动提出这样的要求，一是这里的生活实在乏味，更为重要的一点，是他始终放不下对那女孩儿的牵挂。他的牵挂，有着更为复杂的意味：担忧、好奇、甜蜜而怪异。女孩儿站在舞台中央，或站在她家门口的形象，在他的脑海中不断转化。他重塑了她的形象，却又毁灭了她的形象。他想接近她，心里的负罪感却又使他望而却步。

男孩儿在这样一种压抑而痛苦的心态中一夜长大，成了一个沉默的少年。他隐藏了自己的心事，像穿了一件隐身衣。更多时候，他扮演着隐晦的角色，站在暗处，观察命运多舛的少女。他跟踪她，在她经常出现的一棵白杨树下，用小刀刻下了她的名字。他之所以会这么做，其实只是一个下意识动作。小刀戳破手指，鲜血灌注在生硬的字体间，却不会留下任何印痕。那个时候，他和她在同一所初中就读，因为留级，他比她低了一个年级。每天傍晚放学，他总是独自走在回家的路上。走过一条岔路，便开始朝另一个方向奔跑，那是与他家完全相反的方向。当时他在校田径队，日日不懈地奔跑，不会让人感到刻意，反倒让人觉得，这是一个多么自律而刻苦的男生呀。他以训练之名，完成了对少女一次次暗中的护送。更像一个掉队的追随者，要用奔跑，拉近与少女之间的距离；他要用奔跑，洗脱自己所背负的愧疚与自责……这苦痛而变态的情愫，一直到女孩儿上了高中才有所减缓。

那个时候，他觉得自己真的追不上她了，觉得自己无论如何也追不上她。只能眼睁睁地看着她，脱离自己的视线。

少女以骄人的学习成绩，在男孩儿面前划出一道无法逾越的沟壑。他停下追赶的脚步，甚而丧失了那种追赶的动力。他的学习成绩糟糕极了。初中毕业后，只能去一所职高混日子。他在那里待了不到两年，实在混不下去，中途辍学，回到了长旗镇。

二

他刚来双鸡山西城区街道派出所报到那会儿，年龄刚满二十岁。

主管领导和派出所的人打招呼说："你多留个心眼儿，这人可是有些来头。""有啥来头？"派出所的人问。领导说出一

　　　　　　　　　　　　信使

个名字。派出所的人听了,惊讶道:"来头可真不小啊。我们派出所,是不是也能跟着沾光?""听说是这小子的后妈的亲爸爸,按辈分是他姥爷,跟上面的领导打了招呼。至于能不能沾光,那是人家领导的事。人家到咱这儿顶多落个脚。试用期满,肯定能转正,很快就会调走。"

双鸡山属于地级市。西城为老城区。一条街道的两旁,伫立着充满异域风情的老建筑。其中一座拜占庭风格的教堂最引人注目。与双鸡山毗邻的另一个县级市,是一个刚刚开放的边贸城市,基础设施落后,边境贸易尚不正规。记不清从哪一年开始,双鸡山成了违法交易的避风港。大量从事黑市交易的外地人,选择在这里落脚,他们以游客的身份,混迹西城,助推了色情与赌博的滋生,同时,也使这里成了一处藏污纳垢之地。

派出所的日常工作,大致分为两种。除了接待市民投诉、应对各种纠纷,便是以捣毁黑市交易窝点、查夜为虚,抓赌或抓嫖为实了。作为一个初来乍到的新人,况且背景复杂,陆小斌很难被带到后一种日常工作中去。和其他新来的人员一样,每一天只能做些琐碎的工作。而和那些新来的人员不一样的是,没有人差遣他,也没有人会对他的工作指指点点。所里的每一个人,看上去对他都很客气。他也心知肚明,有些不以为然。也曾有好事者旁敲侧击,探问他的来路。他却真的搞不清自己得到这份工作,爸爸在背后动用了什么关系。只是知道,他在姑姑家待了将近两年,已到散漫与放纵的边界,爸爸这才开始为他张罗着找工作。在可供选择的范围内,他毫不犹豫,选择了当一名合同制警察。因为工作的地方离黑山县有点儿远,他想离家越远越好。另外,警察的职业确实是他所向往的。

他过于低调,有着同龄人稀缺的隐忍和沉默,待人接物秉持谦卑与平和的态度。当然,他的这种态度,没有半点儿精明与圆滑的表现,只是一种天性使然,会让人觉得,这孩子太老实了,甚至有些孤僻。他极少回家,参加工作后的半年内,即便中秋和春节,也一次没回去过。他主动提出在岗的要求,无意中成全了别人的愿景。他有自己单独的租住地,在一栋旧楼的顶层。沿着陡峭的扶梯攀爬到楼顶,他将那里稍加改造,添置了哑铃,吊装了沙袋。轮休的日子,便将过剩的精力全部转化为汗水。练累了,只穿一条短裤,站在楼顶边缘,如一尊临渊的雕塑,长久地朝远处眺望。

越过一片民居,教堂浑圆的穹顶清晰可见。更为旷远之处,黛色群山慢慢转化为一片苍茫暗影……这当然是在夏天。冬天,楼顶平台会被积雪覆盖。有人看见他在街上跑步,嘴里呼出的哈气,将眉毛和发梢冻成一道道冰凌。

他从未邀请过别人走进他的生活,别人也从未主动对他提出过邀请。与同事之间,除了工作,几乎没任何往来。他深居简出,自然在社会上交不到什么朋友。只是每隔一段日子,他会利用值夜班的机会，用单位的电话，给姑姑报一声平安——这才显示了他是一个正常的、渴望着亲情的年轻人。

他会打电话到姑姑家附近的小卖部。打通之后，小卖部的老板会对他说："你先挂了吧，你姑还要等会儿来呢。"他则轻描淡写地说："不用了。"端着电话，听着话筒中传来打牌或聊天的声音，觉得自己置身在那间杂乱的小卖部里。姑姑会一溜儿小跑地赶来。人未到，声先至。他沉住气，等姑姑喊出他的小名儿。

"小兵，昨天家里收到了一张汇款单，是你寄钱了吧？姑不缺钱。你说你才挣几个子儿啊，你想孝敬姑，现在有点儿早。"他将身子仰靠在椅背上，眼睛瞄着天花板，说话的语气俨然不再是从前那个跟姑姑讨要零钱的孩子了："姑，我一个人的工资咋花也花不完。不孝敬您，您说我又孝敬谁去？"姑姑说："知道你出息了，能挣钱了，可也得知道攒着。"他说："姑，我跟钱有仇，有了就想花掉。不给您寄点儿，恐怕一分钱也攒不下。"姑姑想了想说："好，那我就先替你攒着。我还真怕你大手大脚，花钱没个品级。等攒够了，留着将来给你娶媳妇。"姑姑又小声地问他："小兵，有人给你介绍对象没？"他笑了："姑，我才多大点儿岁数呀？怎么可能有人给我介绍对象。"姑姑说："你不小了，你都二十一岁了。村里和你一般大的小子，有的都快当爸爸了。别以为自己条件好，想头儿高。你也得想想，如果早点儿成家，有人照顾你，姑也就省心了。"他暗暗地一笑，却不知该说点儿什么。听到姑姑问"最近，还回不来呀"，他坐正身子，咳嗽一声："工作实在忙，姑，真的回不去。等有空了，我就回去看您。"

参加工作三个月后，试用期满。出乎别人的意料，他未转正，也未调离。秉持原来的品行，继续踏实做人。他难得的好人品，很难不被同事认同，开始被老警察带着，外出参加各种行动。对此，他虽有兴趣，却一时放不开手脚，仍像一个刚入行的新手。

他的性格，以及工作态度上的转变，有心人后来分析，应该是经历了一次"抓嫖"行动后开始的。

那位嫖客七十来岁，已是做爷爷的年纪，本不该被那样对待。其实，对他的定性，似乎也不该以"嫖客"来简单命名。接到举报后，一行人闯入酒店，只见这位秃顶老头儿裸着松垂的皮肉，一丝不挂地躺倒在床上。他的手脚被红色的绳带绑住，固定在床栏的四角，身体呈一个"大"字。他似乎刚刚经受了一场鞭刑，当然，不是那种皮开肉绽的刑罚。一张保养得很好的脸上，纠结着亢奋、扭曲、痛苦等复杂的情状。鞭打他的工具，是另一根红色的绳带，攥在一位女士手中。那位女士，看上去十分年轻，目测只有二十来岁。穿一件垂到脚跟的貂皮大衣，红色的高跟鞋，红色的胸衣和内裤。整个场面，看上去更像一个奢华、怪异的游戏场景。

据老头儿说,他与这位女士,做的并非皮肉生意。"她是我干女儿,干女儿啦。"他嗓音沙哑,说话微微喘息,"怎么会搞成这个样子呢?"

"你们这是,一个愿打一个愿挨喽?"警察哭笑不得。

坐在他旁边的女士一直在暗暗地哭泣。妆容凌乱。在警察的追问下,她张嘴"啐"了老头儿一口。刚想说话,却被警察抬手制止。

"你别插嘴,让他自己说,看他还能说出啥花样来。也真是的,抓了这么多年的嫖,也没见过你们这种玩法。"

老头儿垂头丧气,咕哝着说了一些让人听不懂的粤语。警察一愣:"他说啥?"

"他说他有病,他真的病得不轻。"女士说着,好像受了天大委屈,号啕起来。用粤语骂了几句。老头儿示弱,偶尔回应。

警察听得不耐烦,冲那女士道:"说说你到底咋回事?咋就成了人家的干女儿?年纪轻轻,咋就不学点儿好呢?"

"她喜欢我的钱啦,认我做干爹。她说实习期间无事可做,非要陪我到北方来看雪。让我给她买貂皮大衣,还要买人参,说是送给她的导师。"

女士竟然是大学生的身份,这大大出乎了所有人的意料。警察想打电话,准备叫学校来领人。女士瞬间崩溃,险些给警察下跪。这次,说的就完全是地道的北方话了。

"警察同志,警察叔叔,求求你们,千万别给我学校打电话。那么一整，我这辈子就完了。我爹妈都没了，没人给我提供生活费，我一个人太难了，好不容易熬出来……以后我改，以后我重新做人。"随即，交代出老头儿正在从事的一桩非法交易，以求得到宽大处理。

老头儿被带出审讯室，嘴里骂个不停。都是听不懂的脏话，显得更加恶毒。随即，后脖颈挨了重重一巴掌。他缩缩头颈，可怜巴巴地瞅一眼打他的人。心有不甘，脱口又骂一句。巴掌如疾风暴雨，倾泻在他的头上。老头儿梗着脖子，起初还敢辩解，后来，干脆躺倒在地，嘴里发出沉闷的叫声。巴掌仍旧如疾风暴雨般落下。

大家看得有些发愣。见场面有些失控，两名同事这才上前，将打人者拖住。他却仍不肯作罢。直到有人喊一声："陆小斌，你想干吗，想把人打死啊？"

他这才呆住，喘息着，瞪着一双通红的眼睛。

三

第二天，他跑到所里跟领导请假，说是想回家看看。

那是他临时做出的一个决定。看似草率，实则遵从了命运的安排。他没带任何行李，赶到车站。没去长途汽车站，而是走进了火车站售票大厅。

他第一次坐上了火车，头脑昏沉。有时，会梦到一座被灯光照彻的舞台。舞台空寂,浮荡着落雪似的尘埃。有时,他又会梦到一条路两旁长满海棠的街道。道路的尽头,被夏日蒸腾的溽气填满……火车驶出荒寒地带,车窗玻璃上的冰霜,渐渐被人的哈气,以及水杯的热气融化,形成一圈一圈不规则的椭圆,看不到车窗外移动的景物。逼仄的空间,给人一种隔绝之感。好像坐火车的人,坐进了一艘时光机,只待一个梦醒,便可抵达所要奔赴之地……他沉陷在梦里。时而被周围旅客的说笑声吵醒,睁开眼睛,恍然不知身在何处;时而,他又会忘掉自己此次出行的目的。直到下了火车,站在火车站的广场上,脚下仍旧晃动不停,耳郭里塞满车轮滚动的声音。

他强打精神,后悔和茫然的情绪此消彼长。直到在一家小吃摊儿填饱肚子,这才定下心来。他这样安慰着自己:就当是出来玩吧,即便只是来这里逛逛,也是很难得的。

他早已熟知了这座城市,记下了一所大学的名字,只是搞不清学校所在的方位。他几番打听,盘算着出门时所带的盘缠,先是倒公交,而后步行,终于来到那所学校的门口。

他实现了一个愿望,却又不知如何来实现另一个愿望。即便出发前,那愿望如此单纯而又强烈:看她一眼,只是看她一眼……直到那一刻,他才真正地意识到了自己的莽撞。他并不知道女孩儿所在的班级,不知道她的身影隐没在对面校园内哪一栋宿舍楼里。他终于觉察到自己的可笑了——一所大学,可非自己经历过的小学和中学。即便在几百号人的中

257

学校园里，想要碰到一个人，又谈何容易？他也曾想过跟人打听，找到那个女孩儿，远远地看她一眼。或许警察的身份使然，他有了某种警觉的意识，随即打消了那个念头。

他站在马路对面，不知该如何进退。忽然发现校门口出入的学生们，纷纷止步，仰头看向天空。每个人的脸上，都有着难以言说的喜悦。有的双手拢举，捧在胸前，保持一种虔敬的姿势；有的伸出舌头，似要品尝从空中降落的甘霖……他并未察觉，天空开始落雪。他也并不知道，这是这个地处华北的中心城市，在那一年迎来的第一场降雪。就是在那一刻，他却有了非凡的勇气。觉得不管怎样，既然来了，怎么也要到校园里走一走。他跨过马路，穿过人群，探险般走进陌生的校园。感觉和他擦肩而过的人，好像都被施了魔法般保持一种静止的、如舞台造型般的姿势。喧闹声和笑声经过剪切，忽而嘈杂，忽而静默。只有雪花飘落的声音，成了整个世界的主宰。窸窸窣窣，渐至宏大，汇成一部浩阔的交响。他忽地听到有人喊出了女孩儿的名字，犹如奔突的弦乐。是一个女生在喊："江一妍呢？江一妍没来吗？快去把她叫出来，让她出来看看雪。别老是一个人在宿舍里闷着。"

那声音犹如天籁，使他不由得热泪盈眶。循着声音的方向，他尾随在一个穿白色羽绒服的女孩儿身后，来到一栋宿舍楼下。他隐在树后，等了许久，仿佛有一个世纪那般漫长。终于，他看到了那个令他心心念念的女孩儿。那天，女孩儿穿

　　　　　　　　　　　　　　　信使

的是一件单薄的红色棉服。

他探访的频率,好像总是和天气有关。落雪的天气,无疑会使他的冲动发酵。双鸡山落雪,黑山县落雪,阳城也在落雪。但火车驶经的漫长路途,却印证了地域与气候之间,并无实际的关联。类似他对女孩儿的探望,并不会因为他的狂热,而得到任何回报。

他却乐此不疲,像痴迷于一个高尚的游戏。328 次列车午夜时分抵达那座城市。156 次列车凌晨时分抵达。而所有能够载他抵达的火车,都需在春城中转一次。等积累了足够的旅行经验,结合启程与归程上时间的便利,他大多会选乘 521 次列车——他下了班,来得及从住处取来行囊,坐上晚七点途经双鸡山的最后一趟短程火车,夜里十点十分左右,到达春城,而后在那里换乘。如果能买到坐票,他便能安然地睡上一路。买不到坐票,只能站着,挨过半宿,以及接下来一个昼夜的困顿旅途。直到站得双腿浮肿,实在扛不住,便效仿那些迁徙的农民工,像一只地鼠一样钻到座椅下,昏天黑地睡起来。521 次列车下午四点会准时抵达那座城市。他下车、赶路,要用去将近一个小时的时间。下午五点三十分左右,他便能顺利看到女孩儿。若时间与身上的盘缠充裕,他也会在学校附近找一家简易旅店先安顿下来。洗一个热水澡,换一身干净衣服,而后从容不迫,缓步来到校门口。等到晚上十点过后,还能回旅馆睡上一个好觉……他将"探访"的时间,计算得如此精准,实在是因微薄的工资令他有些捉襟见肘。更为重要的是,下午六点到晚上十点的这个时间段,他能最大概率地实现愿望。他站在一棵高大的银杏树下,看到她结束下午的课程从教学楼的台阶上缓步下来。而后,她回了一趟宿舍。在对时间的精准把握中,他离开那棵银杏树,围着足球场转上一圈,移步至一个花圃前。坐在那儿,假装小憩。等她拿着饭盒,独自或结伴从宿舍楼出来,经过他身边,朝着食堂的方向走去。

抛开列车晚点,或无法顺利买到车票的情况,他从双鸡山出发,单程需耗掉三十六个小时,往返则需七十二个小时。而他与女孩儿"会面"的时间,一般只固定在半个小时或几分钟之内(这要按她在他视线中停留的时间来估算)。最短的一次,如惊鸿一瞥。那一次,他下了火车,匆忙赶去。却见女孩儿站在马路对面,跳上一辆公交车,随即消失在他的视野里。他愣着,有追过去的打算,想想也就算了。因为,他的目的已经达到。况且那次出门,没跟单位请假。他苦涩地一笑,旋即转身,朝着火车站的方向赶去。一个小时后,他便踏上了一列返程的火车。

频繁而隐秘的出行,势必会给他的工作和生活带来困扰。据后来查证,事发前一年,他请假的次数达到六次,并不包括正常的休假在内。他时不时地便会不告而别。有时跟领

信使

导打声招呼,说是临时有事,回趟老家,不能按时返回单位;有时,连个招呼也不打,莫名其妙地走掉,又莫名其妙地回来。好在,他身份特殊,且在单位里又是个可有可无的角色,没人会同他计较。他每次请假的理由,都说是回黑山镇老家。但有一次,同事看到他一大早从火车站出来。双鸡山到黑山镇,当时只通汽车,不通火车。而最早从黑山镇发来的一趟班车,要在上午十点左右到达。他从火车站出来的时间,是上午六点。显然坐了夜车,不知去过哪里。

十月初,他正常休假。又去了一趟那座城市,算是对女孩儿做的最后一次探访。

他在女生宿舍通往图书馆的一条便道上看到了她。

那天天气晴好,阳光普照。楼宇、树木及花草,仿佛摆脱了阴影的束缚。天地间一片澄明。女孩儿穿一条洗得发白的吊带牛仔裙,白色 T 恤的领口松松垮垮。出发前,他穿了条秋裤,两地的温差,并未让他感觉到季节的滞后——这给他带来一种错觉,觉得女孩儿在忍受饥寒。便道上行人稀少,女孩儿迎面向他走来,脸上闪现出一种动人的光泽。他忽地发现,那种令他心动的光泽,并非一种愉悦的体现,而是泪水与笑容的交合。她在哭,泪流满面。他惊讶地看着她,大概引起了她的注意。她扭头看他一眼,悲苦又不好意思地笑了一下。这给他造成了另外一种更大的错觉。

他在这双重的错觉中备受煎熬, 觉得女孩儿在独自受难——她被贫穷和孤独所困，等待着他的救援。而他，这个频频造访她的人，这个真相大白后必将遭受诟病的窥探者，却深感无力，对她提供不了任何帮助。

此后，他便消停下来。似乎想抽身而退，结束这种荒唐的行径。

四

十一月，他跟班参加了一次抓赌行动。赌局设在西城与东城交界的一户人家。接到线人举报，值班领导，不想调动太多警力。他当时值夜班，算上他，勉强凑够四人。大家穿便衣驱车过去。在一公里外停车，一路潜行，锁定方位。一人堵住后门，一人蹲守房顶，另外两人直接翻墙。踹门声将赌徒惊动，登时炸散。因是深夜，唯恐惊扰了邻居，喘息声和追逃声显得细碎而压抑。待一切静息，除去跳墙逃脱的两个人，其余六名赌徒皆被控制在屋内，算是人赃俱获。悬在头顶的灯泡微微晃荡，人脸上浮动着一层暗影。"把钱掏出来，都掏出来。蹲下，都别动，别动。"低沉的命令声中，赌桌上渐渐堆起散乱的纸币。有人在给赌徒搜身。摸完口袋，又命令他们褪下裤子、脱掉鞋子。一个赌徒呻吟着，缴械似的举高双手："都掏了，都掏出来了。我得坐会儿，站不住了，刚才跳墙，把脚崴了。"一名便衣拽过一只烂鞋，皱皱鼻头，从鞋垫下拽出一沓

　　　　　　　　　　　信使

压实的纸币,晃了晃,笑着说:"这是啥? 藏得挺深,腿脚挺利落。小样儿,你崴脚了? 活该! 刚才因为追你,把我手腕都给扭了。"

他后来才知道,被冲散的赌局,无异于一个藏宝地。只要有足够耐心,总能找到稀缺的"宝藏"。仓皇中,赌徒们会将钱藏得到处都是。他在翻查灶坑旁一个煤球堆时,从丢弃的空烟盒内,抻出一卷纸币。他进到那户人家的厨房,掀开放冷馒头的蒸屉,从蒸锅底下找到一沓平整对折的纸币。他本想将那沓纸币归入缴获的赌资中去,却又发现赌桌边围满了人。他踌躇地站在人群外围,心念一动,蹲身,假装系鞋带,顺势将那沓纸币悄悄塞入鞋窠,在裤脚上抹了抹手心的汗。

抓赌行动告一段落。有人抬手,将赌桌上的纸牌、烟盒,一股脑儿扫清。用手胡乱攒了攒剩下的纸币,如农民在晒场上评估收成,这才开始忙乱地整理。抻平一张,压紧一张,最后叠成厚厚的一沓。一共三沓。一张清单上列出表格,抓捕时间、地点、赌资数目,准备一一造册。

一名便衣点完一沓,喊过一名赌徒,吩咐他予以核实。

临时抓差的这位是个胖子。或是因为害怕和沮丧,笨手笨脚,点来点去,最后吞吞吐吐道:"五千六……""点清楚喽,分得清数吗?"正在清点纸币的便衣停下指头的动作,看他一眼,显得非常不满。"分得清数,我点了两遍。"胖子认真地说,"没有五千六,也有五千三。""到底是五千六还是五千三?"胖子慌乱,却又满不在乎:"差个一两张,总归被你们没收,能有多大出入。""没收?你想得倒简单。"一个瘦子赌徒看来是个老手,斜膀子将胖子撞开,自告奋勇道:"一边待着去,个儿大也是白薯(白数)。我来。"他技艺娴熟,像个优秀的点钞员,不时往指间啐一星唾沫,将一沓油腻的纸币点得如行云流水那般,最后说:"这不两千二吗?哪来的五千六。"一旁的胖子瞪眼,刚想说点什么,被另一位赌徒拽到一旁,小声斥责。余下的两沓纸币,便都由这位瘦子来清点,逐一登记在案。"签字、签字。"有人忙不迭地催促,将三沓赌资归拢,装进一个黑色塑料袋,气定神闲地拎在手上。瘦子提笔签字,签到一半,抬头哀告:"领导,别把我们带到派出所去。黑天半夜的,去了遭罪。"领导睷他一眼,显得倨傲,又不乏同情地说:"这回,就放你们一马。记住啊,下次再让我逮住,早晚让你们去拘留所吃窝头。"

瘦子点头,面露感激。顿了一下,收笔的动作,竟现出点滴猖狂。

十二月天象异常,片雪未落。从进入冬季开始,双鸡山只下过一场冻雨,落地成冰。而后冻雨变为稠密的冰霰,打在物体上,发出唰唰声响,好似无数根鞭子,拷问着万物。气温骤降到零下二十多摄氏度。朔风在城外的群山间夜夜呼号,大雪却仍旧遥遥无期。

十二月十二日,他去了一趟阳城。并非延续了出行的习惯,而是出了趟公差。回程之前,窝在旅馆。同事出门去办私事。他临时起意,写了封匿名信,找到一家邮局,连同一笔千元汇款,一并汇往那座他经常造访的城市。

十五日,返回。

十六日,周末。他被领导指派,带上另一名新手(这位新来的合同工,比他还要大两岁),"俩加一块儿也不顶半个"的人,领受一项看似重要、实则无关紧要的任务:去吉祥旅社,盯住一对从外地过来的夫妇。据线报所说,这对夫妇专门从事倒卖外汇券的生意。为何要指派他们二人,只因局里有突发任务,几名精干警力被临时抽调。事先盯守的二位同事一人感冒休假,另一人家中有老人过世。据说,他们盯了一天一宿,一点儿动静也没有。两口子一直在旅店待着。偶尔出去转转,跟人说是来考察市场的,想倒腾点儿土特产。穿得寒酸,吃得也差劲。男的抽一块钱一盒的福字烟,女的穿滚毛的防寒服,一看就不像干大事的人。领导因此懈怠,又觉得弃之可惜,干脆派他们二人出来应对。

他开一辆昌河面包车,远远地跟在那对夫妇身后。从表面来看,这对夫妇毫无可疑之处。女人比男人略高,身材也略壮。两口子穿款式相同的棉服,灰、黑两色搭配。两人都戴近视镜,又各戴一顶浅灰和棕黄的雷锋帽,将脸裹得如粽子般。这种帽子,似乎是每个外地人来此地最喜欢的标配。他将车停在农贸市场对面的停车场,找到事先下车跟进市场的同伴儿,见同伴儿正站在卖菌子的摊位前跟人说话。

"人呢?"他问。

"刚才还跟卖榛子的打听什么来着,呃……那儿呢。"

同伴儿拿一片黑色蘑菇,放在鼻子下嗅闻,而后扔回货物袋,朝前指了指。扭头对老板说:"今年榛蘑的价还不错。我妈从山上采了不少,等我回去问问,看能不能搞点儿过来。"

他伸头朝对面档口看去。见一个卖帽子的摊位前,围了好几位顾客。阳光照在摊位上,使那些堆叠的帽子,看上去像一座座毛茸茸的土丘。一个试戴帽子的人,将两种颜色的帽子轮番佩戴,看得人眼花缭乱。没错,这位试帽子的人正是那男人。摊位前空寂,只见穿梭的人影,他只顾盯住一顶浮动的仿皮草帽子,却并未核实被跟踪者的人数。先前那几个买帽子的人,在卖人参和鹿茸的摊位前好一番流连,这才各自走散。随后,那位戴仿皮草帽子的人独自在一只铁皮桶前停了下来,买了一块烤红薯,又走进一家简易的小食店。隔着雾蒙蒙的玻璃,只见男人将手中的购物袋放下,摘了帽子,一张微微浮肿的脸,埋在热气腾腾的碗沿儿上。那人不时摘下眼镜,用摊位上的卫生纸擦镜片——确实是那个男人。女人呢?女人哪儿去了?他起初并未在意,只是觉得那女人或许耽搁在某个摊位上,又或是去了离此不远的公共厕所。

"哥,你饿不饿?"同伴儿问。他摇头,有些厌嫌,不动声色地说:"别跟我叫哥,你比我大。""大小不论岁数。在单位,凡是资格比我老的,那就是哥。"同伴儿嬉皮笑脸地说。从旁边摊位买来两个黏豆包,站在他身边,大口吞咽:"好吃,跟我妈做的一个味儿。"

他去那间小吃店转了转。见男人已吃完了饭,点根烟,疲沓地坐着,时而抬腕看表,时而手杵额头,昏昏欲睡……他忽地警醒,赶忙出来,对同伴儿说:"不对,那女的,应该去了别的地方,我得去找找。"

他围着市场转了一圈。时间已近正午。摊位间的过道上,有时一个人影也不见。一些人多的地方,则很少能看到一个戴雷锋帽的人。他出了市场,来到一个岔路口,一筹莫展。回头开上面包车,沿一条街朝前寻看。那条街,并无岔路。走到尽头,向南是昌盛路,是市委机关所在地;向北,通往天府路,是去火车站的必经之路。他开车沿昌盛路行驶一段距离,猛地掉头朝天府路驶去。所幸,在火车站前的人行天桥上,一眼便看到了那个女人。

她一步一步从阶梯上走下来,怀抱一个帆布旅行包。看那样子并非想要溜掉,而是刚从出站口过来。抱在她怀里的旅行包,应该是有人坐火车专程给她送过来的。从她谨慎的样子来看,旅行包里肯定装有贵重物品。应该是钱,或者是外汇券……肯定是这样。他做出这样的推断,心跳如鼓。看着那女人如履薄冰般下了天桥。一辆三轮出租车旋即停在她跟前。她竟然讨价还价一番,才上车。撅着屁股,动作迟缓而蠢笨,却一直将旅行包紧紧抱在怀里。她有六十来岁了吧?应该和姑姑一般大,也算一个老人了。他这样想着。

三轮出租车驶往的方向并非吉祥旅店,而是另一个完全相反的方向。那家旅店的名字,叫作美乐旅店。以往排查住宿登记时,因为超出西城区的管辖范围,他很少来这里。女人走进旅店。他后脚跟进。发现她没有经过吧台,而是径直上了二楼,消失在走廊尽头的一个房间里。是 204 房间。他没敢靠近,却也能辨识清楚。他猜不透女人接下来会有怎样的举动,随即快速下楼,站在门口,一时不知该如何应对。他抬眼看见三轮出租车仍停在路边,走过去,问那抽烟的车夫:"去工农路多少钱?"车夫眯眼,抬手一挥:"有客。一会儿就走了。"他坐回到面包车上,尚在犹豫间,见那女的从旅店出来,两手空空,爬上了三轮出租车。

他驱车在后,发现她未去别的地方,而是直接回了吉祥旅店。他将车停在稍远些的地方,观察着旅店旁的一家小超市,见同伴儿吊儿郎当,脸贴着玻璃窗,一边抽烟,一边和店老板聊着什么。他在车上坐了会儿,过了约莫五分钟的时间,才将车开到超市门口。

"那男的早回旅店了,女的刚才也回来了。"同伴儿上车,向他报告。

他没反应过来,失神地看着窗外。

"哥,刚才你去哪儿了?今天晚上有人跟咱俩换班吗?"

他这才醒过神来,舔了舔干裂的嘴唇,忽然撒了个谎。

"刚才,我顺便吃了点儿东西。顶班?你说所里那么多事,还有谁来替换咱俩呀?"

"也是……反正,今天该我值夜班。"

他忽然以命令的口吻对他说道:"你先下车,盯紧了。我回所里取点儿东西,看领导在不在,问问今晚该咋弄。"

他驱车离开。在岔路口折返,再次将车开到方才去过的美乐旅店。下车之前,将栽绒帽子戴在头上,帽翅遮脸。走到吧台前,问那位坐在吧台里的女人。

"我来看一个朋友。他住在204,人在不在?"

"204……人不在。刚才来过,又走了。"女人说。

他解释:"不是一个人,应该还有其他人。"

"还有其他人?没别人了,就她一个。"

"一个?不对,咋可能会一个呢。"

"就一个,一个女的。开了房,一直没过来住。要不你上去敲门试试。"

"不用……是我记错了?我朋友不在你们这儿住?那女的是昨天来的吗?"

"前天,前天来的……我负责登记,记得很清楚。"

"哦,我应该是记错了。我那几个朋友,应该住205……"

女人看他一眼,轻蔑地笑了,误将他当作一个赌徒:"楼上一共四个房间,哪来的205。二百五吧。除了204,其他房间都空着。你别在这儿没事找事,我们这儿根本就不招赌。"

"哦……"他尴尬地点头,瞟了眼墙上的挂钟,"可能我真的记错了。"

驱车上路。他的心情变得平静。迅速做出如下推断:这对夫妇应该是前天从外地过来。下车后,预订了两家旅店。他们这样做,应该是出于安全的考虑。将吉祥旅店当作栖身之处,而另一家旅店,准备当成交易地点。也有可能,交易地点会另有安排,他们只是不想把钱或外汇券带在身上。这样,便会更加安全。

收音机播放完一段舒缓乐曲,开始播天气预报。他行车缓慢,心神涣散。一场大雪的预警,因此被他忽略。甚至,车窗外暗沉的天色也一并被他忽略。下午四点多钟的光景,阴云从西北方向叠压过来,使街道两旁的楼层闪现出一种金属的亮色。路上行人稀少,老旧的街市如末世般荒凉。他忽地想起自己以前每次出行,所乘火车大概是在晚上七点。那个时间段,整个候车大厅空荡荡的。在这座闭塞的城市里,想要更晚一点儿出行的人们,他们会去哪里呢?

他开车来到火车站。站在售票大厅的列车时刻表前,仔细察看,唯恐疏漏,又趴在售票口,同售票员详细询问了一番。晚上七点过后,没有任何一辆经停这里的火车。售票员耐心地告诉他,一般过了晚上八点,火车站就处于关门状态了。也就是说,过了晚上八点,在更深的夜里,这座城市,将会关闭它所有通往外界的通道。

他心如止水。开车返回吉祥旅店,途中买了些吃的。告诉同伴儿:"领导跟我说,让咱俩继续蹲守,晚上就住这儿。"

房间开在那对夫妻的对面,是先前二位同事留下的。屋内略显凌乱。床头柜上堆着残羹剩饭,还有没喝完的多半瓶白酒。他扒着猫眼,朝外探看。廊灯昏暗,将对面的房门涂成一团暗影。隔壁的房间,有人频繁进出,房门发出激烈的开阖声。想必对门稍有动静,也是能够听到的。

他吃了两口东西,腹胀得难受,斜靠在床上。同事将剩下的多半瓶白酒倒进茶杯,就着切好的腊肠和猪头肉,吃得津津有味。端杯问他:"哥,不喝点儿?"他摇头:"我胃疼。""你难受就眯会儿。我一个人盯着就行了。"

他不说话。忽然起身,朝门外走去。"我得出去一趟,找点儿药吃。"

五

他临时回到住处,并非在计划之内。

晚上九点三十分。他开门。先是在床上坐了会儿,而后开始动作。没有什么需要带在身上的东西。除了每月必需的生活费,便是给女孩儿邮寄一千元之后,所剩不多的一点儿零花钱,全都放在抽屉里。他想清理掉的,是以前坐火车时积存下来的一堆火车票。那些车票,不知怎么被他精心保存了下来。他不想让人查明自己以往的行踪,烧掉了那些车票,烧掉了所有去过那座城市的证据。包括一本盖有印戳的薄薄的小书,那是为了打发时间,特意从学校对面的书店里买的。那本小书的内容看完也就忘了,他却记住了小说作者的名字,一个有趣的名字:斯蒂芬·埃德温·金。他烧得兴起,又将所有带有个人印迹的东西全部烧掉。除了一床被褥,就连生活用具也被他全部丢进楼下的垃圾桶。他将房间恢复到刚搬来时的样子。见时间尚早,又将房间认真清理了一遍,仿佛要给房东留下一个好的印象。他这么做,并非刻意,而是童年的生活习惯使然。他有这样一种觉悟:在任何一个地方,都不要惹人嫌弃。他亦有轻微的洁癖,正如出来工作之前,也要将姑姑家他所住过的房间认真清理一遍。

纸张焦煳的味道在房间内淤积,经久不散,使他从中嗅出一股熟悉的味道。那是妈妈葬礼上的味道,一种同死亡相关的味道。他憋了口气,被这种味道刺激得兴奋起来。

他走进美乐旅店。时间是晚上十一点二十分。亮出工作证,顺利要到房门钥匙。指了指停在马路对过的面包车,算是布下了迷魂阵。警告值班的女人说:“老老实实在这儿待着,千万别动。马上就会有人过来问你点儿事,你要积极配合。”

他快速上楼,打开 204 房间的门锁。开灯。瞬间傻在那里。

那对夫妇,竟然没待在吉祥旅馆,却鬼魅般出现在这个房间里。据事后推测,他们应是在他回住处的那段时间里,从吉祥旅店悄悄离开,来这里入住。他的那位负责盯梢的同事,喝了酒,要么疏忽,要么就是早早睡过去了。

只是这对夫妇,他们并没醒着,而是背对背,侧身躺卧,各自占据床榻一角,安然地睡着。床榻中间空余的部分,使他们看上去更像一对同床异梦的人。那个女人打着口哨似的鼾声。即便他进门、开灯,弄出一些声响,也没能将他们惊动。

他惊魂甫定,观察着屋内。没有看到那个他想要得到的黑色旅行包。座椅上堆放着衣服,像一个假人臃肿地坐在那里。一顶黑色的仿皮草帽子,端正地摆放在银灰色的铁皮柜上,好似一顶王冠,归从了它的"圣位"——这家旅社,竟然在房间里配备了保险柜,这完全出乎了他的意料。

他万分沮丧,紧张得有些喘不上气来。身子贴墙,小腿乏力,本想开门溜走。却忽地发现,侧身面对着他的男人,倏地睁眼,一眨不眨地看着他。那么警醒,又那么冷静。好似方才,他只是佯睡,只为布设一个陷阱,对他张网以待。

男人脸上的表情,由愣怔慢慢转为惊骇。他不得不做出一个凌厉的手势,掏出证件,小声警告他道:"警察,别吱声,赶紧起来。"

男人呼吸粗重,艰难地从床上爬起来。将眼镜戴好,看了一眼他迅速收拢的证件,吞吞吐吐地问道:"我们,也没做啥呀。你警察,大晚上的进来干吗呀?"

"别废话。啥也不用说,我们都盯你们好几天了。快点儿起来,把保险柜打开。好好配合,别把事情闹大了。"他夸大语气,但心里害怕极了。

男人瑟缩,跪坐在床上,不知接下来该如何动作。被他推了一下,这才小声解释:"钥匙不知道放哪儿了,我得找哇。我得把我老婆叫起来,让她慢慢醒。她吃了安眠药,不然吓也得吓死。"

二人说话之际,女人忽然醒了,"嗷"地叫一声。男人扑上去,安慰着她。一番解释。女人愣怔片刻,如丧考妣,华发披散,交代钥匙放在那顶雷锋帽的帽翅里。

男人去开保险柜。

女人瘫坐床头,万念俱灰地说道:"家底都在这儿了,怎么着也是个死……不对呀!他不是警察。警察执法,咋他一个人呀?"男人愣了愣,喊一声:"别嚷,他就是警察。"却未能阻止女人的冲动,从床上扑下来,从背后将他抱住,二人厮打在一起。

他反手一击,将女人按倒在地。男人在一旁张着两手,本想帮他的老婆,却不敢有所动作。"别,别这样,别伤害我老伴儿。""那就老实点,带你们到派出所,也没啥好果子吃。"他恶狠狠地说。男人张着两手:"好,好,都听你的。你说咋弄,我就咋配合。""闭嘴,老实待着别动。"他说着,抽出旁边裤子上的一根腰带,将女人的双手捆住。又随手拿过一条枕巾,堵住她的嘴。他抬眼,看着男人。对方大概理解了他的意图,慌乱摆手,做出拒绝的动作:"别,别,我有心脏病,禁不起这么折腾,我配合就是了。"他命令男人趴伏在床上,用另一根裤带将其手脚捆住,却忘了堵他的嘴。

他蹲在地上,拉开旅行包拉链。成沓的人民币和外汇券随之扑入眼帘,硬扎扎的,塞满了整个袋子,给人一种怪异之感。数目远超他的想象,这令他大吃一惊,暗自踌躇,不知如何下手。

男人从他慌乱、犹豫的神色中,大概窥破了真相,或是对他的身份早有洞察,幽幽地说道:"那是我们全部的家当,还跟亲戚朋友借了不少。我们老两口都是教师,退了。本来该过舒心的日子,可儿子不争气,犯了抢劫罪,也是你这么大年纪,误伤人命,花了不少钱。我老伴儿要强,跟人做生意,又赔了个精光,没办法……唉,你有二十岁了吗?看你的面相,就知道是个好人,是个好孩子,不会伤害我们,我也知道……"

在男人的絮叨声中,他将旅行包合拢,拉紧拉链。提在手上,掂了掂重量。扭头,见那男人一脸绝望。坐在他旁边的女人,此刻安静下来,坐靠在床头,泪流满面。

他向门口走去。开门之际,手从门把手上缓缓垂下。犹豫片刻,反身,蹲在地上,拉开旅行包拉链,将里面的外汇券一股脑儿掏扔出来，又翻了翻余下的人民币，抽出几沓，丢在床上。看也不看他们一眼，兀自说："捆你们的腰带，自个儿也能解开。等过会儿，赶紧离开这儿。千万别嚷。你们早就被盯上了。嚷也没用，对你们没一点儿好处。明天早上五点，有一趟离开这里的火车。赶紧走，再别来了。"

他在城外的一家加油站给面包车加满油，而后驱车上路。

车灯在暗沉沉的夜幕里，犹如两柄折了刃身的刀子，随着路况的颠簸，胡乱突刺。灯光只能照见车头前很短的一段距离。十米开外，光线周遭，昏暝一片，万物皆不可见。呼出的哈气，渐渐在挡风玻璃前凝成一层雾气。他大口喘息，随手摇下车窗，让凛冽的寒气催醒头脑……他事先规划好的这条逃亡之路，是一条偏僻的省道，没有行车标志线。车灯尽头，偶现一个高悬的路标牌，这才使他不至于迷失了方向。恍惚的瞬间，他并未察觉雪片的降落，在车灯划过的光晕中，如坠深海。他只是觉得，光照的亮度逐渐加强，如一群飞蛾，划着晶莹的光翼，瞬息寂灭。光照之外的视野，变得越发混沌起来。车子冲上一道坡冈。他实在憋不住，下车撒了泡尿。周围太静，不见一星灯火，暗夜劈头压下，仿佛压住发梢。耳郭里，忽地听到一种细密的声响，从他赶过来的方向，怒涛般起伏。他打个寒战，呆呆地朝远处张望。只见墨蓝色的夜幕上泛起一层晶莹的亮白。却并不知道,那正是暴雪将至的前兆。他只是觉得害怕,赶忙回到车上。

　　天亮之前,按照计划,他顺利抵达了距离双鸡山二百多公里的另一座城市。在那里弃车,买了一张火车票,向北,向西,再向南……他足够幸运。那场蓄谋已久的暴雪,非但没能将他困住,反而延缓了警方追剿的步伐。并将他留在身后的印迹,抹除得干干净净。

终　章

故事结束的时间,是二〇一二年四月末的一天。

曹河运同陆家良约好见面地点。他事先给陆家良打过一个电话,打的是幸福花园的客服电话。陆家良自然不肯过来接听。直到他对接电话的小姑娘说:"你给他捎句话。就跟他说,还想让我上门去找他吗？"陆家良这才被动前来。

曹河运先是态度诚恳,向他表达了一番歉意。而后,提出想见一面的请求。只听陆家良说:"又不是风云际会,实在是冤家路窄。哪有这么一次次上赶着见面的？"他不由笑了,以怅然的口气说:"见一面少一面了。"接着告诉陆家良,在女儿们的安排下,他准备不日离开黑山镇,去省城居住。他说话的语气,带有一丝不恰当的伤感。好像他们二人有过"换命"之

278

交,而非一对冤家。陆家良依旧不为所动。无奈之下,曹河运只能再次胁迫。

"如果你真的不想见面,那就想想,是能堵住我的嘴,还是能绊住我的脚? 等我去了幸福花园,你就不怕我说出什么你不想听的话来?"

陆家良这才妥协。

见面地点由陆家良选定。他避开闹市,找了一间废弃别墅改建而成的茶馆。北方有太多的茶馆,却只卖茶,少有茶客。冷冷清清,却也别有风味。

曹河运赶到时,陆家良已先他一步到了。

略过寒暄。曹河运将随身携带的拎包放在茶桌上。开玩笑似的,开门见山道:"你也别烦。陆老弟,这是我最后一次讨你的嫌。你就耐着性子,听我把话说完。首先,你得回答我两个问题。如果让我满意,以后,你就是想见我,我也不想见到你了。"不待陆家良反应,他便开口问道:"二○一○年十月,你们公司发生的那场火灾到底咋回事?"

陆家良皱眉看他,语带嘲讽:"就算是一名警察,也是退休的,问的是不是多了点儿啊?"

曹河运笑了笑,说起话来不卑不亢:"说的也是。这起火灾,其实早有通报,不需要问你……"说着,他打开拎包,拿出那个老旧的笔记本,戴上花镜,翻到某一页,一板一眼地念起来。

"二〇一〇年十月十三日,立新日用化工集团有限公司发生一起重大火灾事故。造成三人死亡,八人烧伤。过火面积约九百八十平方米,直接经济损失达一千三百八十万元。事故发生的原因,是公司员工王某将加热后的异构烷烃混合物倒入塑料桶,静电放电引起可燃蒸汽起火,引发了爆炸,酿成重大火灾……"

他边读,边用眼角余光观察陆家良的反应。

"老陆,我想问你的是,通报中所说的被烧死的那三个人,以及被烧伤的那八个人的情况。"

陆家良端然地坐着,虚胖的脸,不经意划过一丝抽搐。

"火灾发生后,我生了场病,没参与公司善后。"

曹河运摘了花镜。"那就直说算了……去年十月份开始,我先后调查走访了包括死伤者在内的所有十一个人的情况。他们的家庭住址是我费尽心思,一点点儿淘弄到的。通报中所说被烧死的三人,倒也没啥问题,当我调查到那八名烧伤者的情况时……"他端起茶杯,呷了口水,不急不躁,仍旧暗中观察陆家良的反应。见他目光游离,低下头去,一脸沮丧,便接着说,"其中有五位,伤势都不太严重,领了抚恤金,各自回家,也能凑合着干点儿事。另外三位,烧伤特别严重,由于家庭的实际情况,无法独立生活。被你们公司以收留的名义,安置在幸福花园养老院。你们公司还承诺,准备养他们一辈子——这挺不错的嘛!但当我调查到其中的一个人,却发现他的情况有点儿特殊。我去了那个人的老家——辽宁省建平县哈道口镇榆木庄子村，对这个叫王春山的人，做了一番详细调查。关于他的生死，存在两种说法：一种公开的说法是，他还活着，住在你们养老院；另外一种不公开的说法是，他在那场大火中被烧死了。有人私下里告诉我，他活着的那种说法是个谎言。因为当初过来给王春山料理后事的三个人，没一个他的正经亲戚。王春山打小没了爹妈，吃村里的百家饭长大。他那三个所谓的亲戚，根本就没管过他。到头来，却分了他的'丧命钱'。因为这笔钱分配不均，三个人打了一架。他已经死了的这种说法，就是从这几个人的嘴里传出来的。据说当时为了堵他们的嘴，证明王春山还活着，厂子里多给了一笔钱，却被其中的一个人独吞。王春山的骨灰也被扬弃在半道上……"

对方冗长的讲述，令陆家良有些招架不住，眼睛慢慢充血，不时抬头看他。气急败坏地问："你干吗，暗中调查这些，对你有啥用啊？这跟你没一毛钱的关系，你简直疯了！"

曹河运似有羞惭，表情很是无奈，诺诺道："我知道，这样查来查去，确实像个疯子。可我……就是想，无论如何，也要给那姑娘一个交代。"

"那姑娘？不是已经结婚了吗？"陆家良失神地问。

曹河运点头："去年，从这儿回去以后，她给我打过电话，告诉我，她结婚了。可是后来，有天半夜，她又给我打来一个电话。哭着跟我说，她想忘掉陆小斌，可却怎么也忘不掉。她还跟我说：'大爷，如果你能帮我找到陆小斌，不管他是死是活，你要告诉他，我还是喜欢他……她不恨他。'不管以前发生过啥事，她都会感激他。"

话未止，陆家良情难自控，身子后仰，无声凝噎起来。

"老曹，都是我造的孽呀，你就放过孩子吧。就当他死了。"

曹河运语音颤抖，俯身问："他，他真的还活着？"

陆家良点头。泪水从黑色镜框下簌簌滑落。

"嗯……他离开那姑娘以后，东躲西藏。在外面实在待不下去，这才回来找我。他并非是找我求救，而是拿来一页纸，跑来质问我——当年，我让他去送的东西，到底写了啥内容。我就原原本本，把整件事情的来龙去脉告诉了他。他一听，从那以后，情绪非但没有好转，反而变得更加消沉……原本在我的劝说下，他都已准备去投案自首了。我跟他说，在里面待两年，再让谢战旗走走关系，很快就能放出来。可我不提谢战旗的名字倒好，一提，他就炸了，再不准我提自首的事……随后，就发生了那场火灾。当时，他住在厂子里。原本他已经从宿舍跑出来了，可咋就偏偏非要跑回去，他是去救人呀！这才烧成了那样。"

曹河运呆呆地听着。放在桌面上的双手，微微抖颤。

陆家良俯身过来，捧住他的双手，哀告道："老曹，我求求

信使

你了,新账旧账,就别再追究了。该报应的,也算都得了报应。我现在成了这样,他谢战旗也没好哪儿去……前几年,他就患了一种怪病,肌肉萎缩。现在,生活已经无法自理,整天坐在轮椅上,人也没几天活头儿了。自从他得病,就开始信佛。这边工厂出了事,他下令关掉另外几家外地的工厂,想要改做环保产业。他还听信一位道士的话,投资建了好几处养老院。也想积点儿功德,减轻自己的罪孽……即便这样,就在前几天,我听了一个消息,说是公安机关传唤他,对当年的事情展开调查。听说,有人写了举报信,投寄到了省纪检监察机关……老曹,那封举报信,是不是你写的?"

曹河运神色淡然,抽回双手,冷笑一声,算是默认。不惊不惧地说:"我是实名举报。你们神通广大,自然心里清楚。"

陆家良垂头,不发一言。

半晌,曹河运又问道:"还有件事,是我这么多年始终解不开的。当年,在命案现场的河对岸,一棵柳树下,我曾发现过一处人为的跪痕,那是不是你留下的?"

陆家良想了想,叹了口气,点头。

"那又是咋回事?"

陆家良随即陷入回忆——当年,他打发儿子出门之后,唯恐发病的谢战樱再出状况,赶忙出门,拦了一辆车,将谢战樱送到医院。直到她脱离危险,这才想起家中的一地狼藉。那些撕碎的纸片,若被人发现,定会惹出乱子。他便赶忙回家,将客厅收拾一番。稍待喘息,又想起那件令人担忧的事。一个小孩子,能否将一封十万火急的信,顺利交到李思蜜手中?而李思蜜,又能否领会他的意图?若有闪失,可如何是好。想到此处,他便跑出家门。跑到半路,远远地看到李思蜜骑一辆自行车,纤瘦的身形在暮色中忽隐忽现。他想喊她,无奈隔着一条马路,周围车来车往,她根本无法听见。他心急火燎,拦住一位熟人,强行夺下他的自行车朝前追去。

追到城外,隔着半里路远,他便再次看到了她,侧身坐在自行车后架上,那个驮她的人,不用分辨,便知是谢战旗。天慢慢黑了。他的视力又不好,很快就看不到他们的身影。路两旁是庄稼地,原本生疏的道路,变得更为可疑。左拐右拐,走了一段弯路。他想喊她,却不敢大声,只觉得胸腔炸裂。终是无奈,他只能顺着一条沿河小路,慢慢朝前摸索。走走停停,直到影影绰绰看到河的对岸亮起一簇火光,这才找准方向。他扔下自行车,连滚带爬来到河边,是否有一棵柳树,他已记不真切。只记得跪伏在地,拨开岸边的杂草,朝河对岸望着。

"一切都来不及了。我想救她,到头来,却没能救得了她。"

两人对望着,皆是泪眼婆娑,各自说不出话来。

陆家良忽然起身:"老曹,你等会儿,我去拿样东西,去去就回。"

信使

等待的时间里，曹河运觉得很是疲累，仰头靠着椅背打盹。他真的睡着了。醒来后，不知身在何处，呆呆地看向窗外。春风过处，只见院地里不知名的杂草绿得恍惚，沿铁栅栏栽植的一丛丛白色藤本月季盛放得令人心悸。

　　少顷，陆家良回来，拿着一张带有折痕的纸。展开，只见那纸上画有一个类似卡通形象的男孩儿，手拿一封信。不用问询，便知这纸的出处。又见左下角，男孩儿手臂残缺，纸上一道黄色印痕，显然是一场大火遗留的印迹。

　　陆家良说："老曹，这张纸，如果有机会，我想，还是请你还给那姑娘吧。请你捎句话给她，就说陆小斌已经死了，让她忘了他。请你务必告诉她，当年，这孩子去她家，可没揣什么坏心眼儿。应该怎么说呢，应该说，是出于保护……和成全。"

　　回家的路上，曹河运步履缓慢。忽然止步，呆呆地看向路的一侧。

　　原来，他再次经过了那棵白杨树。春天的白杨，刚刚苏醒。一缕缕棕褐色的萌芽，灯笼似的在风中晃荡。他心中闪念，拐下路牙，跌跌撞撞朝着白杨树走去。

　　短短的一段路程，似乎耗尽了他全身的力气。一个不慎，扑跌在树下。好半天，这才慢慢坐正了身子，背倚树干，去拎包里摸索。掏出那张经由别人托付的纸片，捏在手上。待了片刻，手臂缓缓上扬。春风浩大，将他的白发与衣襟鼓荡。纸张在手,化作一只展翅惊鸟。指尖倏地一松,指缝间空然无物。他却并不慌乱,慢慢闭上眼睛,呼吸变得平静,仿佛,想要好好晒一晒春日的太阳。

信使